如影而行

鍾喬
劇本選輯

獻給 差事劇團

推薦文

序言

劇作

〈推薦文〉之一

抵抗的武器，精神的密碼
——爲《如影而行——鍾喬劇作選輯》而寫

鍾秀梅（國立成功大學台灣文學系教授）

《如影而行——鍾喬劇作選輯》選錄了詩人、劇作家和導演鍾喬及其劇團夥伴二十多年來勤奮不懈的劇本創作。在這本選集中看見了「劇場」的希望，就如同正夯的德籍韓裔哲學家韓炳哲所言，新自由主義市場魔輪不斷拒斥與剝削他者，只有在與他者相遇、探訪、傾訴、呼喚，建立其對話的關係，藝術與詩歌才能扮演開放的言說與空間。

選集中再現的眾多他者，有《敗金歌劇》中的遊民高捷、街頭藝人月姬、小鳳，《潮暗》中的大陸妹史秋菊，《女媧變身》中患癌村民……這些人的身世與遭遇，凸顯了本土化權貴三位一體：新右派、國族主義和「歸屬一代」（美麗島世代、野百合世代和太陽花世代）身份認同政治的假象。如同《敗金歌劇》中的一角林香的扣問：「早上醒來，這世界是個大市場，中午開會，官場早已買通市場，所以，該怎麼辦？文明的、民主的、自由的，有一張選票的各位，你們說該怎麼辦？」

「廢墟在內戰雙方的炮彈攻擊下，變得愈來愈複雜……」《闖入，廢墟》中的內戰廢墟，有 NGO 菁英人才、軍火商、民主派的和平使者，他們假新自由主義之名，慢慢恢復成「自由堡壘」，容不下異質、社會主義、革命者的歷史記憶。這個島嶼命運變成法國哲學家布洛薩（Alain Brossat）所謂的「一個堡壘、一個精神洞穴」之泡泡幻影。

布洛薩長期觀察這個島嶼，他認爲這個泡泡的形成是源於消滅了異質性的他者。因爲「個體性不斷受到威脅，不得不融入由同質性和緊密性所組成的共同體；堅持表現出差異的主體，他的古怪會受到威脅，成爲驅逐或犧牲的對象，這些都是打著群體凝聚力的名義來捍衛其完整

性。」

我們讀到了選集中，「叛國嫌疑犯囚禁的詩人」的不安靈魂遊蕩著，告知歷史和即將來臨的風暴。正如布洛薩的擔憂：「這並不是非常動聽，你可以在今日的台灣清楚地聽到這些，在這裡作為一個島嶼——群體，目標是在唯一的符號下進行同質化，在獵巫的氛圍中，會出現『第五縱隊（祕密地支持敵方）』、『臥底』、『破壞者』、『外國特務』的聲音等——新麥卡錫主義中台灣版本的可怕群體。」因此，這個島嶼不再是文化的十字路口、交會點，或者地理與物質活動的中繼站，有可能再度成為「廢墟」，精神的廢墟。

也許《戲中壁 X》和《到南方去》是島嶼前途的答案與解方。《戲中壁 X》連結記憶與想像，表現日據時代與戰後初期左翼劇作家簡國賢的創作與劇團生涯，以及轟動一時的《壁》的傳奇，揭露殖民時期階級社會的暴力，點燃反抗的引信。《戲中壁 X》之後的創作，有《范天寒和他的兄弟們》；之前的 2007 年，有參照陳映真小說《第一件差事》的《另一件差事》。這三部作品演出過程的世代對話，完成了解放政治的歷史記憶傳遞的意義。也獻給了戰後左翼行動者們、民族解放作家如陳映真，他們的生命實踐與創作在冷戰意識形態與行動肅清的「廢墟」中彷若浴火鳳凰，為上世紀八十年代以來的人民民主運動注入新生命。

《到南方去》延續著鍾喬的「第三世界主義」思考與革命出路的尋找。劇本中流水、倒立、阿莫三人角色，已經卸除了到底是知識份子、左翼青年或學生的身份，他們就是普通人，但是普通人的歷史記憶聯繫到台灣八十年代以來的人民運動中，他們的對話仍具有號召力，例如：「世界其他地方召喚我貢獻力量」、「我關心的是當下與個人，如何與革命的共同發生關聯」、「他想在未知中創造歷史；創造與他共浮沉的、被剝奪的人的歷史」等等。而同世界聯繫的革命資源為何？讓我們重讀切・格瓦拉、聶魯達與墨西哥〈查巴達〉的蒙面騎士馬科斯吧！

《江湖在哪裡？》的發表早於新冠爆發，劇中病毒的意象不再是虛構，而是現今人們習慣與之共處共存的日常。然而，《江湖在哪裡？》

暴露的是龐大農村生活受制於農企業跨國公司從植物 DNA、種子、技術，乃至水資源的控制。另一方面，異化的文化產業又爲水鄉的逐漸凋零打上安非他命，是該「撕去神聖的謊言的時候」。

　　《如影而行——鍾喬劇作選輯》中巨大能量的「她（它）者」，也是參與在每一部劇本中的女性智者，她們始終具備著巨大的內在能量，來應付接踵而來的危機，特別是當垂死的帝國在歐亞大陸收編女性菁英充當門面時，她們知道該如何守護！她們抵抗的武器還不能公開！密碼就在此書中。

參考資料：韓炳哲，《他者的消失》，2019，北京：中信出版社。

　　　　　Alain Brossat，〈「島嶼狂熱」的美麗〉，新國際 New International (new-internationalism.net)，2022.6.6。

〈推薦文〉之二
尋找島嶼左翼戲劇的身影

許仁豪（劇評人／國立中山大學劇場藝術學系副教授）

　　在博士論文研究階段我閱讀了大量 1930 年代的左翼戲劇。1930 年代資本主義在二十世紀發生第一次泡沫，舉世受苦飢餓的人開始反思，啓蒙以來的西方人類解放計畫，是否哪裡出了錯？左翼思潮在舉世範圍燒起，戲劇也捲入了這個浪潮裡。台灣自冷戰以來，長期的反共親美思想，讓這島嶼上生長的人自小就失去了左眼看世界的能力。我亦無例外，尤有甚者，從小在典型的菁英養成路上長大，一路從台大念到了美國長春藤盟校，不只沒有左眼看世界的能力，還內化了一整套保守反動的思想。諷刺的是，第一次靜下心來考左翼革命留給人類的遺產竟然是在資本主義大本營的美國菁英大學，價值體系打掉重練，回到島嶼後重新認識島上脆弱的左翼運動與思想。

　　返台以來努力尋找左翼戲劇在台灣的身影，2016 年夏天在美濃巧遇鍾喬老師領著差事劇團演出《尋里山》。那是第一次親身見到老師，光頭，汗巾，輕便的簡單衣著，十足勞動人民的樣子。一個巨大的藍色傀儡，一行人龍舞動著，隨著打擊樂的節奏，踏搖而來，是儀式也是節慶，那是以前只在書本上看過照片的麵包魁儡劇場的現實樣貌，來不及參與歷史的我，後來在文獻裡才知道，原來，解嚴前後，鍾喬老師便自學布萊希特方法，在街頭以大型傀儡抗議官商勾結與資本炒作，後來因爲陳映眞進入亞洲民眾戲劇工作坊的網路，差事劇團因此誕生，讓波瓦的被壓迫劇場在台灣落地有了自己的版本。

　　鍾喬老師的劇本從來就不只是文藝作品，它們更是文化行動，以虛實互射的戲劇人物及其行動掙扎，挑動社會矛盾，衝撞主流慣性，嘗試打開出路與進步的空間。豐沛的詩意想像承載著沉重難堪的現實，在想

像之輕與現實之重之間，戲劇介入社會的維度被打開，以虛構銘刻苦難，爲的是留住記憶，頂住遺忘，畢竟資本主義消費社會創造的拜物換景，滾動式更新的海市蜃樓已經全面攻佔我們的生活，那些駭人聽聞的，令人義憤填膺的，不公不義的控訴，往往短暫成爲新聞頭條被貪婪的收視率機制消費之後，就不再有人記住，遑論追根究柢，查個水落石出。

　　這次選集裡的劇本都是抵抗遺忘的戲劇行動，不管是歷史的、社會的、地緣政治的、民族命運的、邊緣弱勢族群的、革命記憶的，或只是哲人感天動地、悲天憫人的情懷，每一個劇本都是詩人對這個已然崩壞世界的悲願傾訴，寄託著烏雲邊上還能浮現一點金光的卑微願力。

　　時代走到了今天，這樣不合時宜的左翼悲願豈不珍貴？如果在左翼理想的遺產裡還有一點薪火可以成爲讓世界更好的火苗，這本劇本選集就是其中之一。

序言
沉默——劇場與詩

鍾喬

　　爲什麼是「如影而行」？相信有人會問；又或許，稍稍熟識的人會說：這不也是和紀錄片相同名子嗎？對的，幾多年前，客家電視台的黃鴻儒爲我和劇團拍了一部入圍「金鐘獎」的紀錄片，就是用這相同的名子。

　　這個影，是 2007 年劇團爲了遠赴亞維儂藝術節製作一齣稱作「影的告別」的戲，從而引申而來的。我很潛心於魯迅在這一篇稱作「影的告別」的散文詩中，所表現出來的世界。

　　他先說自己彷徨於光明與黑暗之間；而後又說，我不願彷徨於明暗之間，寧可在黑暗中沉沒。

　　最後他終於說：「我願意這樣，朋友——我獨自遠行，不但沒有你，並且再沒有別的影在黑暗裡。只有我被黑暗沉沒，那世界全屬於我自己。」

　　這將近三十年來，每一回讀到魯迅這篇散文詩，心情都格外忐忑，也就是在這上上下下的拉扯與矛盾間，有時試圖平靜下來，整理心緒；更多時候，卻有一種莫名的翻騰，在內裡激盪。其實，影，這跟在人身邊，卻永世不發聲的隨身形態；它，不模仿人；也不被人所正名或泯滅。揪人心之處在於：它，有自身沉默存在的時機和情境；然而黑暗又會吞併我，然而光明又會使我消失。

　　這便也是影的獨到之處。若只是將它解釋爲：偷生而苟活，都不免因道德判斷而廉價了。因爲，光明與黑暗，都只代表兩種絕對的價值；這就讓我想：那麼，相對的價值會是什麼？恰就是魯迅以學識和生命體會的影的存在。相對，帶來的是人在變革行動過程中的矛盾；也因爲這矛盾推動了行動的進程。這樣的思維回到影本身，就提醒了將戲劇作爲

文化行動表現的人們，在舞台人物展開行動之際，並非處在理想化的絕對狀態中，其人其事的性格因而經常和他的行動，在有形無形間發生了矛盾。這矛盾，便是影的相對性，也是影的掙扎，驅動了舞台上的事件與人物，和舞台下的觀眾激盪出相互觀看、質疑、對話與辯詰的歷程。

可以說，當我從魯迅的影認識到布萊希特在敘事劇場中的矛盾時，劇本寫作在很多時候都不免和文化行動產生關聯。劇場在哪裡呢？美學在哪裡呢？這些問題浮現之前，在我腦海中先浮現的，必然是現實在哪裡？問題與意識在哪裡？

我是這樣開始了劇本的寫作，一晃匆匆多年歲月奔逝。轉身回去俯身拾起劇本中創造的種種人物、情境與主題，都不是單純爲滿足寫作的欲望而展開的；相反的，是在針對一項文化行動與現實的辯證，進行探索與追究。這時，免不了要動員「美學性」和「民眾性」；動員，是一個動詞，不是名詞，也無法很快轉作形容詞來看待。所以，便也出現不盡然與初衷完全能謀合的狀態。

劇本與詩的寫作，入徑不同，出口也全然有別；很神奇的是，詩，是劇本的至高境地。如果能在超越語言也涵蓋語言的表現上，劇場都有詩的質性，便也掌握住了戲劇的矛盾性特質，這是從相對出發，想在絕對上達成的狀態。對我而言，通常無法企及，雖然，不免對這樣的劇本書寫有深刻的嚮往。

話說回頭，詩當眞可以是一種較爲個人的寫作，無論有多少社會投射或倡議存在；說穿了，詩可以僅僅是詩人的夢魘或囈語，如果不僅僅只是閉門造車，而更涉及人對特殊時空下的特殊事件或情境的書寫，都可以孤單站在一處風起的沙丘上，感到精神上的沉落或上升；然則，劇場很難只在劇作者內在迸發一切能量；至少，對於像我這樣，當一個人物的一句話在一場戲中發生時，作爲寫作者的自己，已經在腦海中過濾了可能發生的場景：關於那個登場說話的人物，是一個人站在舞台上嗎？如果是，那意味著什麼時與地？他的身體，或有可能在這時與地上，表現當時的恐慌或驚喜，又或單純只是沉默呢？……

　　有一次，寫不出劇本中任何一句台詞時，我問自己：戲劇什麼最難？我原本就只是問問……沒想空氣中竟像似浮現出我的聲音，說是：「沉默最難。」我理解了！在戲劇中表現沉默最難；我想，在詩裡也一樣，最難寫出來的詩行，是沉默的詩行。

　　沉默，最難。在劇場裡；或許，在詩裡也一樣。但，我們必須在劇場和詩裡，都學會經久的沉默帶來的力量。沉默，則逆光行；沉默，則逆風飛；沉默，則身體裡運生的抵抗，恰在轉化爲一種變革的驅力。

　　這都是我至今無法形成的戲劇能量與行動；我只是走著，在一個潮濕的雨夜，在一條失去路燈的街口，撐著一把不那麼頂得住雨水的傘，連走帶跑闖進一條叉路，迎上前來的竟是一家堆滿舊書、煙塵滿佈的二手舊書店……書店裡，走出來一個沉默的男人，記憶像在他深邃探索的眼神中，從另一個時空的舞台上浮現。有時，卻又像似這人物脫落的半張臉，靠著相互的追尋，讓遺失的另半張臉重回人物身上……。

　　沉默的男人，終於準備開口說出故事來。文字，形成劇本的章節與人物還有情境……或許一首詩的幾句分行。然而，沉默早已在劇本之外形成劇場的身體行動……。

　　劇場，很當下；除了表現上如此，內涵上也是。對吧？是不是它永遠在探究，而不願給出答案！是嗎？它，不願，爲何呢？或許，要在每一瞬間和觀者共同交錯視線。劇場裡，通常舞台上是被看；其實，觀者才是被看的對象。對吧？觀與覺如是有了辯證。

　　如是，恰如莊子在〈齊物論〉中所言，罔兩（即影子外圈的淡影）問影子說：剛你行，現又停；剛你坐，現又站，你爲何總無堅定之己見呢？影子回答：我又怎麼知道何以如此？

　　影子有說等於沒說，因爲它只有提問，而沒有答案。

　　這，也是劇場，爲何如影而行嗎？我想是吧！

　　請你來翻閱這本全都曾經或將再次在舞台上登場的劇本選輯——如影而行。本書出版，特別感謝遠流出版公司王榮文先生的大力支持；華山 1914 的林璞，還有淑正主編，謝謝。

　　最後，我想向這劇本選輯中和我一起共同工作過的夥伴，幕前幕後或者合作書寫的作者，表達深深的謝忱；沒有你們，何來劇作由文字轉化為劇場的每一瞬間。這一晃，就數不盡的時間過去，每一個稍縱即逝的瞬間，都形成我們共同行動的恆久。特別是柯德峰創作的這幅版畫：《記憶》。出自共同創作完成《闖入，廢墟》這部戲時的精心刻畫；但，其實它又已超越那刻畫的精心，成為我創作劇本三十年來，稍縱即逝卻永恆的時間感——記憶。

　　我當然想起陳映真老師，1990 年，因為老師的引介，我走上了亞洲民眾戲劇的道途。重新踏上第三世界戲劇的征途，並邁出劇場作為文化行動的里程。無悔，對未竟之業，卻也深深感到慚愧。

潮喑（帳篷劇）

背景提示：寶藏巖，一個攀藤著底層記憶的空間，在內戰／冷戰
　　　　　的歷史交織下，如何呈現台灣社會內部族群自主的軌
　　　　　跡間，深刻烙印的政治操作痕跡。
創作提示：本劇從一個裝著老兵骨灰的便當盒開始，敘說社會弱
　　　　　勢階層的群像，意圖在帳篷劇與環境劇場相遇時，塑
　　　　　造出一個融合現實與想像的美學時空。2004 作品。
場景提示：在雜草混生著生機的寶藏巖歷史斷面；謝英俊搭建的
　　　　　帳篷與野地。
人　　物：記者、女人、伊命、秋菊、吳太太、百合、紅衛兵、
　　　　　房客、遊民、阿不拉、小林、秀美、旅女、女記者。

序章

（一個提著皮箱的女人進來，她在即將發生的場景中將成為一名房客。
就讓我們來細心瞧瞧這個即將是房客的女人會有什麼不尋常的遭遇吧！
眼前有一塊布幕，布幕後似有奇異的身影，若隱若現。此時，提皮箱的
女子隱約看見泛著光的布幕後，有一具黑影在和手中操縱的一只懸絲骷
髏共舞，女子好奇地靠近，卻一把被操縱骷髏的黑影給拉了進去。她們
於是開始了另一段雙人舞蹈，彼此時而歡悅、時而冷冷地共舞，直到操
縱骷髏的人最後將女子推開……。操縱者卸下頭套和白色面具走到幕
前：原來，是一名女新聞記者。她將面具拿在手上變成一面鏡子，導引
著她專注流動的身體。）

記　者　我已經不記得和多少不一樣的對象，或者應該說是對手，
　　　　跳過多少不一樣的舞步了！但有一件事情，的確讓我難以忘
　　　　懷；那也就是，那個代表我和別人共舞的，到底是我的夢
　　　　境、替身或影子？每當我這樣問自己，我的身體裡就好像飄
　　　　出了一只風箏，將自己帶到遙遠的、起風的天空上去……所
　　　　以，代表我的是夢境嗎？替身或影子呢？我想，都是吧！

（兀自跳起舞來）……或許，統統只是一場不期而遇的誤解呢？

（女人回來拿她的皮箱，冷然中將一種好奇的目光拋向對方。）

女　人　妳剛剛的話還沒說完……

記　者　關於什麼……

女　人　那件事的真相啊！

記　者　我說了嗎？

女　人　難道妳忘了嗎？

記　者　我沒有忘……只是……

（女記者低下頭去找什麼，但，找不著……）

女　人　妳在找什麼？

記　者　我的影子，也許她可以回答妳，那樣子就最好不過了！

女　人　這麼說，真相藏在妳的影子裡囉！

（女記者若有所思地望著女人，拉起對方的手，和她跳起舞來。）

記　者　（邊舞邊說）只是，影子不說話……遇著光熱，就隨空氣蒸發了！

（女記者停下舞步，女人好奇地跟過去……）

女　人　所以，妳剛剛沒說，只是我的……

（女記者像是輕悄地發現自己的影子就在前方的哪裡。）

記　者　噓……。（輕聲地）所以，遇見黑暗時，影子便……

（走向幕裡，兩人倒下。暗燈。）

（一個穿著紅衛兵制服的歌手，我們姑且稱他就叫：「紅衛兵」，獨自在漸行漸遠的浪聲中吟唱著，他看起來有那麼些許歇斯底里，像周身都通了敏感的神經電流似地。從斷牆面走下來。而後，開始唱起他的歌〈無關乎〉。）

紅衛兵　無關乎怎麼吃／無關乎怎麼睡／無關乎穿什麼／無關乎去哪裡

　　　　只關乎說什麼／只關乎想什麼／只關乎這日子裡／到底……

　　　　　　　　　到底

　　　　　　　　　誰背叛了誰／誰又和誰交換了誓言……

（口白）　　　如果，有一隻鯨魚在海灘擱淺了，你猜我的眼前會即刻浮現什麼？難以想像吧！讓我來告訴你，你千萬不要訝異，會有一座島嶼像一條奄奄一息的大船，漂在世界邊緣的海面上。

　　　　　　　　　無關乎鯨魚在海洋國家擱淺／無關乎國旗在日落大道飄揚

　　　　　　　　　無關乎身份在百合花瓣剝落／無關乎名嘴在螢光幕前做秀

　　　　　　　　　我只是唱／就這麼唱／帶著身體和靈魂一起唱／無關乎／無關乎

　　　　　　　　　無關乎叫什麼／無關乎住哪裡／儘管叫我無關乎的紅衛兵

（紅衛兵唱得如痴如狂時，竟將隨手拿來擦汗的紅布忘在地上……）

第一章

（牽著海草走進來的男、女幽靈，在路上吵著架。走在前頭的男子幽靈伊命肩上扛著一枝漂流木，腳一跛一跛地，像似抽筋；後頭的女子幽靈秋菊嬌嗔地生著氣。）

秋　菊　　　你走那麼快！要死啊！

伊　命　　　要死！我們本來就死了啊！還不都是妳害的……

秋　菊　　　喂！喂！喂！說話客氣點。到底誰害誰的啊！

伊　命　　　當然是妳害我的啊！妳看看（指跛腳）我原本將漂流木抱在胸前緊緊的……誰知道，妳拼命拉我的腳，把我也給拉下去了！

秋　菊　　　（結巴地）我……我以為（指對方的跛腳）那是漂流木啊！

伊　命　　　什麼？妳是說我的腳是漂流木啊！

秋　菊　　　（撒嬌地）唉呀！我是說，我以為……。好嘛！下一次小心一點就好了嘛！

伊　命　　　（邊走開）下一次？還有下一次啊！死一次還不夠啊！（拉

水草）妳看看……還有這個什麼……

秋　菊　　沒辦法啊！海裡本來就有水草的啊！就把我們給牽在一起了啊！我覺得還頂適合我們兩個人的……

伊　命　　頂妳的頭喔！頂，講這什麼「國語」嘛！（些許不耐地）走吧！

（邊走邊吟唱著，來到一處，將漂流木放下。一男一女分坐一具漂流木的兩頭，中間有一條魚。分坐兩旁的男子吟唱著祖靈之歌，他是伊命，原住民；女子呢？她將紅衛兵遺留下來的紅布蓋在額頭上，像待嫁的新娘一般地。她還在炭上烤魚，人稱她是大陸妹秋菊。）

秋　菊　　（嬌羞地）死了，還吃熟魚呀！

伊　命　　（玩笑地）這是特地為妳這種投奔自由來的靈魂而烤的啊！

秋　菊　　（微慍地將紅巾揉在手上）錯了！

伊　命　　什麼？妳說什麼……

秋　菊　　我說你錯了！我不是投奔來的；是被潮水騙來的……

伊　命　　潮水騙來的……

（秋菊愣著，有些恍神地拉拉窄裙，並從口袋裡掏出一張身份證來。紅衛兵回來找他的紅布，發現一幅詭異的圖像。見狀，悄悄躲到一旁窺望著。）

秋　菊　　你看，我可是有身份的……

（伊命將身份證從秋菊手上搶過來，有些自嘲地對自己說：「中華民國偷渡客，大陸妹史秋菊」。他繞著火爐和秋菊玩了起來。躲身一旁的紅衛兵急急忙出來，且驚訝地朝觀眾說：「大陸妹？」秋菊追不上伊命，她大聲驚呼：「啊！」兩人愣在那裡，面面相覷。）

秋菊／紅衛兵　　（同時）你是誰？

紅衛兵　　我！街頭賣唱……。你是？喔！我知道了……大陸妹……報紙上登的那個……。妳不是淹死了嗎？現在……

（伊命見狀。一把將秋菊拉到身後，護著伊。）

伊　命　　你幹什麼？

紅衛兵	沒什麼！我們不期而遇。這何等令人不可思議！
伊　命	你穿這身制服……像個（轉頭看秋菊）——
秋　菊	紅——衛——兵。
紅衛兵	我四處流浪，來這裡聽沉默的海潮聲……（指著自己的衣裝）請多指教。
秋　菊	（拉拉伊命的臂膀）別聽他胡扯了。這裡的海潮聲洶猛得很……

（低下頭去，將烤焦的魚翻了個身。紅衛兵將魚給拎在手上，對著魚說話。）

紅衛兵	喂！你有聽見洶猛的海潮聲嗎？
秋　菊	你這個人怪裡怪氣的……你怎麼對著魚說話啊！
紅衛兵	喔！怪裡怪氣！誰——怪裡怪氣……我在找尋魚肚子裡的靈感啊！
伊　命	魚肚子裡有什麼靈感？
紅衛兵	（北京話）老兄，這您就外行啦！您知道嗎？這就是我的行動藝術的風格啊！
秋　菊	喔！你是藝術家啊！
伊　命	（嘲諷地）他——啊！是魚肚子裡頭的藝術家。
紅衛兵	對！對！對！這就是我的行動藝術……。你們兩位，一身濕答答的……有什麼我可以效勞的嗎？
伊　命	有的。我得回去我離開的地方，但，我忘了怎麼走，你可以帶我去。（瞧一眼秋菊）妳要一起去嗎？
紅衛兵	嗯！行！行！行！沒問題。但你們兩位得參加我的一項偉大的計畫……
秋　菊	計畫，什麼計畫？是領導安排的嗎？
伊　命	什麼！妳以為這裡也有共產黨啊！
紅衛兵	這裡少了共產黨，卻有我紅衛兵的行動藝術……

（紅衛兵開始玩手中的樂器。伊命和秋菊加入其中，逐步離去……）

第二章

（房東吳太太從屋後進來，手上提著一件剛熨燙好的國軍軍裝以及一頂日本兵的帽子。她細心地將軍服掛在牆上，並將帽子放在另一邊的架子上。）

吳太太　　（對著軍裝）老王啊！。說好回老家看看，為家鄉的老婆修個比較像樣的墳，就回來的……怎麼，一回來就出事了呢？你還三個月的房租沒付呢！發一陣高燒拍拍屁股就走人。真是的……這不像你的個性的啊！（轉而朝日本兵的帽子）你！你呀！你還在幫日本人打仗啊！自己的孫子都看不住，去打什麼仗啊！（像似發現帽子在向她說話似地）怎麼樣，你說什麼？你要我幫你去找伊命啊！他啊！唉呀！不提也吧！說要回家鄉去撿什麼……什麼——漂——流——什麼……

（神祕的房客沒有固定名姓，這件事有時連她自己也感到不可思議。但她經常由此地旅行到彼地。她進來，望著掛在牆上的軍裝及帽子。）

房　　客　　漂流木，是嗎？（疑問地指著軍裝和帽子）這是誰的……？

吳太太　　（驚訝）妳——妳是——

房　　客　　（放下皮箱）來租房子的……

吳太太　　（左右瞧瞧）要租多久？妳一個女人家，來住我們這種地方，方便嗎？

房　　客　　方便？什麼意思……

吳太太　　（不置可否）方便就好……我是房東，叫我吳太太就可以啦！房租抄在妳手上的紅字條上，沒問題吧！

房　　客　　（看看字條）貴了一點，但……沒問題。

吳太太　　（突而有些惱火）什麼……這樣還嫌貴……告訴妳，我這房子是有歷史價值的……。好——好……好——不想租，就算了，還嫌貴。

房　客	（納悶地）……好──好──我租，我租……現在就付錢（近身去瞧一瞧掛在牆上的軍裝和帽子）我就是看中了這樣有「歷史價值」的房子。
吳太太	少來了！別討好我了！妳叫什麼……

（房客好奇地想去碰觸軍裝。吳太太連忙抓住對方的手，房客吃驚地退後。）

吳太太	妳叫什麼的……這裡的生活公約第一條就是：不要碰歷史的遺蹟……妳知道嗎？
房　客	是──是──是。請問妳知道這裡附近有住著一位叫老王的……湖南人……長得瘦瘦高高的……
吳太太	我們這裡少說也有十幾個叫老王的，妳要找哪一個……
房　客	老王……（肯定地）胡琴拉得很好的那個……
吳太太	喔！妳是說王傳孝嗎？（好奇地）妳找他有什麼事？妳是他什麼人？他呀！唉！
房　客	他怎麼了！
吳太太	妳問那麼多幹什麼……？他兩週前吧，發了一場高燒……突然間死了……骨灰就放在靈骨塔裡……他是妳……
房　客	（沉默了半晌）喔！是遠房的親人……。發了一場高燒？
吳太太	老王啊！自從我們在他家門口發現劃滿紅叉線的總統就職報紙後，他就一個人躲在家裡……門也不出……不吃也不喝……求他都不開門。只是一直拉胡琴，拉到弦都斷了……。最後……就……唉！
房　客	總統……就職……
吳太太	對呀！就登在報上的總統照片嘛！
房　客	他的房子呢？他很──痛──苦吧！
吳太太	（冷冷地）痛苦……哼！妳不知道，上一回，他們拆掉後面那片房子時，多少寶貴的遺蹟，就沿著那斷裂的山壁一路滑下來，都滾到溪旁的汙泥裡頭去了！其中壓在最底層的那些

　　　　　碎磚碎瓦，就是老王的一生積蓄。對了！（試探地）妳叫什
　　　　　麼名字……

房　　客　（答不上來）我……

吳太太　　（閩南語）什麼，連自己的名字都不知道，怎麼租房子啊！
　　　　　我去拿契約書，等一下回來時，妳可要記得自己姓什麼，叫
　　　　　什麼的……

（房東太太匆匆離去。留下房客獨自一人在屋前。突然間，空氣中有胡
琴聲傳來。這時，房客恍然地從皮箱裡取出一只音樂盒，她轉動音弦
後，學著音樂盒上的女孩，機械地跳著旋轉舞步。）

房　　客　（獨白時，重複著父親的話似地）爸爸走了……爸爸要走
　　　　　了……走呀走地，就走向國共內戰的炮火中……

（在房客說話的同時，時間隨著夕照西下逐漸暗弱下去，最後僅剩一盞
明明滅滅的燈泡懸盪在中間。而後，是全然的漆暗。）

房　　客　（慌張地）房東太太……吳太太……這是怎麼一回事？烏漆
　　　　　抹黑的……

（遊民扭開收音機，傳出地下電台聲響。燈泡給重新打亮。從牆上取下
高砂義勇軍的帽子，戴在頭上，朝遠方舉手致敬。房客嚇了一跳。遊民
說起話來，有些舌頭打結，但，大抵上用的是一種理直氣壯的閩南語或
台灣國語。）

房　　客　你是誰？怎麼像幽靈一樣……

遊　　民　（仔細地打量對方）我是幽靈沒錯啊！我倒要問妳，怎麼會
　　　　　在這裡的呢？

房　　客　我來租房子的啊！

遊　　民　喔……來佔地盤的喔！

房　　客　什麼──佔地盤！是租……用錢租的……

遊　　民　用錢或不用錢，都還不是佔有，只不過手段不同罷了！

（遊民開始布置現場：他從一只髒髒舊舊的隨身包包裡找出一面日本國
旗；將便當盒擺一角；酒瓶、塑膠杯擺一角；衛生紙二張擺一角。活像

在整理居家。他看到房客置於皮箱上的音樂盒時，也想去拿，即刻被房客給搶了回去。）

房　客　　（大聲驚呼）是……喔……這麼看來，你也佔過這裡了！
　　　　　快，（左顧右盼地）房東太太呢？她說去拿契約的，怎麼去
　　　　　那麼久，還沒回來？

遊　民　　（冷冷地）她喔！她被請去量體溫了啦！

房　客　　什麼？量體溫？量什麼體溫？

（遊民以疑惑的目光投在房客身上，像似在搜尋什麼似地。）

房　客　　喂！你看什麼看啊！

遊　民　　喔！沒什麼，只是聽說這一回被感染的人，身上會長一粒一
　　　　　粒的紅點，像紅豆一樣……

房　客　　別看了！我身上沒紅豆啦！你剛剛說：量體溫是什麼意思？

遊　民　　喂！拜託好不好。他們都已經封街了，妳還不知道啊！！聽
　　　　　他們說啊！這一回的病毒比上一次的……什麼……SARS 還
　　　　　要強好幾倍，所以要全部調查……要問，你哪裡來的……到
　　　　　過哪裡……還要查身份證，證明是不是台灣人……不是的，
　　　　　立即隔……什麼──唉呀！總之，這下我可慘了！我得趕緊
　　　　　躲起來。

（戴著高砂義勇軍的軍帽，拿一張衛生紙貼在額頭，將臉藏在後頭。而
後，縮頭縮腦地，像似在躲避什麼追緝似地……）

房　客　　怎麼說慘了！你說的是台灣話啊！你是說。你不像台灣人
　　　　　嗎？

遊　民　　不是啦！我 ── 我的身份證被那個街頭行動藝術家拿去用
　　　　　了。最慘的是……我記不清自己去過哪裡了。我會被他們抓
　　　　　去隔──隔──什麼呀！快──快告訴我──隔什麼的……

房　客　　（清醒地）隔──離。對不對。告訴你，我比你還慘……

遊　民　　（朝觀眾得意地笑）喔！還有比我慘的人啊！妳該不會是從
　　　　　Sars 區和平醫院來的吧！

房　客　　（著急地）現在，來不及談這個了！我可不想被他們隔離
　　　　　　了！我們（看看彼此）該怎麼辦？

遊　民　　（靈機一動）我想到了！靈骨塔。我們躲進上面那個靈骨塔
　　　　　　裡，保證沒事……

房　客　　（怔了良久）靈骨塔……！

（遊民故意將收音機音量開大，傳出地下電台的廣播聲，他拉著房客的
手，朝向暗處隱去……）

（穿著草綠軍用汗衫的臨時演員小林提著一只垃圾袋潛身進來。從垃圾
袋中分別拿出一張蔣介石的遺照和另一張珍娜露露‧布姬絲妲的性感劇
照。左右調整地貼在牆上。）

小　林　　（轉身）國慶哥……這樣可以了吧！

（阿不拉這才老神在在地進場。）

阿不拉　　（不悅地）告訴過你多少次了！不要叫我的真名，你是聽不
　　　　　　懂是不是……

小　林　　喔……對了……是……阿不拉大哥……

阿不拉　　就叫名字，不必什麼大不大哥了！懂了嗎？（轉個話題）槍
　　　　　　呢？

小　林　　（從腰帶裡掏出一把槍來）大……喔！sorry—no—阿—不
　　　　　　—拉，你真的要幹掉他嗎？殺人吔！

阿不拉　　他媽的，殺掉一個垃圾算什麼！

小　林　　（隨手取出一張報紙）什——麼——他是知名的導演吔！你
　　　　　　看，這是昨天報紙……得過國際知名大獎……（讀著報）
　　　　　　嗯……自 80 年代以來，探入……喔！錯了……是……深入
　　　　　　民間社會的現場，在各弱……勢——團體的生活——領——
　　　　　　域——間，留下動人而深——刻的記錄……

阿不拉　　（插話）90 年代以後，以生命真實經驗的題材拍攝劇情
　　　　　　片，曾經以地震災區為題的影片，榮獲威尼斯、坎城、東京
　　　　　　影展……以及……等大獎……這一回（瞧著對方）……

小　林　　（恍然大悟，讀報）嗯……這一回，以人道主義精神在眷村
　　　　　　現場重拾老兵生活的記……憶。

阿不拉　　（搶過報紙）屁個人道主義精神……（檢查手槍）我不殺了
　　　　　　他才怪，忘恩負義的傢伙……

（側旁，一個提著皮箱、穿著客家藍衫的女子，匆匆忙忙闖進來，神色顯得驚慌與些許的不安。我們就給她一個耳熟能詳的名字叫秀美好了！）

秀　美　　（慌張地）怎麼辦——怎麼辦……他們把往外的路都封鎖起
　　　　　　來——還發這什麼刈包（拿出手上的刈包）給我們。說什麼
　　　　　　這是本土麵包，常洗手……再用心吃，可以增強免疫力。

（小林露出飢腸轆轆的模樣，望著阿不拉。又似驚慌地望著秀美。）

小　林　　封鎖……什麼意思——發生什麼事了！（望望眼前的阿不
　　　　　　拉，結巴地）不是——槍擊事件吧！

秀　美　　什麼……（大驚小怪地）又有槍擊——事件——是真的嗎？

（阿不拉見狀，趕忙舉著手上的真槍像耍玩具般，將槍口對準了張著垂涎之口的小林。小林突而緊張地高舉雙手。）

小　林　　大哥——喔！不——阿——不拉——你搞錯了……

（阿不拉機靈地收起手槍……過去拍拍小林的肩膀……）

阿不拉　　（朝小林）看嘛！沒事要多練習相互的反應，這是演員的基
　　　　　　本……喔！不……基礎功夫。

小　林　　（鬆了口氣）阿……大……不……我可以去領一塊本土麵包
　　　　　　嗎？

秀　美　　你們也是來拍電影的嗎？你是……我是說……聽你剛剛說話
　　　　　　的口氣，你好像是導演吧！

（阿不拉神氣地伸手與對方握手，而後自我介紹。小林在一旁竊笑著……）

阿不拉　　我是阿不拉……

秀　美　　你是……導演嗎？

（秀美將一雙困惑的眼神投注在阿不拉的汗衫上；阿不拉瞧瞧自己，稍
稍尷尬地笑了一下。）

阿不拉　　（轉個話題）喔！不！我是演員。哼！……那妳穿了這身古
　　　　　裝，妳是電視連續劇的什麼——什麼明星嗎？我——好像沒
　　　　　看過妳……妳演……

小　林　　我……可以……

阿不拉　　好——好——你快走！別忘了！我也要一塊本土——化——
　　　　　麵包。

小　林　　（愣了一下）你是說本土麵包吧！

阿不拉　　喔！對啦！沒知識的傢伙。快——去——快回——我們還有
　　　　　要緊的事要幹呢！

（小林離去。只見秀美有些不帶勁地在旁坐著……啃刈包，不聲不
響……）

秀　美　　（自言自語地）原來——你不是導演。

阿不拉　　我雖然不是導演，（誇張地）但，我可是這部電影裡的主角
　　　　　哩！喔！對了！妳穿這身藍色的……妳是……

（邊說時，邊用猜測的眼神瞧著對方……讓秀美有些因不自在而惱怒起
來。）

秀　美　　（連珠炮似的客語）喂！喂！喂！你看什麼看啊！你以為我
　　　　　不知你腦子裡在想什麼啊！什麼藍……什麼綠……我還虹彩
　　　　　妹妹呢！崖啊！崖係來試鏡的啦！

阿不拉　　（自鳴得意地以客語回應）喔……妳是臨時的喔……妳來試
　　　　　什麼鏡？我是說，妳要演什麼……

秀　美　　（驚喜地以客語）什麼……你也是……

阿不拉　　（故作神祕地以客語）噓……（指觀眾）莫講太多，免得人
　　　　　家聽不懂……

秀　美　　好吧！那就講……唉呀！管他的……你剛剛講什麼……臨時
　　　　　的……導演說，我通過的話，演的就是主角，是將軍的老婆

　　　　　　　　呢！我看你穿著這件汗衫，你演的才是臨時的呢！

阿不拉　　　妳別胡說啊！我是有重要任務的……（拿起槍時才發現自
　　　　　　　己說溜了嘴）我是說──對呀！導演給我的任務，就是要我
　　　　　　　演……（想了一下）男主角，就是將軍……就是妳……老公
　　　　　　　的啊！

秀　美　　　（疑惑地）是嗎？那……導演呢？

（此時，阿不拉瞧見軍裝，連忙從垃圾袋裡搜出一串勳章來，掛在軍裝
上，神氣地穿上身去；突而，外頭傳來有人在講手機的聲音。像經由手
機在談什麼重要的訊息……原來，是一名女記者在和採訪對象談話。說
著：「對呀！我們約好今天採訪的呀！」）

記　者　　　（闖進來，對著手機大聲說）導演……你說什麼……你們都
　　　　　　　被隔離在外頭了！無法進來了……要我找誰？再大聲點……
　　　　　　　一個穿紅衛兵制服的街頭藝人……他住在這裡……手上有你
　　　　　　　寫了一半的劇本……要拿給試鏡女主角……她……什麼……
　　　　　　　要練習……對著鏡子……因為，（斷訊）喔── shit ──

（阿不拉和秀美，看著對方。有些傻眼。）

阿不拉　　　（靈機一動）導演不能來……那我們今天演什麼啊！（朝記
　　　　　　　者）妳是……

記　者　　　（遞名片）喔！忘了自我介紹……我是 Special News 的藝文
　　　　　　　記者，專程來採訪吳導的……怎麼會料到是這樣子呢？他竟
　　　　　　　然被封鎖在外面了！

秀　美　　　（著急地）不是他被封鎖在外面……而是──我們被封鎖在
　　　　　　　裡面了！（哭鬧地）現在，怎麼辦才好呢！

記　者　　　（不知所措）嗯！我看，我們只好先去找那個穿什麼……紅
　　　　　　　衛兵制服的……找他──拿劇本──再說吧！（朝阿不拉）
　　　　　　　你呢！一起走嗎？

阿不拉　　　（支吾地）嗯──我還有事──等一下──

秀　美　　　你──不是演男主角將軍的嗎？你不走，我們怎麼練習呢？

阿不拉　　喔！剛剛她（指記者）不是說了嗎？我們各自找鏡子練習，
　　　　　就可以啦……

秀　美　　（神色緊張地瞧著對方）鏡子……對，你該照照鏡子……你
　　　　　看，你手上一點一點紅紅的……你沒聽說啊！紅豆一樣……
　　　　　你是不是被感染了……

記　者　　你——你的體溫——還好吧！

阿不拉　　（突而拉高嗓門）喂！喂！喂！這是蚊子叮的……是這裡的
　　　　　「名產」，妳還不懂嗎？（貼近記者）體溫，我的體溫碰見
　　　　　美女，通常會稍稍高了一點……嘿——嘿……

秀　美　　（拉開記者）小心喔！（朝阿不拉）你要隔離她！（緊張地
　　　　　朝記者）怎麼辦……怎麼辦……有沒有什麼解藥啊！

阿不拉　　解藥？幹！什麼解藥啊！

記　者　　（緊急地）就我所知……截至目前為止的臨床研究，解藥應
　　　　　該……還在……病人的血液裡……

秀　美　　什麼？

記　者　　對——對——對，就在他血液的ＤＮＡ裡……（半信半疑
　　　　　地）嗯！他們是這樣說的……

阿不拉　　（朝兩女繞著圈子）ＤＮＡ，太好了！今天我又學了一句英
　　　　　文。

（記者欲走，又回過頭來。）

記　者　　喂！你自己保重喔！別忘了去向紅衛兵行動藝術家拿劇本
　　　　　了。

（記者拉著秀美出場，兩人神色緊張。阿不拉從口袋掏出槍來，一臉懸
疑狀……）

阿不拉　　（獨白）幹！什麼行動藝術家……什麼劇本……如果真要劇
　　　　　本的話，我現在進行的這齣才夠驚心動魄的呢！吳大導演，
　　　　　他媽的，算你狗屎命大，逃過我致命的一擊……但事情有這
　　　　　麼容易就善罷甘休嗎？你這混帳傢伙，靠著什麼鬼本土化的

浪潮攀上權貴，搞政治關係搞到做起情報工作來，以拍片名
義到對岸拍什麼飛彈設施……他媽的，自己不去，還派我
去，說得天花亂墜，絕對不會有事──出事你負責到底……
現在，我出事了，反被告是對岸的間諜，你負什麼責了？
讓我在生了鐵銹的牢房裡，活活被關了七年又七個月──你
還他媽的一口咬定不認識我……好，最好──你永遠不認識
我，省得我殺你時……手軟了！

（小林手裡拿著兩個刈包，匆匆從外頭進來，一副心神不定的模樣。）

小　林　　（左顧右盼）老大……老大……我看到他了！

阿不拉　　你冷靜點！慌什麼慌啊！你說，你看到他……是誰了？

小　林　　他……啊！就那個大導演啊！被隔離在街道的那邊……有時
　　　　　還脫下口罩，抽著菸，戴付太陽眼鏡，還和身旁的人有說有
　　　　　笑的……一副幸災樂禍的模樣……

阿不拉　　幹！幸災樂禍……他在嘲笑我們啊！我非得……（氣極敗
　　　　　壞）

小　林　　（拉住對方）老大……你冷靜點，我們好不容易才用臨時演
　　　　　員的身份混進來……不能讓人家認出我們的真實身份來……

阿不拉　　好！那我們就在這邊等他送上門來……

（兩人坐在蔣介石及珍娜露露·布姬絲妲的相片底下，若有所思地吃起
刈包來。燈光漸暗弱下去時，紅衛兵從某個高處發現兩人。兩人吃著，
等得有些不耐煩。小林突而轉頭向阿不拉。）

小　林　　（突而靈機一動）大哥……再等下去……搞不好……

阿不拉　　是喔！搞不好，他……溜了。走──去看看……

（兩人急急忙出去探個究竟。紅衛兵這時帶著些許緊張的姿態，帶著伊
命和秋菊出現在兩張相片前。）

紅衛兵　　（神祕地）他……不就是……找吳導演？他媽的……該不
　　　　　會又是搞什麼情報飛機的……可別把我也扯進去了……吳
　　　　　導……（拾起掉在地上的高砂義勇兵的軍帽，朝伊命）就這

　　　　裡了！

伊　命　　這裡？這裡就是我要回來的地方啊？

紅衛兵　　喔！這麼巧啊！（拿帽子）這是誰的……

伊　命　　（拿過帽來，以原住民的話說）祖父……（有些哽咽）

紅衛兵　　你說什麼……

伊　命　　（笑笑）喔！我阿公的啦！

秋　菊　　（望著伊命，幽默地）這是你住的地方喔！天涯何處不相
　　　　逢，還真像我家呢！

紅衛兵　　你阿公是日本兵啊！還打過仗啊！

伊　命　　對呀！在菲律賓的叢林裡啊！

紅衛兵　　戰爭……鬥爭……反帝……打倒階級敵人……有了……我有
　　　　了……

秋　菊　　有什麼？你有什麼了？

紅衛兵　　就靈感啊！姑娘！妳的愛人同志給我的靈感啊！

伊　命　　喂！喂！喂！你要幹嘛！別在這裡亂來啊！這是我的家！

紅衛兵　　太好了！你的家就是實現我偉大計畫的地方。哈！哈！哈！
　　　　太好了！

（紅衛兵開始化妝。伊命、秋菊愣在一旁……）

紅衛兵　　看什麼看？還不快去準備。

秋　菊　　準備……

伊　命　　準備什麼？

紅衛兵　　行動藝術啊！

秋　菊　　什麼？我不會。

紅衛兵　　怎麼不會呢？行動藝術誰都會啊！妳告訴過我，妳平常在家
　　　　最常幹的就是……

秋　菊　　就燒飯啊！除了燒飯還是燒飯啊！

紅衛兵　　行！（朝伊命）那你呢？

伊　命　　我！除了唱歌還是唱歌啊！

紅衛兵　　　太好了！吃飯、唱歌……這就是我行動藝術的指導綱領。

（紅衛兵從牆上取下一把菜刀和一把紅菜給秋菊；伊命對著漂流木坐下。）

紅衛兵　　　（大聲嚷著）開始吧！行動藝術，就是要共同行動呀！

（燈暗）

第三章

（場上多了一部攝影機；音效：第 30 場。打板、閃光；拍片場景。）

（場上有一個雞籠裡關著一隻雞。雞籠邊留有一張寫著：「六畜噤默」字樣的紅字條。雞籠上懸有繩索……。一個穿著旗袍、留有一捲長髮的女子（在跳印尼或者類似印尼的傳統舞蹈）。神祕感是她身上散發出來的某種特質。她是南洋姐妹，因為經常以自家門口種的野百合來自喻，我們就稱呼她百合，其實也蠻貼切的……百合跳完舞，用樹枝在沙地上寫完詩句後，將長髮留在現場……離去。）

（此時，秀美吃力地揹著一面碎裂的鏡子和藍衫。她用一種幾乎是失聲的腔調唱著客家山歌……聲音漸輕時卻發現另一個自己：割裂的／片斷的／即時的／遙遠的……她和自己的影子玩了起來。）

（女記者變裝成護士，神色有些緊張地捧著手上的針筒和藥品盤子，從角落出現；秀美像似從碎裂的鏡面折射中望見她。）

秀　美　　　妳不怕被感染了嗎？

護　士　　　什麼意思？

秀　美　　　（上下瞧著對方）我是說，像妳這樣身份的人……

護　士　　　喔！妳是說護士很容易被感染？

秀　美　　　不是嗎？

護　士　　　（聳聳肩）這也不是我能決定的……

秀　美　　　什麼？妳是說，妳不能決定自己的身份嗎？

護　士　難道不是嗎？我們來拍電影是應本劇吳導演的需求變成這身
　　　　模樣的……

（護士身份的女記者去摸對方的頭，並掏出一只口罩給對方。）

記　者　該量體溫了！還有戴上（指口罩）免得被我感染了！

秀　美　這是怎麼回事？妳說的本劇導演是怎麼回事？

記　者　（拉到一旁，輕聲地說）噓——我們現在在她（拾起一旁百
　　　　合的長髮）的夢裡，別太大聲了！

秀　美　她——的夢裡？怎麼是這樣呢？

記　者　吳導這樣安排我們的身份呀！

（記者突而拉起裙襬，發現滿腳的紅點。）

秀　美　（驚聲地）妳——妳也被——喔！天啊！我不想成為別人夢
　　　　裡的腳色。（喃喃自語）我要要回我的身份……要回我的腳
　　　　色……

秀　美　（邊往觀眾走，邊嚷嚷著）劇本呢？吳導演——我要你寫的
　　　　劇本——我不想在這個爛劇本裡——（朝觀眾說）我沒有被
　　　　感染——沒有——沒有。

（秀美離場。女記者拾起百合留下的長髮，蹲下身細心看著沙地上的詩
稿。朗誦著）

記　者　（誦詩般）母親啊！請聽我說／我不過是這城市劇碼中的一
　　　　個傀儡。

（吳太太雙手架在一片掛有一面美國國旗的木板上，像一個被綁在十字
架上的女人。百合身著婚紗，拉一條紅布衝了出來……伊跌落地上。）

百　合　我在哪裡？還在自己的夢中嗎？

吳太太　妳忘了嗎？妳說妳永遠不要醒來的……

百　合　但，現在……我不是醒著的嗎……？

吳太太　是啊！妳醒在妳的夢裡……

百　合　妳是指，這裡是我的家嗎？

吳太太　嗯！我不確定！（溫慰地）喔！該學舞了！

百　合	（緊張地）我……我還沒醒……
吳太太	（微慍地）百……合……
百　合	（低著頭）嗯！我有些頭痛……昨天，那個……來……
吳太太	（盯著對方）騙人……上個禮拜來過了！乖！不要讓我等了！

（吳太太將著了火的木板和美國國旗揹在身後，走向紅布。百合在紅布的前端坐上來吹洞簫。）

吳太太	（壓低嗓門）妳以為這件事那麼容易嗎？妳來到這裡，但妳原本有一個屬於自己的家鄉。現在，妳被時間的潮流推湧到這裡。「這裡是哪裡？這裡是我的家鄉嗎？」喔！妳讓我記起我自己來了，年輕的我也曾披上白紗，走向紅毯，就像和那些被歷史狂沙埋沒的人，一起走向一條紅色的血路。然後在這個孤獨的角落裡找尋失去身份的靈魂。他們被囚禁被槍決，某一個瞬間，他們突然消失，又在我眼前現身……這裡是哪裡？我仍在妳的夢境裡嗎？
百　合	（驚地後退）媽……
吳太太	抱歉我不能是妳媽！（撫觸百合的頭髮）我們只不過在半路上偶然相遇。
百　合	（抗拒地）不知道！妳說什麼，我都不知道……家鄉的媽媽說，她會在港口等我回去，我們要一起到廟裡拜拜……
吳太太	妳要坐船回去嗎？很大很大的船，在大海中漂來盪去，讓妳每天每夜都昏昏沉沉地，載妳到很遠很遠的地方去……

（說這話時，吳太太靠近百合，伸手扶起對方。讓多少感到不知所措的百合以為要帶她離開……。她們一起沉浸在浪潮的推湧中。）

（突而停下腳步，望著眼前的某個定點：百合有些莫名地望著吳太太。）

吳太太	看見了嗎？
百　合	什麼？

吳太太	那火山口……再過去，就是妳家鄉的大廟……它從妳的眼睛裡變得愈來愈小，直到僅僅剩下一個很小很小的黑點……。妳想回到那黑點去嗎？
百　合	（點點頭）嗯！
吳太太	那就穿起婚紗來，開始跳舞吧！妳會跳著……跳著……就跳回那個黑點去了！
百　合	（莫名所以地）黑點……婚紗……跳舞……

（百合的舞步變得有些糾纏、掙扎以及恍神……伊命與秋菊戴白色面具脅迫似地繞在百合身旁。她跳到最後失神的躺下。吳太太脫去上衣，她轉過身來，背上印有判決書。天空降下沙，她緩緩地伏身沙堆中。）

（暗幽處，遊民穿著一件日本兵的制服，手拿一面日本國旗進來，他意圖喚醒百合，發現百合獨自睜眼轉醒。吳太太手拿手電筒跟在遊民身後將燈照在遊民的屁股上。）

遊　民	還記得我嗎？
百　合	（用力地想）喔……是你……在西門町……見過，還問我要不要一起去……
遊　民	噓！小聲點。
百　合	你是日本兵啊！你要去打仗嗎？我爸爸說，從前，他們都用石頭丟你們……從山坡上。
遊　民	對！那時候，我們戰敗了……但，我不是日本兵啊！我只是無家可歸的遊民，快呀！跟我走吧！
百　合	跟我一樣……

（遊民拉百合要走時，吳太太跟在後面。望著眼前有些不知所措的兩人。）

吳太太	你想帶她去哪裡？
遊　民	（理直氣壯地）我想……和她結婚，帶她離開這裡……她在這裡……不會找到身份的……。我要先帶她到指揮所領現金。再把現金搬來給妳，然後呢？順便也幫她申請一張日本

人的國民身份證。

百　合　　去日本……和……你……

遊　民　　對！就是我！有什麼不對嗎？需要我補充說明的嗎？

吳太太　　你想用錢帶她走，但她的靈魂將再度被埋進時間的風沙裡，
　　　　　　直到一無所有。

（房客在百合的夢裡成了「旅行之女」，或許，這是做夢者的自身投
射，也說不定……。她忽地在高處現形，身上揹著一件大皮箱。）

旅行之女　喂！不必說明瞭！你剛剛講的指揮所，現在都改成高空交流
（簡稱旅女）協會了！

吳太太　　（稍稍認出對方）咦！妳……是？妳不就是……

百　合　　妳們都相互認識啊！真是有緣……千里……來相見。

遊　民　　（有些急）現在不是練習成語的時候。妳剛才說什麼「高
　　　　　　空」交流協會是什麼意思？

旅　女　　喔！是專門針對像你這樣的人而設的。他們深怕你們這些還
　　　　　　活在過去時空的人，從時間的縫隙中挖出炮灰來扔在他們乾
　　　　　　淨窗玻璃上，所以將辦公室都搬到空中的二樓、三樓、四或
　　　　　　五、六、七、八樓去了！

（此時，百合發現自己的身上好似出現紅斑，有些癢了起來。摸摸自己
額頭，試探著有沒發燒，躲到一旁去……）

遊　民　　（脫帽，搔頭，半日本腔）真是……愈來愈玄了！

（旅行之女打開冒著煙霧的皮箱。）

旅　女　　（若有所思地）從這裡到三叉坑有多遠呢？剛剛那個穿著紅
　　　　　　衛兵制服的歌手，用他的歌聲把我從一個僵局中解放出來，
　　　　　　沒想，卻讓我投身到妳的夢境中。聽說，那個人到過很多地
　　　　　　方，她一定可以帶我去三叉坑的……

（旅女邊說邊躲進皮箱中。皮箱裝有小燈泡、幾件飾品、畫作……宛若
伊窄仄的家一般。）

遊　民　　妳說的「三叉坑」是什麼地方啊！適合我這種人去嗎？

旅　女	（在皮箱裡說）有泥巴、有土石流……怎麼樣，你還想去嗎？
吳太太	妳說話拐彎抹角的……肯定別有用心，說！妳是不是來收集什麼資料，做什麼社區文史調查……告訴妳歐！我可是不希望我們這裡變成什麼藝術特區的……
遊　民	對！對！對！我就是因爲不喜歡被當作博物館裡的標本，才穿這一身制服上街頭的……。三叉坑，我可不想去那種鬼地方。
百　合	（拉著吳太太）媽——我——
吳太太	什麼——妳也被感染了嗎？
遊　民	（自告奮勇地）啊——妳的夢裡也有病毒啊！別擔心，我聽說：病毒的解藥在被感染的人的血液裡……就是要去取被感染的其他人的血液，或者，感染死去的人的骨灰裡，也有解藥。
吳太太	（半信半疑地）你是從哪裡聽來的……這不是謠言吧！
遊　民	不！不！不！是那個新聞記者告訴我的……她自己也在找被感染的其他人呢！
吳太太	啊——她也被感染了嗎？

（旅女從皮箱裡出來，手裡拿著一只油燈，油燈下的一塊布掛著一行詩：喋默之身。音樂聲出，眾人後退。吳太太與百合分別化作喋默之身；遊民從地下挖出一只便當盒，打開後是骨灰。）

| 遊　民 | （驚訝地）這是…… |
| 吳太太 | （一把將便當盒搶過來）你——幹什麼？這是老王的骨灰啊！ |

（吳太太將便當盒交給百合。）

| 旅　女 | 老王，我——老爹，妳說，他是發高燒死的……他——不會是—— |
| 吳太太 | 可——能——是…… |

百　合	（低喟著）老──王……
遊　民	骨灰放在便當盒裡……嗯！很有意思。對了！這可以當妳的解藥的……
旅　女	（若有所思地）解藥，老爹的骨灰！喔……過去和現在果然價值不同……
百　合	（插話）過去……對呀！老王，他常說自己一文不值。誰教他慢來的啊！我爸爸就向我說過：早知道我們的祖先在這裡下船，不要一路漂到南洋去就好了！妳看！我現在變成最後來的……
吳太太	如果妳穿著一身婚紗，把頭埋進沙裡，大概有機會佔有自己的位置吧！

（百合將便當盒置於一旁，旅女想去拿。遊民機警靠過去。）

遊　民	小心妳被感染了！
旅　女	這不是解藥？
遊　民	也有可能是毒藥啊！（抱起百合，扛在肩上）我想，我必須先帶她離開這裡……在我們都被病毒感染死去之前……
吳太太	不行！她要留下來，和解藥在一起……。她把解藥帶走，會變成別人的毒藥。
旅　女	好了！好了！把她放下來……我來幫你設法，看看如何讓你的過去飛到高空的交流協會裡。
遊　民	過去？不！我是說現在該怎麼做，才能快一點讓我帶她……
旅　女	難道你不怕也被感染了嗎？你活在自己的記憶裡。現在，你從記憶的世界轉個身，就想取得你過去失去的東西，這也是戰爭所帶給你的教訓嗎？

（帳篷外傳來低聲吟唱的聲響：〈傾斜之歌〉。旅女出去，百合跟著她出去……）

旅　女	喔！是那個歌手，我得去找她了！
百　合	我──也想走了！

遊　民　　嘘——什麼聲音。（探頭出去）看起來，像是一個軍人……。糟了，我得先走了！現在，我最害怕的就是碰上打過仗的人。他們一定會問我說：你是日本兵嗎？廢話……我當然是……（瞧著吳太太）台灣兵了……

吳太太　　他溜得快。我也得溜了……妳們一個個都沒身份的，不被抓去隔離起來，我才輸妳們……。（朝百合嚷著）別走啊！妳要留下來啊！

（旅行之女拉著一只裝有畚箕和石頭的綠網進來……邊誦詩。百合冒出來，呼喚著。紅衛兵出現高處，打著赤膊在身上繼續畫台灣地圖。）

百　合　　喂！妳說的三叉坑是什麼地方？

旅　女　　我以敬畏，
　　　　　在荒煙蔓草中，
　　　　　雙膝跪地。
　　　　　以不安，
　　　　　祈求追尋夢境的准許。
　　　　　祈求大地在盛怒之後，
　　　　　容許我，
　　　　　以自由之名及帶罪之身，
　　　　　驚人的豪雨，土石流，荒煙蔓草……我的故事要從哪裡開始……

百　合　　妳好像在說夢話……。那裡，是不是有點像我的家鄉呢？

紅衛兵　　（朝旅女）喂！剛剛妳唸的詩是妳寫的嗎？

旅　女　　（著急地）對呀！你說去三叉坑的事，現在怎樣了……

百　合　　（驚訝地）就是你呀！你要她去三叉坑的啊！咦！（指他的上半身）你在身上畫這個是什麼？

紅衛兵　　（指眉心）我從這裡出發，到達這裡（指心窩）在一個停水停得老天爺都掉眼淚的城市裡找到了問號的靈感；再往南（指褲襠以下）到了這裡，在一個擔仔麵店找到說謊的子

　　　　　　　彈；靈感又來了，我的台灣行腳就要到達高峰了！（指肚臍眼）

旅　　女　　這裡就是三叉坑了嗎？（指肚臍眼）我們要做什麼？

紅衛兵　　做什麼？就我的行動藝術啊！怎麼樣，（朝旅女）妳要參一腳罷！

旅　　女　　（好奇地）爲什麼找我呢？

百　　合　　（拉旅女朝階梯）我聽說啊！他這個人被稱作台灣奇蹟，專門搞怪出名的，找妳一定別有用心的。

紅衛兵　　（朝觀眾）你們看！非主流（指自己）總是被誤解。我是想用我的身體配合妳的詩……還有，（指百合）妳這個台灣媳婦有特殊代表性，我們可以一起組一個藝術無限團隊，絕不向政府單位申請任何經費，直接殺到土石流的災區。

百　　合　　（朝紅衛兵）我是台灣媳婦沒錯，但是，還不想成爲你們奇蹟的一部分。妳眞的想去嗎？

旅　　女　　我旅行到一個定點，當我回頭，世界在貪焚和殺戮中繼續荒蕪下去；我想前往另一個荒蕪的地方，找尋救贖之道。

百　　合　　妳在朗誦詩啊！妳很陶醉，可惜，我聽不懂……下一回，我建議妳講些我們一般民眾都能懂的詩句，感情比較能交流。

紅衛兵　　藝術嘛！藝術的語言嘛！這一句，「在貪焚和殺戮中……」怎麼樣？對！「荒蕪下去」太好了！和我的身體產生了劇烈的衝撞感。

旅　　女　　妳想跟我們去三叉坑嗎？

紅衛兵　　（朝觀眾）對呀！怎麼樣？一起去吧！

百　　合　　你們有你們的藝術；我有我的日子要過。

紅衛兵　　（躲皮箱後探頭朝觀眾）喔！什麼樣有行動的日子嗎？

百　　合　　就──傾斜的日子吧！

旅　　女　　咦！妳的詩句嗎？

　　　　（三人合唱：〈傾斜之歌〉）

我在這裡／你在那裡／我看你輕輕滑落／滑落到病毒的谷地
醒來吧！／你是哪裡人／醒來吧！／只能在這裡
別往外看／別往裡看／就看你吃的什麼米
你心理發燒／你靈魂咳嗽／全都因為你遺失了
遺失了　國家發給你的通行證

你在那裡／我在這裡／你看我輕輕飄散／飄散到隔離的空中
忘了吧／我是哪裡人／忘了吧！／我從哪裡來？
別這樣想／別那樣想／就想我多麼像塵埃
我精神分裂／我方向不明／全都因為我忘記了
忘記了　幽靈一般的神聖召喚

封鎖的日子來臨／啊！封鎖的日子終於來臨
你的眼神從我身上撤離／我的目光從你身上遠離
在國家的書架前／在朝聖的詩篇中
一張張　野草般游魂的臉孔

（燈光暗。演員消失）

（女記者以護士身份手持針筒匆匆走向戴口罩的秀美……。她們出現在
影像側邊的某處。）

記　　者　　怎麼樣？妳找到妳的劇本了嗎？

秀　　美　　（仍戴口罩，搖頭）嗯──嗯──

記　　者　　那妳自己的腳色呢？

秀　　美　　（脫下口罩）現在怎樣？我們還在別人的夢中嗎？妳找到解
　　　　　　藥了嗎？

記　　者　　妳怎麼這麼焦慮呢？搞不好，我的血液即時變成妳的解藥
　　　　　　喔！這也只不過是個夢罷了！

秀　　美　　呸！呸！呸！妳說得倒輕鬆。但，在這個夢裡妳被換了身
　　　　　　份，還被感染了；而我呢？不知從何去找自己的身份。我們

　　　　　　突然間，都被隔離在──在──這什麼鬼地方了！

記　者　　妳那麼想出去嗎？我想，這一回作者應該沒有意見了吧！

（女記者從口袋中取出一只手電筒，扶著閉上雙眼的秀美，從舞台走向觀眾席，像似從夢境脫了身。但，她卻驚訝地發現⋯⋯）

記　者　　糟了！怎麼辦？

秀　美　　（訝然地）什麼？

記　者　　（指觀眾席）這裡才是感染區呀！

（雙雙奔跑著離場。）

（遊民彩著白臉，額上有一紅丸。手持日據時期的受召入伍旗。踩著高蹺出現，高喊殺──，紅衛兵吹緊急口哨，伊命、秋菊戴著口罩，拉起黃色緊戒線將現場觀眾包圍起來。趕忙跑開。）

遊　民　　別跑啊！別跑啊！我來了。我來救你們了！來幫你們驗明台
　　　　　灣人的身份了！

（此時秋菊和伊命發給觀眾用紅色字寫著 911 的口罩。）

第四章

（關於旅行這件事，人們通常被某種浪漫的想法給蒙蔽了。就這麼說好了！脫身在即，卻發現自身還處封鎖線內。如何是好，當然⋯⋯或許最好的辦法便是：就想像自己已經動身，跨出了封禁的認同之域。）

（一切重新開始於身著大將軍制服的阿不拉在一處高塔之上。他煞有介事地拿著一張大地圖，想像己身處於一個置高點上，朝著戰場上的士兵們做出最後的精神喊話；但他內心的動力源自於高歌一曲：〈撕裂我吧！〉。他唱歌時，伊命和秋菊成了靈魂詠唱隊；需要有人伴奏，紅衛兵自然是他的最佳拍檔了！）

（詠唱隊）

　　　　　　撕裂我吧！撕裂我難堪的過去／撕裂我吧！撕裂我沉默的現

在
他們說，我沒有過去／我的現在已沉沒／沉沒像一條擱淺的
船

（一起）

所以我去海邊看自己／所以我被海洋給封鎖
所以我在家裡看夕陽／所以我被夕陽給包圍

（阿不拉）

請問屋簷上還有風雨嗎？／請問風雨中還有旗幟嗎？
請問旗幟上還有風采嗎？／請問風采中還有我在嗎？

（詠唱隊）

囉嗦　囉嗦　你再囉嗦　滾回家去
牢騷　牢騷　你再牢騷　爬回家去

（一起）

撕裂我吧！撕裂我不安的身體／撕裂我吧！撕裂我擺盪的靈
魂
不再問，我不再問你／如果你不澆熄我／我就像一把火燒盡
你

阿不拉　　（盯著拉開的地圖）我在哪裡啊？時間過去，黑暗的時間
　　　　　過去。剛想回頭，我發現自己像一隻穿著制服的蝙蝠，在有
　　　　　光的洞穴裡飛翔。憑著直覺，就憑我那家鄉山坳子裡早已腐
　　　　　臭掉的直覺，我不聲不響地飛翔：我聽見炮彈在海邊的防空
　　　　　壕炸裂的轟隆聲；我聽見自己急促的心跳聲，在一片油綠得
　　　　　像旗海的甘蔗田裡突然失去了聲息。我休克了嗎？我完了
　　　　　嗎？我死了嗎？他媽的，我聽見隔壁老鄉又在拉他的什麼悲
　　　　　傷的二胡的小調。我醒過來，給自己一巴掌，「醒醒……醒
　　　　　醒……」我吼著。穿上這身軍裝，眼前滿滿是……是……
　　　　　是……是……是什麼啦！

（小林有些畏畏縮縮地拿著一只便當，準備爬上塔去。聽見阿不拉說不

下去，連忙應話……）

小　林	是……滿坑滿谷的……部隊……大哥……喔！不……報告將軍，該吃飯了！
阿不拉	（冷冷地）你吃吧！我們行動在即，我做將領的，能有空閒吃便當嗎？
小　林	（愣愣地）行動在即……將軍，您是說……
阿不拉	你是瞎了眼，還是怎麼啦！你沒看到嗎？他們統統拿著國旗在廣場上……
小　林	（示好地）喔！對。拿著國旗……高舉著國旗，他們在歡迎你……。喔！那是……
阿不拉	（羞怒地）歡迎我？歡迎我從墳墓裡爬出來嗎？你睜大眼睛看清楚，他們在歡迎我嗎？他們在抗爭……抗爭……抗爭我這個無能的……將軍……真氣死我了。
小　林	報告將軍，我看到吳導演了！他在外面的人群裡……
阿不拉	什麼！吳導演……哪裡……他在……哪裡？他也來抗爭我了嗎？……指給我看……

（紛亂中，小林的便當掉了下來。記者在一支麥克風前朝塔上喊話。）

記　者	請在我們通訊高塔上的這位穿著軍人制服的朋友，立刻下來接受量體溫的必要安全措施。我是 Special Report 的記者，受有關單位的託付，暫時扮演起社區安全指標維護人員的重要任務。請立即……下來……接受……

（阿不拉邊從高塔上下來，邊若無其事地唱著……。小林跟著下來。）

阿不拉	撕裂我吧！撕裂我擺盪的靈魂……
小　林	（應和著）否則，我就一把火把你給燒了！
記　者	（疑惑地）你怎麼了！有問題嗎？你不是那個臨時演員嗎？你可不要沒軋到戲，卻弄假成真了！
阿不拉	什麼弄假成真……誰弄假成真……（咆哮狀）我是遊走在撕裂地圖上最後的大將軍。看看我身上的勳章，（從制服上取

　　　　　下不同的勳章）這一個，你看，多麼逼眞的島嶼的形狀……
　　　　　綠色的、希望的、朝向大海的……下面還有……（望望一旁
　　　　　的小林，示意他接話）

小　林　　是……下面還有星條旗的綴子……（朝天空敬禮）是總統親
　　　　　自頒給我大哥的……叫……嗯……反共親美大號勳章……

阿不拉　　什麼……？

小　林　　（意會過來）喔！不……是大授勳章……

記　者　　好了！好了！別再演下去了……再下去……我看，我們不被
　　　　　你感染了才奇怪呢！快……快……去量體溫吧！

阿不拉　　（得意而忘形地）量體溫？我的靈魂在夜暗的牢裡頭受了一
　　　　　陣又一陣的風寒，我哆嗦……我顫抖得滿地打滾……我量過
　　　　　體溫嗎？

小　林　　沒有。爲了國家的……島嶼的……一切的一切……大哥，從
　　　　　來……也不必量體溫。

記　者　　瘋了！我看你們眞是瘋了。我得先走了……（突然想起
　　　　　什麼）喔！對了，你們有沒有看到那個穿紅衛兵制服的歌
　　　　　手……我有重要事情要找他呢！

阿不拉　　那個傢伙，妳說他身上有什麼導演的劇本，對不對！我告訴
　　　　　妳，他肯定也是在賣什麼情報的……故意裝得裝瘋賣傻的樣
　　　　　子。

記　者　　情報？什麼情報……

小　林　　大哥……搞不好是他，就是他出賣你的……

記　者　　（好奇地）出賣？你們在說什麼重要的國家機密嗎？快……
　　　　　告訴我……給我第一手的消息……

（此時，紅衛兵光著的上身，多出了幾處台灣地圖的標示點，他悄悄攀
上高塔，煞有介事地高呼起來……）

紅衛兵　　打仗囉！我們來解放你們囉！讓我這個政治冷感症的男人來
　　　　　──解放你們囉！

（女記者先是驚慌。阿不拉指著對方，示意小林攀上塔去……）

紅衛兵　　（靈機一動）看！吳導演，他進來了吧！嘿，吳導……

阿不拉　　什麼……在哪裡……（問一旁的小林）在地圖的哪一邊？

（阿不拉拉著小林急急忙朝紅衛兵指的方向跑去。女記者發現是玩笑一場，輕鬆地爬上高塔。）

女記者　　（指身上的地圖）你這一身像似……

紅衛兵　　喔！這是我身體台灣行動藝術計畫的又一個章節，妳看（指著肚臍眼）這裡就是三叉坑，下一個計畫就要在這裡完成的……

女記者　　什麼？你說什麼……你沒發燒吧！（拉著對方）喂！喂！喂！他們說你身上有吳導的劇本，那是祕密情報什麼的……是真的嗎？

紅衛兵　　吳導的劇本……唉呀！我讀了……

女記者　　你讀了……怎樣……有重要情報嗎？

紅衛兵　　（佯裝地）拜託喔！除了煽情還是煽情，我早就把它給扔了。

女記者　　你騙人……。告訴我！快告訴我……要不然，我現在就打電話給蘋果日報……

紅衛兵　　喂——喂，妳幹什麼？威脅人啊！說沒有就沒有的嘛！

女記者　　（拿著手機）你——說不說啊！

紅衛兵　　妳要害死我，是吧！我最怕蘋果日報的了！好！好！我告訴妳喔！這是最高機密喔！

女記者　　（高舉手機）快——快告訴我……

紅衛兵　　我——我決定在進行下一個章節的計畫時，將它給吃進我的肚子裡……

女記者　　什麼？吞進肚子裡？這是你剛剛說的行動藝術的一個部分嗎？

紅衛兵　　怎麼樣？妳有興趣參加嗎？

女記者	不！不！不！別拖我下水。我只想知道這有什麼重要意涵嗎？
紅衛兵	唉呀！妳還不懂嗎？情報吞到我（指身體）台灣的肚子裡，消失得無蹤無影，藝術超越了國界，又將國界的界線給模糊了。這果真不同凡響……
女記者	喔……接下來呢？
紅衛兵	接下來……什麼……就唱歌啊！
女記者	原來如此。

（兩人合唱聲中帳篷布幕關起。曲目：〈我們來解放你〉）

紅衛兵／女記者（合唱）

　　　　我們來解放你　我們來解放你　抬起資本論　我們來解放你

　　　　我們來解放你　我們來解放你　莫忘毛主席　我們來解放你

　　　　我們　我們　我們　最終要解放　你

　　　　不要　不要　不要　不要再拗下去

　　　　我們來解放你　真的　喔！要來解放你。

（唱完，狀似看見阿不拉似地，兩人離場。）

（氛圍轉換得安靜中帶些神祕，燈光漸轉幽暗。百合手持筷子敲著裝老王骨灰的便當盒，吟唱著南管。角落裡，吳太太從抽屜中取出一張張判決書，丟到火堆中……口中喃喃自語：「1950，馬場町……死亡之沙……仆倒……」房客提著皮箱，壓低著身子出來，突而從身後搶走百合的便當。）

房　客	（瞧著便當）老爹，救救我，我需要你作我的解藥。
吳太太	喂！喂！妳手上拿的是什麼？這是老王的骨灰耶！妳要把他帶到哪裡去？
房　客	不去哪裡……就跟我一起……
吳太太	跟妳一起……妳不租房子啦！要帶著老王和妳一起去流浪啊！妳是不是也被——感染了。妳看，妳身上一點一點紅紅的。

百　合　　不是吧！那是蚊子叮的吧！像我（瞧瞧自己，竟發現……）
　　　　　咦！紅點……這不是做夢發生的嗎？

吳太太　　謠言滿天飛，現在，病毒已經從夢境感染到現實中來了！

百　合　　不會吧！

房　客　　（凝視遠方）嗯！天曉得！

（百合靠近房客，意欲將便當盒給要回來；對方躲著，不肯。拗不過的
狀況下……）

吳太太　　先把便當盒供著……（望望兩者）還不去拿把香。

（房客、百合奔出去拿香。）

（突而從外頭傳來有人在叫吳太太的聲音，原來是小林。他闖了進
來。）

小　林　　報告房東太太，奉大哥──喔──錯了，是將軍之命，我們
　　　　　要向妳租那間房子……

吳太太　　喂！電影不是不拍了嗎？還租什麼房子啊！現在很多人都被
　　　　　感染了！你們還活在電影的劇情裡啊！真是的……台灣電影
　　　　　就是缺乏現實感。

小　林　　對！對！戲劇也一樣，我的大哥說的……就是因為這樣，他
　　　　　才說要租妳的房子，布置成前進指揮所……

吳太太　　前進──我們都被封鎖了！還前進到哪裡去？

（突而，又有聲音叫著：吳太太！吳太太。原來是記者，她也闖了進
來……）

記　者　　快點……（上氣不接下氣地）

吳太太　　什麼……快點……

記　者　　感染愈來愈嚴重了！我們要租妳房子改變成緊急避難所……

小　林　　（指記者）妳──

吳太太　　緊急避難所……這個名稱以前我聽過，蠻符合我們現在的情
　　　　　況的，沒想到台灣還有妳這樣語言層次這麼高的記者。

（小林被便當盒吸引著，想過去摸。被吳太太給喝止。）

吳太太　　你幹嘛！那是老王的骨灰，別碰它……

記　者　　什麼？老王的骨灰……這就是老王的骨灰……（跪下來）老
　　　　　天爺啊！眞是皇天不負苦心人……

小　林　　（五里霧中）什麼啊！

記　者　　（著急地朝吳太太）請快拿房間的鑰匙給我……（朝小林）
　　　　　你這傻瓜……這是解藥啊！你大哥不是身上一點一點紅紅的
　　　　　嗎？

吳太太　　（緊急地）別碰那便當盒……你們先別亂動，我去拿鑰匙給
　　　　　妳……別亂動喔！

（小林經護士一點之後，突而對便當盒感到無比好奇起來。他和記者都
想去拿便當盒……突而，出去拿香的百合與旅女手上拿著香進來……）

百合／旅女　　你們……幹嘛！

（小林與記者驚地倒退。百合與旅女機警地前去插香，卻又不讓彼此地
凝在便當盒兩旁。突而，旅女先動手去拿……，而後，百合動手，兩人
搶不過對方……。記者見狀，加入搶便當的混局；小林嚷著：那是我大
哥的解藥……。四人搶成一團，直到便當盒裡的骨灰散倒在地面上。）

（突然間，吳太太和秀美氣沖沖地走了進來！）

吳太太　　（大聲嚷嚷）好了！好了！你們都不要吵了！

（眾人安靜下來。吳太太指著秀美。）

吳太太　　好吧！妳說吧！

秀　美　　（氣急敗壞）眞是倒楣一場……跑到這邊來，沒演到戲，還
　　　　　碰上一場烏龍感染病！

小　林　　（捧著手上的便當）什麼烏龍……凍頂的嗎？

記　者　　（搶過他手上的便當）你是裝傻是不是……（朝秀美）妳說
　　　　　這話是什麼意思？

秀　美　　（拿著記者的手機）你們聽啊！（唸簡訊）機密簡訊一則，
　　　　　請暫勿公布……

記　者　　喂！那是我的手機呀！

（記者欲去拿回手機，卻被吳太太給擋了下來。）

吳太太　　讓她說……眞是的……

秀　美　　（繼續報告）根據本台的獨家消息，本區──也就是你們所
　　　　　在的區域，並未受到感染，一切都只是忙中有錯的誤會一
　　　　　場……由於，相關單位接到高層的指示，尚未打算針對此事
　　　　　提出道歉……因而，消息必須封鎖下去……務必保密……以
　　　　　免……

（記者將手上的便當盒還給百合；百合與房客面面相覷。百合到一旁拿
小掃帚掃骨灰……房客幫著清理現場。吳太太慌著朝小林走去……）

記　者　　（朝秀美）以免什麼……把手機還我……

秀　美　　休想，現在由我來掌控獨家消息……直到他們道歉爲止……
　　　　　（往外跑）

記　者　　（跟著出去）喂！把手機給我啊！

吳太太　　（朝小林）怎麼樣，還想租房子嗎？

小　林　　（高喊著出去）大哥，我們沒戲唱了……

百　合　　（問一旁幫忙掃骨灰的房客）喂！妳想他們會道歉嗎？

（房客一時沒反應過來。吳太太有意見地雙手叉腰。）

吳太太　　別做夢了！他們向來不道歉的……（氣沖沖地出去，又回
　　　　　來）把老王的骨灰給收拾好，我去拿他的胡琴來給妳們……

（吳太太出去。百合和房客覺得身體有些癢起來……。她們看看對方，
將老王的骨灰放在中間。環繞著便當盒，開始打起蚊子來……）

房　客　　老爹啊！這裡蚊子眞多……

百　合　　對呀！（邊打蚊子）還不道歉……還不道歉……看他們什麼
　　　　　時候才向你道歉……

（遊民竄了出來。東張西望。）

遊　民　　這裡就是通往天空交流協會的地方啊！

房　客　　天空……中……的……交流協會？

遊　民　　怎麼！忘了啊！妳答應我的啊！在她的夢裡，妳說，妳會帶

　　　我飛向那空中的交流協會……

（遊民神祕地從衣袋裡取出一面日本國旗。但國旗有燒過的痕跡，幾乎僅剩中間的紅日部分。房客和百合雙雙嚇了一跳。）

遊　民　　這是我從她的夢裡偷渡出來的……我想，就憑這張通行證，他們一定會接受我的……（欲拉百合）走吧！一起走吧！

百　合　　我不想跟你走……

房　客　　咦！你的旗子怎麼會有燒過的痕跡呢？

遊　民　　原本我在太陽下走，後來，一陣豪雨把我趕進一個熱帶雨林裡，我拖著疲癃的身子，一抬頭，到處是炮坑和死人……模模糊糊中，前面有一個人走來，手上拿著這面旗子，他像是受了重傷……。他費盡全身的氣力說：請允許我向歷史借些時間嗎？

（遊民邊說邊像他形容的那個人一樣，爬上階梯，躺到後舞台，不醒人事。）

百　合　　（驚慌地）喂！喂！喂！你是怎麼搞的……醒醒啊！

（突然間，伊命穿著他祖父的高砂義勇軍的制服，拄著柺杖，一跛一跛地唱著祭歌穿越高處……）

伊　命　　（吃力地）請允許我向歷史借些時間嗎？

房　客　　怎麼突然間出現這麼多戰場來的幽靈？（朝伊命）喂！他遇見的就是你嗎？等等我，你要去哪裡呀！

（房客出場。）

百　合　　（指伊命）軍人……（指遊民）軍人……（指手上的便當盒）也是軍人……（朝房客）你們台灣怎麼有這麼多穿不一樣制服的軍人……真複雜……

（遊民在伊命的呼喚應答聲中醒來，他站在一個相框後，將火點燃相框的邊緣。紅衛兵身上的台灣地圖已經延伸到上半身其他部位。他一小片一小片地撕著手上的劇本，往嘴裡塞……跟在秋菊身後繞圈子。旋律中，秋菊捧著一只裝有泥漿的大臉盆兀自恍神的游動進來。她的身體就

像盆裡的泥漿。）

秋　　菊　　如果可以，我希望自己是一條七彩的熱帶魚，潛游在灑滿陽
　　　　　　光的海床上；如果可以，我希望自己是市場上的氣味，隨著
　　　　　　人群飄散到透明的空氣中。

紅衛兵　　走吧！快走吧！妳看看那些人的身體和靈魂就將在這世界消
　　　　　　失；我們得趕在他們失去蹤影之前到達。

秋　　菊　　你說的那些人是誰？

紅衛兵　　（激切地）他們的雙腳踩在最後一塊希望之石上；黃色的泥
　　　　　　漿從他們的眼睛中流出。他們的頭埋進世紀以來最狂亂的土
　　　　　　石流中。

（紅衛兵邊說邊抓狂似地將頭埋進泥盆中，卻仍帶著秋菊出去，前往三
叉坑。突然間，阿不拉拿著地圖進來，沒頭沒腦地追問著後頭追上的小
林。）

阿不拉　　現在，我們在哪裡？在地圖的哪裡？有多少兵力？敵人又在
　　　　　　哪裡？

小　　林　　大哥……沒有敵人了！他們都撤了！沒戲唱了！

阿不拉　　誰說沒戲的……在我還沒逮到我的敵人之前……

小　　林　　敵人……你是指吳導嗎？他早溜了啊！

阿不拉　　溜了？他怎麼會溜這麼快……

（吳太太出來，手上捧著一副麻將牌。）

吳太太　　（朝二位）喂！該上桌啦！

阿不拉　　上桌？幹嘛！

小　　林　　大哥！打麻將也！

阿不拉　　喔！行啊！敵人沒找到之前，先摸幾圈試試身手……但少一
　　　　　　腳啊！

吳太太　　老王啊！你也該上桌了吧！

阿不拉　　老王是妳的房客啊！（打開便當盒）什麼！這是老王啊！妳
　　　　　　的房客還真無奇不有哩！

（吳太太、阿不拉、小林開始打起牌來……。突而，女記者手上拿著《潮喑》的劇本唸：關於……）

女記者　　關於在封閉的島嶼上找尋身份的這件事情……

（秀美從後頭出來，一把將劇本搶過來，引火燒了。）

女記者　　燒吧！妳燒吧！我們還有話沒說完呢！話說老王身前最後一次返鄉探親回來之後，帶回來一則縣城小報的宣傳新聞，上頭有解放軍和鈾礦的兩條消息。老王好奇地將新聞給藏在麻將盒裡，卻被前來戡景的吳導視作橫財一筆的情報，大肆渲染，賣給本地的國安單位。在情報消息謠傳滿天的這些時日，加速了對美軍購的暗盤交易，差點就再度引爆兩岸的危機。到底是在怎麼樣的牌局下，吳導將老王給「矇」了的呢！據說將成為本世紀最為錯綜離奇的一團迷霧。

百　合　　老王啊！該上路囉！

（她去拿一只天燈。此時，牌桌上的阿不拉和小林爬高塔。吳太太手拿便當盒到高處與百合會合，將便當盒繫在天燈上，飄上天。）

吳太太　　（嚷著）老王啊！輪到你囉！輪到你出牌囉！

百　合　　對呀！你該出牌啦！

小　林　　大哥，還真毛咧！和骨灰打了一圈麻將！老王不會出牌的吧！

阿不拉　　難說喔！哪一天他像我一樣毛起來了！搞不好把我們都「胡」了！

（場外響起〈無關乎〉主題曲的演奏曲。伊命、秋菊手持火把，紅衛兵脫光衣服現出泥濘中的台灣地圖；樂器的帶領下，房客撐著一只破爛、泥濘的靴子大傀儡從坡上歡慶般地走過……）

（演員進場合唱〈無關乎〉一歌。）

劇終

（2004演出初版劇本，2022劇本修整完成）

演出資訊

地點：寶藏巖歷史斷面帳篷搭台
製作人：姚立群
編劇／導演：鍾喬
演員：豐政發、藍貝芝、劉懋瑩、溫吉興、張㑏米、
　　　林慧蓉、林美伎、林怡君、李薇、朱正明、
　　　王繼三、王靜慧
舞台監督：瓦旦・塢瑪
劇場設計顧問：謝英俊
舞台設計：陳憶玲
舞台製作：許宗仁
布景：柯德峰
技術統籌：雷若豪
造型統籌：溫曉梅
音樂設計：鄭捷任
影像：黃庭輔
文宣美術設計：黃瑪琍
攝影：陳又維
製作助理：楊惟方
行政助理：易倩如
贊助單位：國家文化藝術基金會、台北市文化局
場地提供：台北市政府工務局公園路燈工程管理處

潮喑（2004）攝影：陳又維

敗金歌劇

創作背景：本劇承襲「敘事詩劇場」的精神，轉換爲當下時空，
　　　　　爲布萊希特五十週年祭，找到相互凝視的底韻。

創作提示：最初，因爲「帳篷劇」精神中融合魔幻與現實的美感
　　　　　經驗，野地的劇場中穿梭著跌宕的音符，爲身體和音
　　　　　樂找到交盪的場域。2005 作品。

場景提示：在廢墟與現實的交錯時空下。一場泰勞抗爭揭發總統
　　　　　府貪腐弊端。

人　　物：林香、Rosa、陳老板（狐狸）、喬警官、高捷、月
　　　　　姬、小鳳、申董、凱莉、陳美麗、頭家娘、麗莎（蒙
　　　　　娜）樂團＋歌手。

序幕：暗幽的城市街角

（喬裝成流浪漢的神探喬警官，在街角遇上無家可歸的高捷。幾些醉酒
後，手持酒瓶，載歌載舞的喬警官不支倒地，呼呼大睡。獨剩高捷一人
把玩手上的幾個銅板。）

高　捷　　（玩著手中的銅板）這世界，就像一座毀壞的城市。在淪
　　　　　爲廢墟之後，卻又被有權有勢的人給建構起來！至於沒權沒
　　　　　勢，像我這樣的人，也只能暫時棲身在這城市夜暗的街角，
　　　　　就說是一隻喪家之犬罷！我吠著吠著……朝那堆疊著黃金一
　　　　　般的高樓圓頂吠著……別說我瘋了！（指著觀眾）因爲，在
　　　　　你們每一個人心中，也住著一隻在慾望的深淵旁，每夜都朝
　　　　　著空曠的夜空嗥叫的狼。

　　　　　（學狼嗥叫，隨後驚醒過來）這不對呀！如果，我心中那
　　　　　隻喪家之犬變成野狼，反過來，要把我給吞掉，那我豈不成
　　　　　了碎屍萬段、血肉模糊的一攤屍骨了！不行！不行！我得擦
　　　　　亮我心中眼睛。（驚駭地凝視前方）啊！我看到了！那閃閃
　　　　　發亮的，不就是一雙雙狼的眼睛嗎！別過來！別過來！別過

來！

（高捷揮動雙手往後退，和醉酒的喬警官碰個正著。）

高　捷　　你是誰啊！

喬警官　　（歌唱）喓問阮是誰！阮只不過是無名無姓个一陣風，吹到你的肚臍空。

高　捷　　幹嘛！你，性騷擾啊！我到這裡來好幾天了！沒碰見過你呀！我們這裡的床位已經都訂滿了！

喬警官　　床位？什麼床位？要向誰訂啊！你嗎？（敬禮）長官，你好……晚安！

（高捷一根指頭點對方胸口。喬警官應聲倒下。）

高　捷　　別躺下，那是林桑的床位……

（忽聞碳火燒著的街角，隱隱然傳來街頭藝人月姬的吟唱聲……。後頭跟著也是街頭藝人的小鳳，手持油紙傘，踩著舞步……高捷躲身一旁。）

月　姬　　（閩南語吟唱）

歹戲拖棚拖不完　戲台面頂出貪官
貪官吃到面腫腫　煞來問吾吃飽未
吾講別來餓飽吵　給你飼飽送去殺
送去殺啊送去殺　燒酒一杯擱再來
你的頭皮作小菜

（高捷丟了一塊錢的硬幣進碳火盆。）

高　捷　　三更半夜，有說有唱，妳們要唱給誰聽啊！

月　姬　　（繞著對方）給你這失魂落魄、有家歸不得的人聽的啊！

小　鳳　　（試著去撿硬幣）是啊！你一個硬幣，就打發我們了！還真省啊！

高　捷　　妳說失魂落魄，是指我啊！

月　姬　　不是你，難道是指他嗎？（指醉倒地上的喬警官）這傢伙，每次喝醉了，就自洩天機！

高　捷　　自洩天機？他是誰？妳認識他嗎？

小　鳳　　（蹬腳）他呀！哼！專找我們這種沒身份的麻煩。什麼怕我
　　　　　們上人口販子的當，我看啊！（踢一腳）他──才是貨真價
　　　　　實的人口販子！

月　姬　　他來抓非法外勞，賺業績的啦！

高　捷　　（自鳴地）喔！原來是警察啊！（踢喬警官）

小　鳳　　看你這模樣，還真是窮鬼一個。

高　捷　　（惱羞地）告訴妳了！我不是鬼，是人，貨真價實的台灣
　　　　　人，只不過欠了些「卡債」罷了！

月　姬　　喔！明白了，你是「卡奴」……

小　鳳　　（大聲）「卡奴」，我懂了！台灣的特產也！大陸沒有的，
　　　　　像你這樣的台灣人，肯定很有代表性吧！（追著問）是不
　　　　　是！是不是！

（喬警官突而轉醒，從地上爬起。追著高捷跑，讓高捷驚地躲到月姬後
頭。）

喬警官　　什麼！「卡奴」……

月　姬　　「催卡債」也是你的業務之一嗎？白道通黑道，你還真會
　　　　　「喬」喔──喬警官──。

喬警官　　對！對！對！就是「喬」一下嘛！「喬」一下嘛！（朝高
　　　　　捷）你往哪兒跑啊！

（喬警官拉起褲襠，追著高捷奔離現場。詭譎的樂音響起！似有一扇紙
窗背後閃現著火焰！）

小　鳳　　月姬姐，這暗暗幽幽的城市角落，在陽光的背後，像似埋藏
　　　　　著什麼。（走向紙窗）這是……

月　姬　　打開記憶的窗口，今夜……故事就要登場了！

（兩人將紙窗打開，似有火焰閃現，是林香一張笑得已然忘形的臉，凝
視人間。小鳳、月姬坐窗的兩側，先是靜坐，而後身體像在儀式性中緩
緩蠕動。）

林　香　（在窗中）子夜的天空，陰雨綿綿，數十年的歲月，無聲無息地過去，我回想起人民起義事件過後，接下來的、漫長而無比沉寂的日日夜夜。（從窗口出來）就在那沉寂的驚慌中，突而，酒家門外闖進幾名荷槍的士兵，下一刻，吉普車呼嘯在空無一人的街頭，他們用槍柄擊昏了我，將我推下河水冰涼的基隆河。「我說，我只是來賣笑的啊！」就聽見幾個男人用粗啞嗓門叫罵著說「該死！妳這女匪幹！」載浮載沉，就這樣，我成了一具沒有編號的無名屍。沒想到，現在的我，竟用靈魂在孤寂中面對無情人世的召喚，再度徘徊於時間的殘餘地帶⋯⋯

（林香離場，小鳳撐起油紙傘，月姬邊打板踩步，兩人說書。）

小　鳳　時間倒影迴廊裡，映著奇特的身影。我往裡探頭一瞧，像似有張笑得忘形的臉，望著⋯⋯望著⋯⋯

月　姬　望著這虛枉的人生，我回頭，在鬼火般的世界裡追尋，才聽見那深淵裡，似乎傳來現世的呼喚⋯⋯

兩　人　像似在說，燒毀吧！燒毀你們相互間虛假的諾言吧！

小　鳳　（朝觀眾）這是一種詛咒嗎？

月　姬　（狂笑）哈──哈──哈，倒不如說是祝福吧！

小　鳳　祝福？死去的世界，也會為人帶來祝福嗎？（自嘲地）我們──到底是人，還是鬼呀！

月　姬　這樣的世界，人就比鬼還不嚇人嗎？哈──哈──哈──
　　　　（尖笑聲中，離場）

（也是尖笑聲中，林香從暗處拉著一台裝有霓虹燈彩的三輪車前來，上有一布條寫著：江山樓大酒家。車裡似乎昏睡著一個身軀嬌小的女孩⋯⋯）

（女孩從睡夢中醒來，她是外籍女工 Rosa。林香兀自在三輪車的手把旁，整理她如召魂旗般的被單。）

Rosa　　我在哪裡？會不會又被埋進一個像沙坑般的陷阱裡？這段日

　　　　　　子，我常做這樣的噩夢，沙都快淹到鼻孔了！我快呼吸不過

　　　　　　來……（伸雙手，力撐）而後，我用力一撐，才終於在又硬

　　　　　　又窄的門板間吸到了一口薄薄的空氣。

林　香　（回過頭來）做噩夢啊！可憐的孩子！

Rosa　　（驚慌）我怎麼會睡在這三輪車上的……。這裡是……（望

　　　　　　著布招）江──山──樓──大

林　香　酒家。對，流動酒家……

（林香躲到布招後，換一身破舊的和服，準備登場練習。）

Rosa　　流動酒家？我怎麼會在這裡？今天是星期天，我要上教堂做

　　　　　　彌撒的……

（林香從布招後探頭。）

林　香　怎麼樣！後悔了嗎？

Rosa　　喔！不，只是……

林　香　那就發傳單給各位親愛的觀眾吧！

Rosa　　傳單？

林　香　對，在板車裡……。叫樂隊準備了！

（Rosa 去板車上拿冥紙，上頭畫有圖案。）

Rosa　　這是傳單啊！喔！樂隊……準備開始了……

（Rosa 發冥紙給觀眾，樂隊開始，林香舞蹈。樂隊聲漸降……）

林　香　妳剛做夢時，一直喊 Bong...Bong 的名字，他是誰啊！

Rosa　　（憂傷地）我男朋友啊！

（Rosa 匆忙在板車裡找錄影帶，而後，緊握在懷裡。外勞罷工影像在
廢棄空間的牆面上游走。Rosa 追著影像，邊說著，林香靜止在板車
上。）

Rosa　　（手舉錄影帶）這是證據，在罷工現場，監視器拍到他被一

　　　　　　群管理員用電擊棒圍毆，他倒下去，頭上流著血，還抵抗，

　　　　　　最後，大家一陣驚慌……因為，他再也爬不起來了！

林　香　他死了！和我一樣……

Rosa	和妳一樣？那妳是靈魂了！這下子，我終於相信，夢裡見到 Bong 的靈魂在家鄉等我，一點也不是假的了！
林　香	所以，妳也要回家鄉囉！
Rosa	不行。不是現在⋯⋯。我可不願像工廠的那些姐妹們，隨意就讓他們遣送我回家鄉去⋯⋯
林　香	家鄉！在哪裡？回不去的家鄉，比天堂還遙遠吧！
Rosa	天堂，在哪裡！我也要去！
林　香	（反諷地）這裡呀！這裡就是妳原本想像的天堂，不是嗎？
Rosa	妳胡說！教會裡的牧師說，天堂裡有會飛的天使，不會有外籍女傭的⋯⋯
林　香	妳想當那天使嗎？（遲疑半晌）嗯！但，就我所知，天使好像都長得像雪一樣白。
Rosa	妳嫌我黑，妳什麼意思⋯⋯。妳有種族歧視⋯⋯
林　香	喔！喔！喔！我刺到妳的自尊心。不好意思！但，不是我歧視，而是天堂也戴上了有色眼鏡！
Rosa	別胡說了！妳是自己上不了天堂，就在這裡數落天堂的不是！
林　香	（神祕地）難說喔！世事變化多端，搞不好天堂裡，大家享受好日子慣了，沒人做苦差事，也開始需要進口像妳這樣（閩南語）「俗擱大碗」的外籍女傭了！
Rosa	少來了！鬼話連篇！天堂裡，人人都像天使一樣，沒有老板和傭人的差別！
林　香	真的嗎？但我聽說，上帝為因應全球化市場的需要，決定開一家跨宇宙的大銀行，妳想進去裡面瞧瞧嗎？
Rosa	什麼全球化！都是妳的鬼話啦！呸！呸！呸！繼續說下去，天堂好像和這裡一樣，也要開剝人皮肉的仲介公司了！
林　香	難說！真的很難說！不過首先還是歡迎妳來到我們這福爾摩莎天堂來！

Rosa　　　福爾摩莎天堂！（遲疑地）什麼地方啊！

（林香做開門動作後，將 Rosa 給引進門來！立即做將門掩上的動作。
她從流動酒家亭裡取出像金沙似的東西，沿路灑著，在金沙路上舞動。
Rosa 好奇地跟在後頭⋯⋯）

林　香　　（舞動）在這天堂南方的工業大城裡，應多數選民的要求，
　　　　　在中央廣場鋪起黃金色澤的地磚。日日夜夜，擠進來自各地
　　　　　的男男女女，漸漸地，他們因為夢想相同，都有著和黃金相
　　　　　似色澤或模樣的臉。

　　　　　這一夜，有一個陌生的女孩，前來探路，於是，男男女女都
　　　　　逼近她，好奇地望著她、圍住她、盯著她久未轉變成黃金模
　　　　　樣的臉孔⋯⋯。於是，決定一起將她推出廣場去⋯⋯

Rosa　　　然後呢？我是說，被推擠出去之後⋯⋯

林　香　　就看這福爾摩莎天堂怎麼安排她囉！依我的想像，她會在路
　　　　　經一家牛排館之時，面臨命運的轉折。

Rosa　　　妳是說，她會選擇進不進去，是嗎？

林　香　　顯然，在她有機會吃到一片牛排之前，已經先陷入別人圈好
　　　　　的屠宰場裡了！

Rosa　　　妳說的話，字字都有很深的道理！可惜，我從來沒有餘錢去
　　　　　吃牛排！

林　香　　那就更慘了！連牛排香都沒聞到，就給送進屠宰場，準備待
　　　　　宰了！

Rosa　　　妳說的是我嗎？那該怎麼辦？總不能坐以待斃罷！

林　香　　說得好，那就準備開張罷！現實社會的屠宰廠裡，那些自
　　　　　鳴得意的政界屠夫們，很快就要露出馬腳了！我們且拭目以
　　　　　待！

Rosa　　　（朝觀眾）喔！真是這樣嗎？（朝樂師）那，怎麼開始呢！

（霓虹燈彩，旋轉不止。樂師就位，準備開始。唱〈絕不手軟〉之
歌。）

樂　師	（口白）阿彌陀佛，屠夫拿刀，絕不手軟
林　香	早上醒來，這世界是個大市場
	中午開會，官場早已買通市場
	所以，該怎麼辦？文明的、民主的
	自由的，有一張選票的各位
	（朝觀眾）你們說，該怎麼辦？
Rosa	怎麼辦？怎麼辦？
	選票沒有的我，又該怎麼辦？
	夕陽西下，從家庭牢房逃出來
	夜幕低垂，又趕我們進屠宰場
樂　師	（合唱）啊——阿彌陀佛——政治屠夫——手下留情
	你不放下屠刀，我就決不喊「咔」

（林香拉著三輪車上的 Rosa 離場。）

幕間穿插：夢遊中的「深喉嚨」

（一張會議桌，鋪著晴空般色澤的桌巾。戴一只白色面具的申董，撐開手腳，「大」字型躺在桌上，像浮在雲端一般。端坐一旁椅子上，他的助理凱莉，身揹白色羽翅，像守候的天使般，手持一幅店招似的面相掛圖。）

（夢遊場景，即將登場。雲霧中，樂師音樂起時，喚醒夢遊的申董，他於是站到桌上，指揮樂師。凱莉坐在椅子上，隨節奏晃動上半身。音樂聲漸小……）

| 申　董 | （朝觀眾）首先，我要聲明的是，「深喉嚨」絕對是一門專業的素養。奧塞羅不是說嗎？「我會很巧妙地不動聲色，但，也會包藏著殺機！」自古以來，莎翁早已提示，男女之間的愛恨情仇，就是政治鬥爭場上的最佳縮影。隨意出手，只會為自己惹來殺機，像那經不起風霜雪雨的溫室花朵。所 |

以，潛藏通常爲蓄積更大的能量而來，這時，我們沉默……
沉默……像在地窖裡躲藏了千百年的一條蟲……

（申董做蟲躲藏狀。轉而情緒變得激動起來，脫去面具。）

申　董　　（問凱莉）我親愛的助理，如果有人說，我們心狠不足、慈
　　　　　　悲有餘，妳會怎麼說？

凱　莉　　（指面相）眼袋有痣，滴淚傷夫，傷感是致勝的致命傷，必
　　　　　　除之而見前景。

申　董　　（問凱莉）那麼，如果，又有人反過來說我們計謀多端、包
　　　　　　藏禍心。妳又怎麼答？

凱　莉　　（指面相）眉宇淡疏，必露險詐於他人面前，若紋眉粗而有
　　　　　　序，則化作精於謀略之重臣。

申　董　　很好！很好！（朝觀眾）雖然，這只是一場夢遊，無論如何
　　　　　　卻說明了，在這市場宰制一切的世界中，每一個人都只是在
　　　　　　掩飾自己缺點的同時，將別人推進深淵的底層。

凱　莉　　容我提醒申董，你貴爲一基金會的董事長，應多方注意自己
　　　　　　的修辭……例如說，（望對方一眼）你還可以吧！我是說，
　　　　　　我認爲，形象就是我們這一行的本錢……嗯！嗯！

申　董　　（惱羞地）有話直說，我豈是那種容易惱羞成怒的人呢！

凱　莉　　我──是──說，你──該──說──的是（一股腦地）爲
　　　　　　別人安排進到深淵的台階……

申　董　　什麼時候，「命相美容」這行業也搞起修辭學來了！

凱　莉　　一整套的……這全是一整套的……

（突然間，有急促的敲門聲響起……）

申　董　　誰！是誰呢？連這天堂般的夢遊，也有訪客來敲門嗎？

凱　莉　　這種時候，會來敲門的，除了你那做夢時也不願饒過你的陳
　　　　　　美麗之外，還會有誰呢！

（凱莉吹散一團雲霧，陳美麗現身……）

陳美麗　　（朝觀眾）原諒我這個不速之客，總在出乎人意料之外，突

　　　而便闖進別人的生活，喔！更準確的，應該說是我關心的人
　　　的夢境裡！（轉而向申董）但，關於這樣的行徑，我認為恰
　　　恰是一個追求真相的媒體工作者，不可或缺的美德的表現。
　　　換個角度來說，是事件推動著我出現在你面前，又或者說，
　　　擦亮著我們感情之間那面理性的鏡子……

申　董　等等！等等！妳突然間闖了進來，大發議論，該不會又有什
　　　麼……

凱　莉　如果，妳要說「八卦」也是新聞的話，那，我要說，並不在
　　　我們夢遊的 Schedual 裡！ OK ？

陳美麗　莫非現實只是幻相，否則，怎麼連做夢也有 Schedual ！
　　　我要說的是外勞暴動那件事……。（問申董）據說，你的祕
　　　密證人握有高層介入的資訊。

申　董　妳沒搞錯吧！這件事該去問妳家族二房的老哥，就是陳老板
　　　的啊！是他的公司仲介這些外勞來工作的啊！

（陳美麗伸出手，做要東西狀。）

申　董　幹什麼？

陳美麗　給我麥克風。

申　董　妳是要宣布有關於我們兩人的重要消息嗎？

陳美麗　不是我們，是我一個人的事……我一個人的身世……

（陳美麗唱：〈舊的不去，新的不來〉之歌）

陳美麗　舊的不去，新的不來
　　　世界就是這麼回事
　　　別以為關起了舊門
　　　新事物就不在門前
　　　你得時時刷亮雙眼
　　　但是偏偏皇親國戚
　　　血緣家族最好利用
　　　你瞧瞧！你再瞧瞧

　　　　　　　　多少高層既得利益
　　　　　　　　都假國家認同為名

　　　　　　　　舊的不去，新的不來
　　　　　　　　人間進步通用法則
　　　　　　　　偏偏有人操作族群
　　　　　　　　兄弟說成外來政權
　　　　　　　　你得時時注意身份
　　　　　　　　血統不正掃地出門
　　　　　　　　就像對待沒錢外勞
　　　　　　　　你聽！你再聽聽
　　　　　　　　父親血統當作藉口
　　　　　　　　家族認同可比國家

陳美麗　　沒看電視啊！他剛剛在媒體前再度宣告：我父親是他們家族的私生子，血統不正，早被脫離親族關係了！

凱　莉　　脫離關係……血統不正……唉！劫數呀！（拉對方手掌）讓我看看妳的手相……啊！這螺紋顯示親人間似有刀劫。

陳美麗　　江湖術士，小道消息！

凱　莉　　再看看妳的面相，魚尾紋有礙仕途，若欲爭取主播一職，宜多保養……像我這樣……

（凱莉從玻璃皿中取一張面膜，貼在自己臉上。）

陳美麗　　（狠狠地）小心！做不實廣告，先會被檢舉，命盤不順的話，搞不好到了法庭還被當場聲押……

凱　莉　　損人者，人恆損之！（回頭）哼！

陳美麗　　別回頭啦！再回頭，還是一片慘綠。

申　董　　（惱火地）妳們這是幹什麼！一語雙關、語言拳擊賽嗎？（朝觀眾）就我所知，夢裡太多噪音，是躁鬱的前兆，有害於「深喉嚨」身心平衡的專業素養。

（申董在桌上打坐。）

申　董　　一切歸零。我最恨愛興風作浪者流。

凱　莉　　這是擦亮基金會招牌的最新廣告詞嗎？（做記錄狀）我得把
　　　　　它記下來……。

陳美麗　　別記啦！（朝申董）爆料天王，你安排我見祕密證人，我就
　　　　　關掉你的噩夢！

凱　莉　　（愣著）這行嗎？

申　董　　行。一妻當關，萬夫莫敵！妳就當我的「內線」吧！

陳美麗　　醒醒罷！內線關係，妳想得美喔！

陳美麗　　（果敢地）關燈。

（陳美麗拍兩下掌。燈暗。暗場中……）

第一幕：老板家裡沒「喬」好的事

（頭家娘在高處戴上她翡翠耳環的同時，又著急著找她的珍珠項鍊。她的妹妹麗莎坐在一只相框後，頸上掛一條珍珠項鍊。至於，陳老板似乎在後頭的臥室裡，焦急地翻找著什麼……）

頭家娘　　（歇斯底里，漸下樓來）Rosa，Rosa，妳在哪裡，給我出
　　　　　來。我的珍珠項鍊呢！再不出來，我就報警了！

陳老板　　（跟著下來）Rosa 呢！Rosa —— Rosa ——

頭家娘　　怎樣！你也在找 Rosa 啊！

陳老板　　麻煩啦！（低聲）那捲錄影帶不見了！

頭家娘　　（拉到一旁，低聲）錄影帶，你說是打死人——那捲——
　　　　　喔！

陳老板　　（舉手，做威嚇狀）什麼，打死人——是意外不幸事件，我
　　　　　特地找了高層將事情「喬」好，妳可別亂說，妳——

（麗莎摸摸自己唇邊的痣，從相框中走出來。）

麗　莎　　很久沒有人理會我這蒙娜麗莎的存在了！瞧！我在這裡沉

思、靜坐，兩眼朝著前方的金色大道，筆直地瞭望過去，紐約、東京……股市在電視的水晶螢幕上，隨著我波浪般的心情起伏、跳動，進場、出場……出手快慢，只能以「政治藝術」四個字來形容。（狀似花拳繡腿）回魂一擊，更重要的──資金帶動市場，市場又為資本加碼。我的眼光隨著狂漲的黃金價格，立即移轉到亞洲的新興市場來……

頭家娘　（喚著出神的麗莎）妹──喂！──妹，想錢想昏頭了啊！那檔什麼 IC 什麼股，都要變成壁紙了！妳還在想什麼紐約、東京、亞洲……什麼市場。

麗　莎　IC 是高科技股……老姐。要有市場觀念！是資金的市場！不是妳們這些茱籃族的市場！

頭家娘　誰是茱籃族！人家我早就升級了！（瞧對方）妳脖子上的不是我的珍珠項鍊嗎？

麗　莎　什麼樣的品牌，隨著什麼樣的使用者，提升它的價格。

頭家娘　（閩南語）假高尚！若要講高尚，我這本土个，尚介高尚！拿來還我……（追著對方跑）

陳老板　（惱火地）好啦！妳們有完沒完啊！別吵了！麗莎，妳看到 Rosa 了嗎？

麗　莎　沒看到！但，她的事，我蒙娜麗莎的耳朵全聽進去了！

陳老板　所以呢？

麗　莎　所以怎樣？

陳老板　什麼，所以怎樣──想想辦法啊！

頭家娘　（應和著）對呀！得想辦法啊！

麗　莎　你不是說，我在公司的特殊任務，就只是負責（朝觀眾，故意大聲）海外洗錢的部分嗎？

陳老板　（急忙拉她回來）妳那麼大聲幹嘛！怕沒人知道啊！我告訴妳，我們都在一條船上，我沉了，妳也跟著沉……

頭家娘　妹──妳腦筋轉得快，幫妳姐夫想想辦法。事情解決，那條

珍珠項鍊送妳！

麗　莎	（將項鍊朝桌上一甩）項鍊我不稀罕……。土地開發那檔股票，得給我分一半。
陳老板	（裝蒜）那檔股票？那檔——是全額交割股，不值錢……妳要幹嘛！
頭家娘	（朝老公使個眼色）對啊！攏總是水餃股，浮浮沉沉……不值錢的啦！
麗　莎	（朝觀眾）少來啦！銀行談好，土地炒作談好……一張一塊的，三個月後漲到三十塊，耐心等待，水餃也會變黃金。
陳老板	（再次將她拉回來）妳這是幹什麼！要害死我嗎？這涉及內線交易的……
麗　莎	怕什麼！「人頭」要幾個，我來搞定，保證船過水無痕！
頭家娘	妳保證喔！保證喔！（低聲問老公）可以嗎？這樣，可以嗎？
陳老板	人頭在下游，上游要安排可以信任的人。（問老婆）妳走側門，進去問夫人的意見，小心，別讓媒體給跟上了！
頭家娘	（拿起珍珠項鍊）我得多準備幾份見面禮。（上樓去）
麗　莎	怎樣……你什麼時候切股給我，我什麼時候幫你安排好「人頭」！
陳老板	（險詐地）看來我們真是「命運共同體」了！這是我今天的最新發現。錄影帶的事，怎麼處理！
麗　莎	怎麼處理，就全看你的誠意囉！
陳老板	我的誠意？
麗　莎	對呀！你不是說，我們是命運共同體嗎？

（音樂聲響，兩人對唱〈命運共同體〉之歌。）

麗　莎	你在上游，我在下游 水流穿越，金沙浮起 若想完成淘金夢

　　　　　　　　命運共同少不了

陳老板　　上游下游，一條河流

　　　　　　　水能載舟，亦能覆舟

　　　　　　　若是淘金夢成空

　　　　　　　就到水底修墳去

麗　莎　　水底修墳，地上蓋墓

　　　　　　　人生瑣事，包我身上

　　　　　　　股票一把值千金

　　　　　　　斷失財運鬼含恨

陳老板　　（朝麗莎）妳有膽識，妳有腦筋，妳還有超乎常人的計謀。

麗　莎　　（手摸黑痣，神祕狀）我把膽識擺在你的門前，就怕你出門
　　　　　　　後，心頭飄來塊烏雲！

陳老板　　我心頭如光天化日，哪裡有什麼烏雲？

麗　莎　　此話當眞？那我就放心到申董處走一趟了！

（麗莎説了話，卻不走人。杵著。陳老板不安地瞧著對方。）

陳老板　　妳——怎麼還不走呢？

麗　莎　　上游的先走，下游的才看得見上游的背影。

陳老板　　這是什麼「厚黑學」嗎？學問還眞大！（兩人一前一後離
　　　　　　　場）

（突而有捷運到站的聲音響起。頭家娘到陽台上，瞧個究竟。高捷翻一
個跟斗闖進高樓處。）

高　捷　　眞是神奇啊！竟然有捷運可以直通家門裡來，連下車走個路
　　　　　　　都不必，這是怎麼辦到的……

頭家娘　　（回頭）你是誰啊！沒敲門，就闖進來……

高　捷　　我——不好意思，我叫高捷。這捷運像雲霄飛車一般，突而
　　　　　　　從地底竄出，升了個高高的急坡，咻——地，就在妳家門口
　　　　　　　緊急刈車，我一站起來，門一開，一陣強風就把我颳到這裡
　　　　　　　來了！不好意思，我叫高——捷。

頭家娘	（示意對方下來）高──捷，還真巧啊！你這名字。
高　捷	對！高捷搭「高捷」，可惜，沒送招待券！
頭家娘	招待券！別胡說，這是市府的公共工程，我們決不涉及任何不法賄賂的……
高　捷	高捷，我是指那高捷（指上頭）直通妳家，有什麼……不尋常的嗎？
頭家娘	問那麼多，你是來幹什麼的……
高　捷	喔！來應徵工作的……。（拿出報紙）個性：忠誠而善變，仲介專門、待優……
頭家娘	你都行嗎？數人頭呢！
高　捷	數人頭？
頭家娘	對！（學舌地）進來幾個，每一個值多少，能拿多少……放進外勞仲介──的──喔！銀行的帳戶中，錢一分不能少……
高　捷	（翻過報紙）聽起來比報紙背面的「數獨」遊戲還容易，沒問題……
頭家娘	那就先寫自傳吧！（給對方一張用過的影印紙）自己有帶筆嗎？
高　捷	（接過影印紙。搔頭）筆是有……但，可不可以請問一下為什麼是「忠誠」又「善變」呢！
頭家娘	（左顧右盼）阮頭家嘸底哩（不在家）！我洩題給你，就是對「我們」要忠誠，對「外勞」要善變，懂了嗎？

（高捷在一旁寫自傳時，捷運到站的音樂又響起。喬警官拎著一隻公雞，跌撞進來。）

| 喬警官 | （敬禮）報告頭家娘，我又慢了十五分鐘。對不起！（連忙下來）實在不是我好遲到，而是剛剛……（上氣不接下氣）剛剛真的好險……好像又有一個地方塌了！（放下土雞） |
| 頭家娘 | 沒發生人命吧！沒有就好，反正土是軟的嘛！反正──又不 |

　　　　　　是我們蓋的，我們只不過「喬」了些水泥的事情罷了！

喬警官　　水泥！就是水泥的問題……

（高捷抬起頭來，一眼認出對方。）

高　捷　　你──不是那個醉倒的警察嗎？怎麼，這麼巧。

喬警官　　（尷尬地）欸──我──我們認得嗎？在哪裡？我不記得
　　　　　了！

頭家娘　　（裝鎮靜）你有相識喔！（看對方的自傳）字寫得不錯，留
　　　　　下行動電話，我們會通知你。

高　捷　　（頻點頭）喔──喔──

頭家娘　　還不走！可以走啦！由後門走就可以啦！

（高捷頻回首地走出去。）

高　捷　　後會有期！後會有期！

頭家娘　　（瞪著對方。閩南語）你小心啊！酒是可以隨便喝的嗎？
　　　　　（拉到一旁）還有，你別亂講啊！頭家不是向你講好幾次
　　　　　了！是土質，不是水泥的問題。有目無珠个──你！

喬警官　　（神色緊張）欸──欸──欸，頭家娘，代誌是比妳想的還
　　　　　大條……

頭家娘　　什麼！攔有什麼還沒「喬」好的。

喬警官　　就是「深喉嚨」啊！那個申董啊！好像透過妳老公的遠房親
　　　　　戚陳美麗查到公司這邊來了！聽說，他準備要爆圍標水泥的
　　　　　「料」了！

頭家娘　　什麼，又是申董……唉呀！管他什麼「深喉嚨」，那是我老
　　　　　公的事，我只不過是「人頭」──「人頭」而已！（盯著土
　　　　　雞）這隻是閹雞嗎？不是向你講了很多次嗎？陳老板！莫要
　　　　　吃閹的……

（此時，陳老板動也不動地站在高處，盤算著什麼，不發一語，未被發
現。）

喬警官　　（埋怨地）罷工暴動的事情要我「喬」；水泥暗盤的事要

　　　　　我「喬」；買雞的事情也要我「喬」，我可是科班出身的專
　　　　　業警官，只是最近破的案子少了一些！這也不能怪我啊！案
　　　　　子都被有能耐的「吃光光」了啊！（喃喃自語）「喬」來
　　　　　「喬」去，什麼時候，我神探的專業也被「喬」成幫傭了！
頭家娘　　（閩南語）攔講！攔講！誰叫你要叫「喬」警官的……一人
　　　　　一命……免怨嘆……時機歹歹……有通「喬」就要偷笑啦！
　　　　　（朝觀眾）好啦！各位，今天我們就先「喬」到這裡！
（場上燈光漸暗。高處獨留陳老板一人，不安地來回踱步。燈光漸
暗。）

幕間穿插：棺材板，是我們的一條船

（燈光漸亮時，頭家娘看似從一個大珠寶盒裡，取出珍珠項鍊、翡翠耳
環、綠寶石等，邊看鏡子邊穿戴，此時，西裝內裡搗著狐狸面具的陳老
板，撐一支黑傘，緩緩走下梯來。）

（樂隊歌唱：〈喬來喬去〉之歌）

樂　　隊　　喬來喬去　喬來喬去
　　　　　　光天化日　無所禁忌
　　　　　　高潮迭起　你死我活
　　　　　　後門走進　前門搞定
　　　　　　喬來喬去　喬來喬去
　　　　　　金庫通國庫　國庫通黨庫
　　　　　　攏總，啊！通——通——通到內褲去
頭家娘　　怎麼樣，要出門啊！
陳老板　　重要的事，非得出去「喬」好不可！
頭家娘　　一個「深喉嚨」再加上一個陳美麗，我想這回代誌真大條
　　　　　了！
陳老板　　（裝鎮定）代誌大條，我們分頭去「喬」，妳到夫人那邊，

　　　　　　　我去「深喉嚨」那邊，雙管其下！

頭家娘　　　世界怎麼變得這麼複雜！你說過的，做仲介、數人頭，再沒
　　　　　　比這單純的了！

陳老板　　　誰想到會出了人命！又讓那個死 Rosa 給壞了事！

頭家娘　　　那圍標水泥的事呢！我就說，那事不好做嘛！你就……

陳老板　　　埋怨啊！妳這沒腦筋的……

頭家娘　　　不是埋怨，只是覺得有夠倒楣！

陳老板　　　有一天，出了門，遇上大洪水沖向街頭，剛好在街角的棺材
　　　　　　店搶到一片棺材板，能載我們兩個人，卻還有一群要被淹死
　　　　　　的人也要攀上來，妳會怎麼辦？

頭家娘　　　（像在洪水的棺材板上）別嚇人了！我們一人一邊，坐穩
　　　　　　當，浮浮沉沉，總會漂到岸邊去！

陳老板　　　妳看！又有人要攀上來了！是妳妹妹啊！怎麼辦！

頭家娘　　　妹！妹！麗莎！快啊！我拉妳一把！不行啊！這棺材板兩個
　　　　　　人恰恰好啊！

陳老板　　　（裝鎮靜）是啊！怎麼辦！每一個人只有一次求生機會！

頭家娘　　　（激動地）唉呀！怎麼辦啦！怎麼啦！都是你啦！見死也不
　　　　　　救！

陳老板　　　閉上眼睛，輕輕推她，輕輕地推……妳看，她也像我們一樣
　　　　　　浮起來了！

頭家娘　　　浮起來了……我看到了！但，她死了！

陳老板　　　（安慰地）別傷心！城市就像這棺材板，女人的美德是從叢
　　　　　　林的險惡中學習來的，閉上眼睛，就上岸了！

頭家娘　　　（搖搖擺擺）不對呀！現在，是在土石流上，不是在叢林
　　　　　　裡，看！（緊張地）這棺材板……我……我快滑下去了……
　　　　　　救我一把啊！

（陳老板抱住頭家娘，又推她起身。兩人唱：〈棺材板，我們的一條
船〉之歌，麗莎在屋簷下的二樓陽台探頭。）

陳老板	妳慌慌張張，妳沒頭沒腦
	棺材板上，只容一張雙人床
頭家娘	我怕進牢房，心慌意亂
	但妹妹可是親人骨肉
陳老板	世事難料，若要兩全
	妳得設法，去見夫人
	若是她眨個眼睛
	墳頭上，一粒種籽
	會開出幸運的花來
頭家娘	就怕見了面，根本不相認
	再厚的支票，沒人背書，等於白費
陳老板	墳頭上的花還沒開，北風又一陣陣吹來
	妳再不快設法，支票就變作傳票
頭家娘	傳票，傳票，難道要傳我上法庭
	就別忘了！我們在一條船上
陳老板	快去！快去！向夫人磕頭
	一塊棺材，我們一人坐一側
	法院門前，傳票變股票
	開出紅盤，我分妳一半
頭家娘	（口白）別再說股票了！如果是彩票
	中了獎，我和你七三分！
陳老板	（口白）一半。
頭家娘	（口白）七三分……七三分……六四分。
陳老板	（口白）煞！

（陳老板以默劇肢體，戴上面具，漸變裝成一穿著西裝的狐狸，撐起黑傘，和頭家娘攬著手出場。此刻，麗莎出現在二樓陽台唱：〈狐狸出門〉之歌。）

麗　莎	出門換裝成狐狸

　　　　不怕熟人來相認
　　　　乞丐伸手求同情
　　　　別忘給他三毛錢
　　　　這樣！就這樣！我說
　　　　道義良心放嘴邊
　　　　人和人誰信任誰

　　　　狐狸出門說人話
　　　　最怕有人來拆穿
　　　　若是有誰嫌你醜
　　　　虛偽面具誰沒有
　　　　這樣！就這樣！我說
　　　　臭水溝裡找道理
　　　　人和人誰信任誰

　　　　狐狸出門不吭聲
　　　　背影像是藏玄機
　　　　玄機似乎埋殺機
　　　　一塊棺材雙人床
　　　　夫妻兩人一條船
　　　　就這樣！推我下水修墳去
　　　　就這樣！鬼門關前猛回頭
（樂隊站起，到前台，望向遠方。）
（歌唱）　喬來喬去　喬來喬去
　　　　金庫通國庫　國庫通黨庫
　　　　攏總，啊！攏總攏總攏總攏總
　　　　通──通──通到內褲去
（口白）　啊！今天先唱到這邊，不是不夠意思，或嫌粉絲太少。

　　　　　　而是「深喉嚨」行蹤神祕，就連結婚也氣氛詭異。

樂　隊　　狐狸！狐狸！「深喉嚨」，是申董要結婚啊！新娘——是——

（狐狸探頭，點燃備好的鞭炮。）

狐　狸　　噓！小聲點——還不到「爆料」的時候。

（燈暗）

第二幕：「深喉嚨」的婚禮上

（牆上貼一大紅「囍」字，結婚典禮顯然已過，落跑新娘陳美麗遲未現形。樂隊音樂勉強撐住場面。申董晃著焦慮的一雙腿，坐在椅上，凱莉接待換裝後前來應徵「代言」職位的麗莎，和她聊起「面相美容」，麗莎想來探知 Rosa 的下落，竟將申董給晾在一旁。）

申　董　　怎麼樣！

凱　莉　　什麼！怎麼樣！

申　董　　辦喜事！新娘沒來，這像話嗎？

凱　莉　　（揮手）申董——申董，別這麼焦慮嘛！我想，她一定是被什麼事纏住了，一時脫不了身吧！

（申董眼冒金星，喘息加重，未答腔。）

凱　莉　　唉呀！申董，你別這樣嘛！什麼時候，你這情場殺手變得這般癡情起來了！

（申董仍未答腔，只是去搓發酸的鼻子。這時，頭戴花編飾帽扮作模特兒狀的麗莎，口呼「叮咚——叮咚——」的門鈴聲，走了進來。）

麗　莎　　叮咚——叮咚—叮咚——走人在嗎？（裝作不知）地上這麼多鞭炮啊！（望牆上）是誰大喜的日子啊！（望已成冰雕的申董）是——老板嗎？下回結婚請通知我一聲。（取出名片）

（有雪花落在申董的冰雕上。）

麗　莎　　（自我介紹）我叫蒙娜——「蒙娜麗莎」的蒙娜——叫我
　　　　　　「娜」就可以了！（回頭望申董冰雕上的雪花）這樣不好
　　　　　　吧！會感冒的……

凱　莉　　妳是誰啊！

（以下麗莎變妝爲蒙娜，改稱：蒙娜）

蒙　娜　　我來應徵代言人的！

凱　莉　　（回頭詢問）申董——申董——她——來應徵的——

（凱莉將基金會牌子翻過來，變成「命相美容館」。申董冰雕般僵硬地
站起身來。嗆了一句，又冰雕般離場。）

申　董　　（嗆一句）妳處理就好！（離去）

凱　莉　　好，我處理！妳說，妳叫——？蒙——？

蒙　娜　　海洋拉「娜」的「娜」——

凱　莉　　（斜一眼）喔！果眞是行內人！（模擬電視購物）首先，
　　　　　　「美容」這件事，已經與「風格」同步流行，也就是，
　　　　　　「她」符合了弗洛依德潛意識的心理學理論——也就是，
　　　　　　「她」是一件從外到內的行爲——也就是，「她」和我們的
　　　　　　陰陽五行關聯密切。

蒙　娜　　（朝觀眾）果然比購物頻道水準高一些……。（回頭）但
　　　　　　是，到底要代言什麼？

凱　莉　　（瞧對方的「痣」）嘴邊有痣者，固善言辭，利於代言，卻
　　　　　　也有「禍從口出」之疑慮……宜……

蒙　娜　　（挑釁）妳什麼意思！我這「行頭」（指黑痣），妳到珠寶
　　　　　　精品店是絕對沒得買的……

凱　莉　　眼神充滿信心，可以，妳通過第一關了！（伸出手指）接下
　　　　　　來，妳要做的是，（拿出一張命相面膜）將這個貼在臉上，
　　　　　　來一場即興「代言」……

（命相面膜，在面膜上畫有「命符」。）

蒙　娜　　（指面膜）這是美容用品嗎？

凱　莉　「命相」面膜，最新產品。兼具美容與改運雙重功效。

蒙　娜　（拎著面膜）看來是非常具有國際競爭力，結合生物科技
　　　　與古老智慧的新產品。（朝觀眾）The World Is Flat 世界是平
　　　　的，你們懂嗎？全球化！全球市場化，就看誰有本事打開市
　　　　場的門，管他上帝在哪裡！撬開達文西的密碼，羅浮宮裡的
　　　　每一個鏡頭的角度，都灑滿白花花的鈔票！

凱　莉　（不耐地）等等！等等！什麼羅浮宮啊！我們先打敗韓國市
　　　　場，就阿彌陀佛了！

蒙　娜　（不置可否）好吧！那就說說產品的市場潛力吧！

凱　莉　潛力？嗯——我想想，有了！本產品讓使用者有信心，在最
　　　　短的時間內打進上流社會，探知人人不知的「內線」消息。
　　　　這樣可以吧！

蒙　娜　太露骨的「代言」，像在對消費者說教。話說回來，如果能
　　　　把口香糖包裝成意識型態，卻能收到意想不到的功效……這
　　　　是市場的規律……（得意地）總之，給個——題目吧！

凱　莉　（凝視對方嘴邊的痣）題目！（喊叫）申董——申董——對
　　　　不起！題目太難，我又忘了……

（申董又冰雕般進來，將寫著「深喉嚨基金會」的招牌翻過來，而後，
氣未消地坐在椅子上。）

申　董　（朝蒙娜）我一時氣難消，無法和妳在台前走位，雖有違我
　　　　專業訓練，但，請多包涵！

蒙　娜　（些許不耐）你慢慢來，沒關係……題目是……

申　董　真相追假相，假相追真相。

蒙　娜　那是「無中生有」了！

申　董　不！是什麼都顛倒來看，直到逼出真相來！

蒙　娜　學問真大！是「深喉嚨」辯證法嗎？

凱　莉　考驗妳的反應能力啊！（將面膜敷在蒙娜臉上）

蒙　娜　欸——欸——欸——有沒有搞錯啊！是美容代言，不是考情

　　　　　　報人員，反應能力有什麼相干啊！

凱　莉　　關係可大囉！以後，妳就會知道……。（指一旁的桌子）去
　　　　　　躺下來，二十分鐘後，準備登場。

（蒙娜在桌上躺下。申董氣仍未消，由一盛怒雕像轉為傷感雕像，又轉
為悲情雕像。凱莉一時不知所措，朝樂隊吆喝一聲。）

凱　莉　　（朝樂隊）來點音樂！（朝觀眾）我試著唸幾句詩，為大家
　　　　　　解解悶。這種事，通常開始於鼓掌，不是嗎？

（申董帶著悲情，邀觀眾一起鼓掌。蒙娜也坐起身來，鼓掌。）

凱　莉　　（音樂聲中）

　　　　　　真相假相　都通面相

　　　　　　面相易改　心向難移

　　　　　　國王穿著新衣上街

　　　　　　人民看見裸體真相

　　　　　　宮廷泡製新衣假相

　　　　　　到底是虛榮滿面相

　　　　　　還是權力左右心向

（凱莉向觀眾鞠躬。陳美麗在一旁冷冷鼓掌。申董費了一翻氣力才愛、
恨交集地從雕像脫身。）

陳美麗　　這樣的打油詩，聽多了，除了會增加臉上的皺紋外，還會讓
　　　　　　IQ 陷入陰錯陽差中，折損貴公司品牌的信用。

凱　莉　　（嘲諷）噢！原來是我們的落跑新娘！妳來得還真是時候
　　　　　　喔！

申　董　　（裝酷地）給客人塗一盎司「真相香精」，妳到後台休息去
　　　　　　吧！

凱　莉　　（做按摩）剛剛我唸兩句詩，就發現她睡著了！她一定是累
　　　　　　了才睡著的！對不對——對不對！

（凱莉出場。申董拉住陳美麗，強行與對方共舞。音樂聲起……。共舞
中，冷冷對話。）

申　董	結婚不成，紅粉知已的道義還在……
陳美麗	「深喉嚨基金會」的董事長，說起話來，怎麼像洪幫的掌門人呢？
申　董	（故作鎮定）親情、愛情、兄弟之情，我是一個很容易感動的人……
陳美麗	這是弱點，感情用事像煽情電影，誤導觀眾的認知……我和你討論過千百次了！你——
申　董	（激動）妳去哪裡了！
陳美麗	（仍然鎮定）你一激動，舞步都打結了！我們不適合再跳下去了！

（陳美麗甩開申董，兀自佇立一旁。音樂聲嘎然。）

申　董	（咆哮）我很激動，對！但，今天是婚禮！我們的婚禮，妳怎麼可以——這樣呢！
陳美麗	這完全只出自於你自己的想像和規劃。
申　董	繼續用妳的冷漠，和這無情的世界打交道吧！
陳美麗	很好！你終於冷靜下來了！這樣才能面對我們的關係！也才不會吵醒你難得的客人。
申　董	有話快說，妳說，我們的關係怎樣？
陳美麗	你要聽嗎？那，我就直說了！（朝觀眾）屋簷下，有一男一女。他們夢想一起避風避雨。有一天，強風豪雨掀翻了屋簷，男女終於第一次緊抱一起。
申　董	妳果然很「冷」。現在，妳可以說，妳到底「落跑」到哪裡去了嗎？
陳美麗	（拉到一旁）你的客人睡著了吧！
申　董	我們研發的「真相香精」，能讓人進入催眠的想像磁場中，別擔心……

（陳美麗說話時，客人蒙娜偷偷坐起，像似偷聽著說話。）

陳美麗	（神祕地）Rosa ——你知道吧！也就是陳老板的外籍女

　　　　　　備，從他家裡「落跑」了，身上帶著一支錄影帶──是──
　　　　　　有關暴動──的祕密證物。

申　董　　這麼說來，工程弊案的祕密資料，都在 Rosa 身上囉！她人
　　　　　　呢？

陳美麗　　舊城區的一個流動酒家裡──傳言滿天──說──子夜到來
　　　　　　時，神出鬼沒──

申　董　　我聽過流動攤販，就沒聽過什麼流動酒家的──神出鬼沒
　　　　　　──是哪一家媒體爆的「料」啊！好像在幫好萊塢電影打廣
　　　　　　告。

（凱莉帶著些許慌張進來，說是有奇裝異服的訪客。原來是戴狐狸面具
的陳老板來訪。蒙娜卸下面膜，陳美麗見過對方，蒙娜即刻敷上，急欲
離開。現場一陣慌亂。）

凱　莉　　（匆忙地）申董──申董──外面──外面──（著急得講
　　　　　　不出話來）

申　董　　（冷靜狀）什麼事，慌成那副模樣──「深喉嚨」基金會的
　　　　　　幕僚要學習和我一樣──（突而激動）冷靜──冷靜──並
　　　　　　且──冷漠──再冷漠──

凱　莉　　（仍然激切）不行啊！外面有一隻狐狸要來應徵代言人啊！

蒙　娜　　（起身）狐狸──我的競爭對手？牠可以是美容前，我可以
　　　　　　是美容後……

陳美麗　　妳是──我好像見過妳──喔！妳就是那位麗莎小姐，海外
　　　　　　洗錢專家，陳老板老婆的妹妹。

蒙　娜　　（拉美麗到一側）我是蒙娜，洗錢的事，妳得去請教外面那
　　　　　　隻狐狸！
　　　　　　（敷上面膜）我該走了！（朝申董鞠躬）感謝你提供的「真
　　　　　　相」香精，不虛此行，不虛此行！

凱　莉　　妳的即興「代言」呢？

蒙　娜　　下一次吧！想像力還沒蒸餾好！（急忙離去）

凱　莉	（喊著）好！我再 E-mail「真相」膠原蛋白的廣告詞給妳！
（狐狸拄著一支黑傘，朝地板敲「摳一摳」的聲音。）	
凱　莉	你好，「狐」先生……（引介申董）這位是……
陳美麗	（搶話）如果狐狸的嘴巴也吐得出「象牙」，我們的媒體就有「真相」了！
狐　狸	（很酷的）「真相追假相，假相追真相」，申董的名言……
凱　莉	果然是有備而來，你上網看過我們基金會的宣言了嗎？（囉嗦地）你看過我們新推出的「真相玻尿酸」的網頁了嗎？
狐　狸	不！我不是來應徵「代言」的，（在申董旁撐黑傘）我來向申董請教「深喉嚨」的祕辛。
凱　莉	（失望地）原來，不是來應徵的……
申　董	這是我的業務，妳去把「命相美容」網頁搞定，說好的，要有鑽戒的貴婦才能入會！
凱　莉	好吧！（指陳美麗）那——她呢？（竊笑）
申　董	妳笑什麼？
凱　莉	喔！沒有，董事長，你要多保重喔——（離場）
申　董	她和我在同一個屋簷外——的風雨中——緊緊擁抱……
陳美麗	（機伶地）狐狸先生，你肯定帶著什麼祕辛，來和申董交換的吧！
狐　狸	狐狸也有仁慈、大方、無私的一刻，今天，在我靈魂的口袋裡僅有一則內幕消息……
申　董	（虛張聲勢）那麼，我必有義務保護一隻狐狸的基本人權了！
陳美麗	（嘲諷）「深喉嚨」的基本人權，就是看準政治風向，遺忘風雨中的底層人物！
申　董	現在不是感情用事的時候！
陳美麗	你學得還真快！（朝狐狸）那就請不速之客「掏空」你靈魂的口袋吧！

申　董　　　「掏空」？這句話不是用在這種時候的吧！

陳美麗　　　什麼時候「爆料專家」也這麼講究語言的準確性了！

狐　狸　　　（介身其中）怨偶鬥嘴，就屬兩位最有創意。至於鐵嘴，則
　　　　　　非我莫屬。（朝觀眾數來寶）

　　　　　　海外就醫陳老板　切割手術將登場

　　　　　　洗錢直接是證據　麗莎帳戶查明白

　　　　　　麗莎麗莎知道嗎　老板太太的妹妹

陳美麗　　　（朝申董）狐狸寫的詩，可信嗎？（朝觀眾數來寶）

　　　　　　狐狸登門來爆料　事態炎涼不尋常

　　　　　　可別小看這場景　暗藏玄機你不知

申　董　　　等等──（朝狐狸）你剛剛講的「切割」是政治操作的「術
　　　　　　語」嗎？如果是的話，我「爆」的是一種料；不是的話，
　　　　　　我「爆」的是另外一種料。我們得先搞清楚，求證──就像
　　　　　　──就像──欸──該怎麼形容呢？

陳美麗　　　（插話）像玩拼圖遊戲一樣，是吧！

申　董　　　（刻意地）不懂……

狐　狸　　　我看，更像猜字遊戲吧！我說的「切割」，是要做手術，將
　　　　　　「癌」給割除，不是什麼政治術語。

申　董　　　手術──海外就醫──這麼看來是「悲情訴求」了。這種操
　　　　　　作模式，在底層很有市場的──（朝美麗）不是嗎？媒體良
　　　　　　知──

陳美麗　　　少挖苦人了！「真相」專家。（朝狐狸）我看啊！是在「轉
　　　　　　移焦點」吧！

狐　狸　　　（得意地）太好了！「悲情訴求」、「轉移焦點」你們各自
　　　　　　有「料」可以「爆」了！

　　　　　　（瞧兩位）你們還站在這裡幹嘛！快去查證啊！

（申董、陳美麗兩人面面相覷。各自準備離去……）

陳美麗　　　哼！狡詐的狐狸，想支我走……（假裝離去，躲後台）

申　董	（朝美麗）爲了「爆料」，可以忍受一時的別離，別感情用事了！（欲走）
狐　狸	等等——你先別走啊！我還有高層的祕密要透露給你……但，這一次，我們得（閩南語）「換個帖」……
申　董	（閩南語）「換帖」。
狐　狸	（閩南語）對啊！我个「帖」換你个「帖」。就是「換帖」。（普通話）就是「兄弟」嘛！
申　董	你說是「高層」，高到……（墊起腳跟，用手比）
狐　狸	嗯！是的。（拉到一旁）錄影帶——拍到外勞死去——的事，知道吧！陳老板的女傭 Rosa，人在哪裡啊！
申　董	你——是——
狐　狸	狐狸，一隻想讓陳老板的惡行曝光的——狐狸。
申　董	（朝觀眾）別以爲我好騙……只不過，我的 schedual 裡，還沒排到外勞人權的 case……（轉頭）喔！聽說她躲在舊城區的流動酒家裡……
狐　狸	如此這般？眞不同凡響。
申　董	那高層呢？

（狐狸和申董咬了片刻耳朵。）

申　董	（大爲驚訝）什麼？那我得趕快去查一查了！（欲走，又回來）那你呢？這是我的店吶！
狐　狸	（裝胸痛）「爆料」太多，我的靈魂有些不安，你先走一步，我吃個藥，再幫你關門——喔！不必麻煩你的助理啦！

（申董離去。狐狸脫下面具，露出陳老板眞面目。美麗在後方偷偷露臉。）

狐　狸	（朝觀眾）人和狐狸最大的不同，就是人的急功近利，絲毫無能掩飾寫在臉上的慾望。別忘了！打迷糊仗，是要耐心做抵押的。

（陳美麗故意在後頭「咳」了一聲。）

| 狐　狸 | （瞬即戴上面具）誰？是誰（匆忙離去） |

狐　狸　　（瞬即戴上面具）誰？是誰（匆忙離去）

陳美麗　　哈——哈——終於露出狐狸尾巴了！

（喬警官手拿一支捕獸網，突而闖進來。）

喬警官　　（慌張地）怎麼樣，你們看見了嗎？就一隻狐狸啊！剛剛我
　　　　　　接到一個小孩的報案電話，說是這裡有狐狸出沒，立刻就趕
　　　　　　過來了……（看看店招）「深——喉——嚨——基金會」？
　　　　　　連狐狸也來「爆料」了嗎？

（燈暗）

幕間穿插：我一微笑 這世界就傾斜

（城市街角，陳老板欲走，卻被麗莎給叫了回來……）

麗　莎　　別走！你別走！城市街角，我們相遇。土地開發的股票，你
　　　　　　準備處理了嗎？

（轉身過來，陳老板取出一支插著狐狸面具的杖頭傀儡。）

陳老板　　（面無表情）妳說什麼！我聽不懂。江湖險惡，我只是一隻
　　　　　　無辜的狐狸。

麗　莎　　你裝聾賣傻，小心我揭發你！

陳老板　　（將杖頭置於臉上）別忘了！命運共同體是怎麼一回事！

麗　莎　　你——你威脅我！我再微笑時，你可就要倒大楣了！

陳老板　　前有歧路！後有追兵！人生苦短，我看，我們不妨各行其
　　　　　　是！妳的微笑，還是留給自己吧！

麗　莎　　你想落跑！留我一人承擔刑責，想得美，我可沒那麼容易打
　　　　　　發！

（麗莎演唱：〈我一微笑 這世界就傾斜〉）

麗　莎　　（歌唱）我一微笑 這世界就傾斜
　　　　　　現在是午夜三點零三分
　　　　　　我醒來 夢中那隻鯊魚

飛過　銀行的大門口
穿進　官邸的後窗裡
夜深人靜　暗潮洶湧
就讓我的微笑　不知不覺
教會了鯊魚唱我的歌
我的歌　我的歌　再唱一次
「我一微笑　這世界就傾斜」

陳老板　　（手持傀儡）夜裡，狐狸唱著憂傷的歌，潛入城裡。人人
關閉門戶，避之為恐不及。於是，狐狸變裝成乞丐，挨家挨
戶，去敲人家的門，人們放大電視的音量，對外頭的事充耳
不聞……憂傷的歌聲，瀰漫城市的大街小巷……於是……

麗　莎　　（歌唱）現在是正午用餐的時候
我看著　陽台上的死貓
曾經　身價比天還高
行情　叫人睜大眼睛
光天化日　血肉模糊
就讓我的微笑　不知不覺
教貓的魂唱起我的歌
我的歌　我的歌　再唱一次
「我一微笑　這世界就傾斜」

陳老板　　於是，乞丐惱羞成怒，到廟裡求神明，讓他變身為一個神
祕的魔術師，不惜在眾人面前，砍掉自己的右手，博取同
情。城市裡，再也沒人記得憂傷的歌聲。他演冷酷無情的商
人，他不惜陷親人於不義，在弊案纏身、民怨沸騰中，他
冷笑著……開始和化作天使的魔鬼，商議通往黃金天堂的道
路……

麗　莎　　（逼向陳老板）那鯊魚是你嗎？
我看你是死貓

你冷笑著　我微笑著
這世界　這世界　這世界

陳老板　　（嚷嚷）幹嘛！真是噩夢一場……（離場。獨留麗莎一人）

（麗莎獨白時，陳美麗跟了過來，在街燈下現身。）

麗　莎　　（點燃一根菸）城市，原本就是由一張密密麻麻的網交織
　　　　　　起來的！又或者，準確一些地說，是被糾纏不清的網給緊緊
　　　　　　纏繞起來的！這網裡交織著數不清的愛恨情仇，就沒有任何
　　　　　　一個瞬間，能在慾望突而化身作神魔不清的東西，在你心中
　　　　　　輕輕降臨時，稍稍釐清到底情仇愛恨之間的複雜關係是什
　　　　　　麼！別誤會了！各位，我是心直口快的人，絕對沒有故布疑
　　　　　　陣的意思！我是說，我也是被織在這慾望之網中的一隻蜘蛛
　　　　　　罷了！你們都看到了！剛剛，我是再坦白不過了！試想想，
　　　　　　就在這爾虞我詐的世界上，還有誰，能像我一樣，對一隻狐
　　　　　　狸如此坦誠相見，直截了當就點明了他只不過是一隻死貓！
　　　　　　但，我決無冒犯他的任何意思……畢竟……

陳美麗　　（插話）畢竟，他是妳權力鬥爭中的親人。這是妳要說的
　　　　　　嗎？

麗　莎　　喲！約！喲！妳是……喔——原來是我們美麗的大記者。

陳美麗　　告訴我！剛剛在命相美容店裡，妳是不是偷聽到有關於祕密
　　　　　　證物的事情！

麗　莎　　歐！老天爺啊！My God ——怎麼有妳這樣不經求證，就任
　　　　　　意懷疑、揣測、張口咬人的新聞記者呢！

陳美麗　　（拿筆敲手指）所以，妳要去找 Rosa 錄影帶，由妳揭發妳
　　　　　　的姐夫，（靠近對方）妳以為，妳當了汙點證人，就能脫罪
　　　　　　嗎？告訴妳！門都沒有……

麗　莎　　喲——歐！什麼時候，新聞記者也成了正義的守門神了！照
　　　　　　照鏡子，看清楚自己的模樣，妳只不過是氾濫成災的爆料新
　　　　　　聞旁的一道花邊蕾絲罷了！

陳美麗	花邊蕾絲——好——妳很會損人。（語氣轉急）總比妳這隻慾望城國裡的黑蜘蛛還有模有樣吧！
麗　莎	嘖！嘖！嘖！妳又動怒了！夜路相逢，我是妳要採訪的特寫人物啊！妳怎麼招呼不打一聲，就把人物給抹黑了呢！這可是有違客觀中立的新聞道德的喔！
陳美麗	少在那邊假惺惺，不動聲色的，妳心裡急著想脫罪，是不是？我看，這回可就難囉！至少，洗錢的罪，妳是躲不掉的……
麗　莎	我們真的認識嗎？妳怎麼就這樣替我代言起來了！新聞記者最容易犯的毛病，就是自以為揭發了什麼大不了的祕密。通常，到最後，祕密只不過是再尋常不過的意外罷！
陳美麗	意外，什麼意思！妳是說，妳在帳戶上動了手腳！
麗　莎	喔——喔——喔，別猜測，別猜測，我可沒說什麼！我說的意外，就是夜路走多了，狐狸翻了個筋斗到陰溝裡，妳上前一瞧，卻發現原來是一隻死貓！
陳美麗	轉移焦點。我問妳，妳怎麼在帳戶上動手腳的……否則，我去向狐狸揭發，妳要做汙點證人的事！
麗　莎	揭發！揭發！妳怎麼總是語帶威脅呢！告訴我，妳是怎麼跟到這裡來的……
陳美麗	（心虛地）我啊！妳問這些幹什麼！
麗　莎	只有狗仔隊才會把跟蹤別人視作新聞自由的一部分……妳……美麗的正義天使，什麼時候，也淪為……
陳美麗	別亂指控！我沒跟蹤妳喔！我——是——聞著狐狸身上的錢騷味，一路尾隨過來的……
麗　莎	這就對了啊！跟著狐狸騷味，去找新聞，就對了啊！我有事，先告辭啦！（快速離去）
陳美麗	（跟過去）妳還沒說清楚，意外是什麼意思……

（回過頭來，頂住對方）

麗　莎　　（朝觀眾）繼續看到戲的結尾！大家就懂了！
（燈暗）

第三幕：流動酒家「江山樓」

（小鳳提只燈籠，眼上覆條紅巾，和月姬玩捉迷藏遊戲。月姬用手上的板輕敲著……）

小　鳳　　這路途怎麼這麼遙遠呢？又崎嶇難行！

月　姬　　天下有平坦的路嗎？

小　鳳　　再不平坦，也該有個店可以歇歇腳吧！

月　姬　　那得看，我們往哪裡去呀！

小　鳳　　怎麼說呢？

月　姬　　還不簡單，往城市裡去，鄉巴佬碰個頭破血流；往農村裡走，人愈走愈窮……

小　鳳　　那我們到底往哪裡去？

月　姬　　往底層的地方去！

小　鳳　　（停下來）這樣好了！我們換個玩法。就說，我是被矇了眼的瞎子，現在要過橋了！過了橋，我就回到了老家。

月　姬　　（牽對方的手）回了老家！有什麼好的……

小　鳳　　也沒什麼好的，就吃口飯，我為大家唱個小調，解解悶，就心安理得了！

月　姬　　唱個小調，那是老本行囉！行！我幫妳敲板伴奏！

（月姬敲板。小鳳唱小調。）

小　鳳　　人人都有一雙手　偏偏雙手大不同　有人出手就百萬　有人伸手沒飯吃
　　　　　世上到處是高牆　牆裡牆外大不同　牆外窮人如流水　牆裡富人斷水流

月　姬　　妳老家的小調，愈唱是愈悶了！

小　鳳	（朝觀眾鞠躬）對不起了！再美好的清晨，對吃不飽的農民，都是醒不過來的噩夢！
月　姬	看不到的貧窮，在世界的角落；好比看不到的壓榨，在社會的底層。一路走著，我們是邊賣唱，邊集結……
小　鳳	邊賣唱，邊集結……對呀！我們相約這裡見面，聽說流動酒家又有了行動的新創意了！欸！怎麼還沒來！不管了！沒到來前，輪到妳，該和觀眾們說說書了吧！
月　姬	說書？哪一段？
小　鳳	就「上街頭」那一段啊！
月　姬	那一段！可以！（朝觀眾）那就先賞個飯錢吧！要敲得響的銅板，不要不吭氣的鈔票歐！（吟唱）

（歌唱）別了吧！我說，告別是為了鬥爭
別了吧！我說，鬥爭就在門口前

然而，我還是等待，為你留個位子
沒想，你的位子上，有了年輕面孔
Bong 的靈魂，Rosa 的身體，以及
從 WTO 的惡水裡，浮上的臉孔

（林香加入合唱。）

（合唱）	來吧！上街頭來吧！　來吧！來一場人民抗爭吧！ 切下政客的舌頭　抹去奸商的笑容 來吧！來吧！來一場人民——人民的抗爭吧！

（林香整理一袋、一袋掛在車上的空氣塑膠袋。原來，這是她新興的生意。）

Rosa	（拉著小鳳）妳要小心啊！聽說，警方也對妳發布通緝令了！
小　鳳	不會吧！我只不過是沒名、沒姓、沒身份的大陸新娘！
Rosa	這就是問題啊！妳沒身份又參與社會行動！

小　　鳳　　（朝月姬看）我只不過唱唱小調啊！

林　　香　　（介入）小鳳，妳到前面把風去！有狀況立刻回來回報！

（小鳳戒慎地快走出去！）

月　　姬　　（關切地）這是怎麼回事啊！

林　　香　　他們說的啊！罪名是煽動暴力，什麼……什麼……聯合第五
　　　　　　縱隊，在台組織外來移工，意圖顛覆政府……

（高捷突而拉開遮布，高喊！）

高　　捷　　狼來啦！（問觀眾）你們看到了嗎？一隻隻張開血盆大口的
　　　　　　狼，在法庭上披上法官的袍子，（做吃人陰險狀）嘿！嘿！
　　　　　　嘿！朝著我們的方向奔跑過來了！什麼煽動暴力！這是他們
　　　　　　自己的罪名啊！爛法庭，有夠爛。

林　　香　　好啦！好啦！看他們怎麼通緝我這個連指紋都沒有的「革命
　　　　　　流亡」酒家女。我有不得了的事要和你們說……

（高捷、Rosa 與月姬齊聚，聽她說起生意經。）

林　　香　　（手提空氣袋）休息！休息！在歷經從炎熱的夏天到寒冷
　　　　　　的冬天的鬥爭之後，我們也得做些小小的生意，來貼補經常
　　　　　　的開銷，這是人民與市場鬥爭時，無法迴避的事情。我帶著
　　　　　　我的記憶，從另一個時空前來，發現市場規律已有天大的改
　　　　　　變。昔日風情，如今已被五花八門的流行風潮所淹沒。今
　　　　　　後，我們「江山樓」大酒家，改賣這一袋袋底層的空氣……

高　　捷　　賣空氣，這也是一門生意嗎？

Rosa　　　怎麼樣，你想開連鎖店嗎？看你又失業了，權利金算你三毛
　　　　　　錢就好！

月　　姬　　（驚聲）連鎖店，喔！千萬使不得，那是壟斷的行業啊！

高　　捷　　（問林香）那——什麼是底層的空氣啊！

林　　香　　社會人心不古。底層的聲音不被重視，就用這底層的「芬多
　　　　　　精」，喚起人們的良知……

Rosa　　　（取過來）這「芬多精」是用來搏取人們的同情的嗎？

林　香	不！不！不！同情比珠寶還廉價……。就像高捷吧！他需要老板的同情嗎？
高　捷	不需要！他媽的，假惺惺地同情我，說會給我好處。要我去法院做假證……我才不幹呢！
Rosa	真沒想到，你上班的首要差事，竟然是替我那狡詐的老板做假證。
月　姬	好差事，苦差事，統統是差事，找不到後門的小百姓上法庭，肯定是爛差事！
Rosa	（取出錄影帶）那怎麼辦？我還想上法庭，為 Bong 在天國的靈魂申冤呢？
月　姬	（儀式地）敲碎這廢倉庫裡，每一片被刻意營造出來的屋頂，就望見天國了！如果可以，我願用自己的吟唱，搭座天梯，讓受難的靈魂來到這城市的街角。申冤的事，只能在街頭發生！

（遠遠地，有警車聲響過，小鳳趕進來，拉著高捷、Rosa。）

| 小　鳳 | 有人來了！快走！快走！（三人出場） |

（匆忙走過來的，竟是腳蹬高跟鞋、口出怨言的頭家娘。）

| 頭家娘 | （埋怨地）唉呀！怎麼會這樣呢！警車也會拋錨啊！就說經過這舊城區，治安不好，聽說還有什麼流動酒家，唉喲！嚇死人了！（朝暗處）喬警官——喬警官，你慢慢修，我有事，趕著回家…… |

（回頭，一眼就瞧見林香的攤子。並與月姬面面相覷。）

月　姬	（鞠躬）怎麼樣，頭家娘……恭候大駕。
頭家娘	妳是誰？怎麼會認識我？
月　姬	現在，不認識妳的人，恐怕少之又少了！還真風光啊！夜裡兜風，還有警車護送……
頭家娘	欸——欸——欸，別胡說八道，什麼護送，我是到警察局報案……夜深了！這舊城區治安不好，所以……

林　香	（閩南語）所以，就有請警察大人，送妳來阮閃閃熠熠的流動酒家來囉！真好！真好！（朝樂隊）Nakasi啊！傳好未，難得貴夫人來阮現場指教，來一段「卡」有感情！
Nakasi	（閩南語）感情！感情！做伙車拼，才會有感情！來喔！做伙來喔！

（黑西那卡西樂團唱〈幸福〉中的一段時，林香和月姬各自舞蹈，堵住欲離去的頭家娘。這一段的歌詞是：「啊──阮是野地的長春花／幸福是風中的蠟燭／阮要用雙手捧。啊──阮是野地的長春花／人生是暗夜的燈火／帶阮行向前」）

頭家娘	放我走，放我走，我是良家婦女，不上酒家的……
月　姬	今天算妳幸運啊！走夜路，走到我們這酒家來……（指前方）拐錯彎的話，往前走不遠，就是看守所啦！
頭家娘	（惱羞）看守所，妳什麼意思……
林　香	（裝善意地解圍）好了！好了！今夜良宵就在眼前，我們別為難貴夫人了！（拉頭家娘到一旁）還有啊！我有重要消息告訴妳，我們不賣酒，改賣貨真價實的「芬多精」啦！
頭家娘	（甩開手）妳──妳就是他們說的那幽魂啊！「芬──多──精」，要──要──到日本京──京都的森林裡才有──有──啊！
月　姬	（裝作慍怒狀，閩南語）什麼……愛本土，就要用本土个產品！對嘸！
頭家娘	（不敢忤逆）喔──是──是──有道理──有道理──
林　香	（推銷產品）這個塑膠袋裡裝的就是，當今世界獨一無二的新產品：「底層芬多精」，對於妳這樣患有慾望失調的女性而言，特別具有意想不到的療效。千萬別錯過，這是千載難逢的大好機會喔！
頭家娘	什麼──慾望──失調──，是內分泌問題嗎？
月　姬	欸！不僅僅是內分泌！只要妳一吸，就會記起自己童年時

......

頭家娘　　我的童年，早就過去了！

林　香　　（迫近）不！它就在妳的眼前啊！一級貧戶的日子……妳看
　　　　　見了嗎？

月　姬　　（迫近，吟唱）「日子甘苦無人知，但是活得有尊嚴」。

頭家娘　　（歇斯底里）別逼我！別逼我！我痛恨貧窮和吃不飽的日
　　　　　子！（叫喊）喬警官！喬警官！你車修好沒，快來啊！快來
　　　　　救我啊！

（喬警官手上拿一個風箏，快步跑來！）

喬警官　　怎麼啦！怎麼啦！頭家娘……

頭家娘　　你修個車，怎麼這麼久啊！

喬警官　　（看著手上的風箏）喔！我在幫那個報案要我去抓狐狸的小
　　　　　孩修風箏啦！

頭家娘　　你還真多才多藝啊！（盛怒模樣）她們——她們——啊！快
　　　　　開罰單，取締她們，我先回家了！

（頭家娘落荒而逃。剩喬警官先是愣在那兒，又裝作一副盛氣凌人模
樣。）

喬警官　　雖然，現在是深夜了！我還是得開張罰單，取締妳們。

月　姬　　開什麼罰單啊！

喬警官　　亂擺攤位啊！（突然間轉換口氣）喔！對了，妳們看見那個
　　　　　菲傭了嗎？（掏出口袋的毛線面罩）這啊！是我在暴動現場
　　　　　撿到的！告訴她，這是那個叫什麼 Bong 的面罩啦！要她來
　　　　　找我喔！

月　姬　　喔！真的。（搶下面罩）

林　香　　（嘲諷地）女傭沒看到，倒是看到一個熱情、聽使喚又心地
　　　　　善良的警官。告訴你，喬警官，罰單就免了罷！因為，我們
　　　　　不賣酒，改做慈善事業了！

喬警官　　慈善事業，是什麼？

月　姬　　（取一袋塑膠袋）就這個啊！「底層芬多精」，吸下去，被
　　　　　泯滅的良知，會重新由你內心深處浮現（用手撐著面罩，玩
　　　　　人偶似地）……怎麼樣，來一袋吧！

喬警官　　（取回面罩）像心靈解毒劑一樣嗎？（突而，轉傷感起來）
　　　　　的確。這些日子以來，我的心靈亂糟糟的，才會想起那放風
　　　　　箏的孩子啊！

林　香　　對症下藥，事不宜遲……算你便宜，用後付費。

（趁喬警官還在遲疑時，將塑膠袋張口灌在對方嘴巴上。林香與月姬
暫退兩旁。就發現喬警官將手上的面罩套在頭上，轉身化作 Bong 的靈
魂，菲律賓人民運動影像出，邊放起風箏，在場上跑著……跑著……而
後出場。）

Bong　　我的身體已死，就用血汗交織而成的靈魂，和天空的風換取
　　　　　回家的自由吧！但，我能回去嗎？賺的錢，都不夠還仲介的
　　　　　費用啊！

（林香與月姬出場，半唱半吟：〈剝兩層皮〉）

林香與月姬　　（朝觀眾）

　　　　　　　剝皮見肉　人有一層　我有兩層
　　　　　　　家鄉一層　外地一層　都給仲介
　　　　　　　貸款借錢　血汗全失　不夠還債
　　　　　　　兩層皮啊　兩層皮啊　剝兩層皮

（小鳳和 Rosa 跑了過來。）

小　鳳　　風聲愈緊，罪名愈織愈大，為的都只是想湮滅他們犯罪的證
　　　　　據！

月　姬　　（朝觀眾）罪，這件事！自古以來，就從來沒被平等地擺在
　　　　　天平的兩端。

林　香　　特別是牽涉到政治弊端的事，法律的那座天平，早已傾斜到
　　　　　天地不仁的兩個極端上了！

Rosa　　（焦急地）那個喬警官四處找我，想拿回這捲錄影帶，向陳

老板邀功，他想得美喔！

（後頭緊隨著吹著警哨的喬警官。Rosa躲進流動酒家攤裡，林香幫忙關上門板。）

喬警官　　喂！喂！喂！妳們有沒有看見那個叫Rosa的菲律賓女傭啊！她明明朝這邊跑來！怎麼一下就不見了！

林　香　　（取張椅子）喲——難得大駕光臨，原來是我們喬警官啊！
　　　　　（故意吆喝，閩南語）人客來囉！阮「總喬」个喬警官來囉！

喬警官　　（坐下）喂！喂！喂！小聲一點啦！小聲一點啦！我在執勤勒！

（樂隊：喬來喬去／就這樣喬來喬去／喬來喬去／就這樣喬來喬去。口白：今夜良宵，人客要好好按捺一下！傳卡澎湃酒菜來坐柗喔！）

喬警官　　（朝樂隊）噓——（尷尬地）唉！唉！唉！

小鳳／月姬　　（一人拿杯，一人拿酒）來囉！

月　姬　　怎樣！喬警官，你有沒感覺通體舒暢，像五臟六腑都清洗了一次！

林　香　　是啊！經過了一番良心的翻轉後，你的臉色都不一樣了！

喬警官　　臉色！我的臉色，怎樣？我頭暈腦脹，氣色肯定不好！（從口袋取出面罩）剛剛睡在捷運站的廁所旁，一醒來，頭上還戴著這個面罩！

小　鳳　　你真是大忙人啊！喬警官，來吧！喝一杯！解解悶啊！

喬警官　　不行！不行！（四處找人）我有重要任務在身！高層交代，非得逮到那個叫Rosa的不可！

（喬警官朝流動酒家亭找去！小鳳、月姬擋住對方！）

喬警官　　幹嘛！妳們……

月姬／小鳳　　我們啊！我們！

月　姬　　喔！對了！有一件很重要的事……就是……就是……

小　鳳　　（瞎掰）歐！對了！我們啊——今天晚上辦了一場「人民民

主新移民卡拉 OK 大賽」，有任何黨派色彩的公職人員，一律請回……

月姬／小鳳　　黨派色彩，一律請回……有請。

喬警官　　防礙公務，妳們！

林　香　　（逼過去）我看啊！是你在妨礙人民自由吧！（再逼過去）對了！喬警官，有人爆料說，夫人最近常找你去談國家機密……到底是什麼事啊！還聽說啊！總統府打算發布特赦令……是不是……

喬警官　　（被逼出場）妳幹嘛！要逼我出場啊！

林　香　　是啊！不逼你出場，Rosa 怎麼登場呢！

（林香逼喬警官出場。）

月　姬　　（朝出場的喬警官）特赦令！又在「喬」什麼名堂啊！（朝觀眾）好！現在總算清場完畢！那，怎麼開始呢！

小　鳳　　人民民主卡拉 OK，就從──〈罄竹難書〉這首歌開始吧！Rosa 該是妳登場的時候了！

月　姬　　哎呀！好個「罄竹難書，其來有自」！那──就請開始吧！各位觀眾朋友，可別忘了！唱完歌，下個章節，咱們在通往法庭的路上見囉！我啊！到後台去，看那喬警官是不是又喬了什麼見不得人的事了……特赦令！哼！

（月姬退場。Rosa 和小鳳唱〈罄竹難書〉之歌。）

（合唱）　城市裡，瓢散著腐敗的氣息
　　　　　人群裡，交織著不安的臉孔

（小鳳）　我認識那外籍勞工
　　　　　他的血汗潛入地底
　　　　　從此再也不見天日
　　　　　最後死於棍棒鐵拳
　　　　　他的靈魂搭上捷運
　　　　　我祝福他，不必買票直通天堂

　　　　　　但沒有人，會為兄弟掉一滴淚
　　　　　　因為貧苦的人，也廝殺自己兄弟
（合唱）　　罄竹難書　啊！罄竹難書
　　　　　　去敲每一扇腐朽的門
　　　　　　去唱罄竹難書的聖歌
（Rosa）　　我是 Rosa，以天地為家
　　　　　　雖然，家鄉比天國遙遠
　　　　　　一旦，在異鄉掙脫枷鎖
　　　　　　天地自由，再沒有迷茫
　　　　　　但，他們已趕來，已趕來
　　　　　　就要將我囚禁，就要將我遣送
　　　　　　徹夜趕路大雨滂沱
　　　　　　朝向人民法庭的路上
　　　　　　我要和他再見上一面
（合唱）　　城市裡，瓢散著腐敗的氣息
　　　　　　人群裡，交織著不安的臉孔

第四幕：在通往法庭的道路上

（街景二層。陳老板換裝作遊民狀，拉開窗簾。空中緩緩降下一塊寫著「三毛錢賓館」的店招。）

陳老板　　（朝觀眾）檢調開庭在即，就我側面了解，一定會將我聲
　　　　　押。在這裡，我等總統特赦令的同時，順道安排出國避避風
　　　　　頭的管道！別說我享有什麼特權，其實，為了躲避媒體的追
　　　　　殺，我在這隱蔽的賓館隱姓埋名已有一段時日！瞧瞧，這一
　　　　　身的落魄，難道無法引起你們的同情嗎？（惱羞成怒）無法
　　　　　嗎？真的沒辦法嗎？少來啦！哪一張悲情牌，曾經在我們的
　　　　　民主政治中失去過效應！我問你們！回答我啊！回答我啊！

（喬警官匆匆趕來，手提一塑膠袋，裝有紙便當盒，面露苦惱狀，從一樓輕喚陳老板的本名。）

喬警官　　（悄聲地）陳清廉！陳清廉老板！你還好吧！睡得還好吧！

陳老板　　告訴你多少次了！不要叫我的本名，你是聽不懂嗎？叫暗
　　　　　號！

喬警官　　喔——喔——喔——對不起，是——是——叫（提起塑膠
　　　　　袋）Toro Toro（鮪魚肚生魚片）你的下酒菜，就是你的暗號。
　　　　　（上樓去）

陳老板　　怎樣？喬好了嗎？

喬警官　　出海的船沒問題！但，有強烈颱風要來⋯⋯要耽擱好幾天
　　　　　⋯⋯

陳老板　　這樣不行啊！那特赦令？

喬警官　　特赦令，說到特赦令，我就想哭。（從口袋拿出一瓶眼藥
　　　　　水，滴在眼裡）

陳老板　　你幹嘛！

喬警官　　我哭不出來啊！（淚流滿面）還在「喬」，還在「喬」⋯⋯

陳老板　　幹嘛啊！你，製造悲情氛圍啊！

喬警官　　悲情牌，很管用的，不是嗎？

陳老板　　我知道很管用！還用你說嗎？（大聲慍怒）火燒屁股了！你
　　　　　還要「喬」多久！

（兩人對話時，高捷藏身一樓暗處。突而，現身時，「三毛錢賓館」店
招跟著消失，賓館燈暗，消失得無影無蹤。）

高　捷　　喔——原來藏在這裡——（摸摸頭）咦——怎麼不一下子就
　　　　　不見了！（問觀眾）他們呢？你們明明有看到的嘛！明明有
　　　　　的嘛！對不對——怎麼——

（Rosa 匆匆忙忙跑進來，將錄影帶交給另一頭出現的高捷。）

Rosa　　　幫我保管一下，保管一下，暗地裡，好像有影子在跟蹤我
　　　　　⋯⋯

高　捷	妳不是跟那個革命游魂酒家女在一起的嗎？她呢？

高　捷　　妳不是跟那個革命游魂酒家女在一起的嗎？她呢？

Rosa　　（菲律賓話）我們——相約——在這裡——見面。

高　捷　　（朝觀眾）是啊！戲要接近尾聲了！我們都忘了妳該說菲律賓話的！但，妳剛剛說什麼啊！

Rosa　　我說，我們相約在這裡見面……

高　捷　　這裡？

Rosa　　對呀！這裡就是通往法庭的路口啊！

高　捷　　真巧啊！（很急地拉住對方的手）告訴妳，他們啊！（指二樓）剛剛就出現在這裡的賓館上頭……

Rosa　　（急急脫手）嗯——嗯——嗯——（菲律賓話）不要——（普通話）色鬼，什麼賓館……這裡哪有什麼賓館……色鬼，「卡奴」變色鬼……

高　捷　　（欲解釋）哎呀！（結巴地）誤——會，誤——會，我——是說——啊！

（突而，又有警笛聲響起。小鳳掩著鼻子，匆匆趕來。）

小　鳳　　這裡怎麼到處都是狐臭味啊！他們四處布暗樁在找妳啊！怎樣，錄影帶保存得還好嗎？

（Rosa、高捷急忙聞自己的腋下。）

高　捷　　行！行！沒什麼問題！打算交給那個「真相新聞」的記者陳美麗。

小　鳳　　那就快走吧！躲一下警察……（掩鼻）

高　捷　　欸！欸！欸！我還有事情沒解釋完……那——賓館——

小　鳳　　（忙中有誤，指二人）你們——賓館——不太好吧！

高　捷　　不！不！（結巴地）不——是，是——是——

Rosa　　別說啦！（扮鬼臉）色——鬼。

（三人相偕離場。陳老板、喬警官拉開窗簾，朝腋下噴芳香劑。林香來找 Rosa，吆喝著。喬警官即刻拉上窗簾。月姬隨後進來，拉住林香咬耳朵。）

林　香	Rosa，Rosa，妳們在哪裡……
月　姬	（跟上）我剛剛接到「真相新聞」陳美麗打來的電話，說是準備潛逃的陳老板，現在就藏在一個什麼招牌會隨時消失的「三毛錢賓館」裡……
林　香	招牌……隨時消失……真比我們的流動酒家還隱密到家了！躲在賓館裡，他爲了……
月　姬	喔！陳美麗說啊！在等總統府來的特赦令呢！
林　香	特赦令，這麼明目張膽啊！（朝觀眾）陳老板住「三毛錢賓館」，肯定事不尋常，除了躲藏之外，必另有居心……
月　姬	另有居心？
林　香	對呀！試想想，特赦令先要有民意基礎墊底啊！肯定是有高人指點，要他先打悲情牌，擋擋不利的局面。
月　姬	（左顧右盼）悲情牌？那他肯定是出沒在悲情指數最高的地方！難道就在這舊城區的貧民窟嗎？
林　香	（悄聲地）八九不離十……噓……別露了風聲……去把陳美麗那個記者給找來！
月　姬	找她來，我們挨家挨戶探聽，肯定將他逮個正著。（出場）
林　香	好！逮個正著，送到人民法庭去！

（喬警官低著頭，從暗巷的樓梯口閃出，準備落跑，被林香喊住。）

林　香	喬警官！這不是喬警官嗎？
喬警官	欸！妳不是──那──個──流動──酒家的──
林　香	（近眼一瞧）你在流眼淚啊！什麼事情，讓你這麼悲傷。
喬警官	流眼淚！沒有啊！沒有啊！只不過……唉呀！（惱羞地）妳問那麼多幹什麼！
林　香	這地方悲情指數還真的很高喔！
喬警官	妳說什麼？
林　香	（顧左右）喔！我是說，喬警官，您好！三更半夜，您出來查案啊！福爾摩斯說啊！玄機總是藏在黑暗的某一個地方，

（以手指來指去，指到二樓處）他還說啊！暗地裡的勾當，只要有權力的機器稍加運作，光天化日下，也可以蒸發得無影無蹤！不是嗎！

喬警官　妳——可別亂說啊！（裝沒事狀）沒想到，流動酒家的女人也長篇大論。這是我們民主時代賜予女人發言權的具體成就吧！

林　香　（貼近對方）你的意思是，律師、法官、立法委員、總統才能長篇大論，我們多說幾句，都要歸功給民主政治的成就嘍！

喬警官　（搔頭不解）妳——陰陽怪氣，說話拐彎抹角。我要問妳的是，那位死去外勞的事……（結巴）有人報案，說他在這裡現身……頭上戴了一頂黑色的毛線面罩……有這回事嗎？

林　香　（賣關子）是什麼時候的事……

喬警官　就昨天深夜啊！

林　香　那時候，你在哪裡？

喬警官　我？對喔！被妳這麼一問，我才發現，昨天晚上我好像——做了一件——夢遊的事（閉上眼，去拿一旁的電鑽）我——好像——在一個黑漆漆的地洞裡，不見天日——手裡拿著電鑽——好重——我放下——有人給我一支旗子——欸！我在胡說些什麼——不會吧！

（喬警官開眼時，林香將一面紅旗交到對方手上，而後消失。）

喬警官　（丟掉紅旗）嚇死人了！這是什麼！（找人）喂！喂！酒家女，妳到哪裡去了！

（陳老板速急地拉開窗簾，「三毛錢賓館」的店招速降下。窗簾拉回，店招消失。）

陳老板　（朝喬警官）死傢伙！你在幹什麼，還不快去拿特赦令！

喬警官　是，是……（趕忙離場）

（申董登場，一臉得意，並不忘回頭望望忙著講手機的凱莉。）

凱　莉　嗯！是麗莎小姐嗎？我和妳約好！就在舊城區殘碎的磚瓦旁。

申　董　（朝空氣中）狐狸，你果然厲害……。陳老板遠走海外就醫的「料」，我還沒來得及爆，他小姨子林麗莎「洗錢」的事，準備登場了！是這裡嗎？妳確定是這裡嗎？

凱　莉　沒錯，就在這裡……

申　董　「爆料」一定要選在這種地方嗎？

凱　莉　網路上盛傳著這個區域的「悲情指數」甚高，非常適合激發民眾的激情，所以，我就選了這個地方！你聽說過「底層芬多精」的事嗎？就連他們也偶而在這裡出沒！

申　董　「底層芬多精」是購物頻道上的新產品嗎？這年頭，景氣不佳，競爭對手還真多！

凱　莉　不！不！不！聽說不在市場上架，只在流動攤販上賣……

申　董　喔！弱勢團體的小本生意……。像那些左派刊物一樣，只能在同仁圈子裡流傳，對吧！

凱　莉　（微笑著）是的。董事長。但，據說相同的東西，賣給沒錢的人三毛錢，卻要有錢的人付五千元……

申　董　羅賓漢式的社會主義，進不了主流媒體，小眾的啦！注定是小眾的啦！

凱　莉　嗯──（欲言又止）但是……

申　董　怎麼啦！妳要說什麼……

凱　莉　（要對方跟著舉手發誓）說了你不能生氣啊！就是──啊！據說，陳──美麗很支持他們，正透過另類管道，幫他們大力推廣。

申　董　（化作發誓的雕像、生氣地）另類……另類……我聽得都煩透了！

（突而，麗莎沖著申董而來，像似熱鍋上的螞蟻。）

麗　莎　（怒不可遏）你什麼意思……「爆料」爆到我身上來了！

申　董　（冷冷地）妳先別急！證據到哪裡，眞相就到哪裡……也就
　　　　是……我的名言……怎麼一下子忘了。（搔首）

凱　莉　也就是「證據是水，眞相是舟」。

麗　莎　歪理！你有什麼證據啊！別說了，條件交換，我告訴你陳老
　　　　板在哪裡！你封口別說我「洗錢」的事！

申　董　陳老板，他不是遠走高飛了嗎？

麗　莎　不！他還在！就在一個叫——

（突而，陳美麗現身暗裡。）

陳美麗　他就躲在這附近，一個叫「三毛錢賓館」的地方。

麗　莎　來得還眞是時候——大記者！哼！

（麗莎倚在一旁暗柱下，不動聲色。月姬出現在高處。）

月　姬　（詭異地）嘿！嘿！嘿！聽說啊！他在苦苦等候特赦令的到
　　　　來呢！

（小鳳、高捷、Rosa 匆忙進場，高捷並吆喝著。）

高　捷　（結巴地）對啊！賓——館，我說——賓——館，沒錯吧！

Rosa　　賓館，什麼賓館——我什麼都沒看到啊！

小　鳳　（嗅什麼）嗯——有——什麼味道——是狐臭味。

陳美麗　狐臭味！是那隻狐狸！

月　姬　沒錯，妳在暗中偵察到的，陳老板扮的那隻狐狸！他肯定在
　　　　這裡——（朝其他人）去找找！

（小鳳、高捷、Rosa 三人離場。月姬在高處隱身。麗莎先是鼓掌叫
好，而後，左顧右盼。申董氣急敗壞。凱莉一頭霧水。）

申　董　陳美麗，抓狐狸是我的「料」，妳怎麼可以先「爆」了！還
　　　　和這些……（問凱莉）他們是誰啊！

凱　莉　就是賣「芬多精」的攤販啊！

申　董　攤販怎麼可以打敗基金會呢！

凱　莉　申董！申董！你又頭疼了！我扶你進去，你需要來一次徹底
　　　　的「眞相舒壓」精油按摩！

（申董頭痛欲裂，由凱莉扶他離場。麗莎趁機想溜。）

陳美麗　　（朝欲閃人的麗莎）別走啊！蒙娜麗莎，也有妳一份的！

麗　莎　　（朝觀眾）喔！是啊！別急！別急大家別急！我什麼地方
　　　　　也不去！就等在這裡和大家來個「意外」的微笑……（朝美
　　　　　麗）漏給你一個獨家報導，妳想炒作那件「洗錢」的新聞
　　　　　啊！告訴妳，去問我姐姐……都在她名下了！

陳美麗　　（學麗莎鼓掌叫好的姿態）喔！好一個「經濟謀殺，人倫悲
　　　　　劇」啊！

麗　莎　　就這樣，蒙娜麗莎豈只是
　　　　　一幅解不開謎底的名畫
　　　　　她微笑，但被鎖在金框裡
　　　　　當她解脫，就得像我一樣
　　　　　眼神專注，直搗金錢世界
　　　　　我一微笑，要你魂飛魄散

美　麗　　就這樣，真相大白於夜晚
　　　　　陽光下良心都曬黑了臉
　　　　　就這樣，現實只剩一張紙
　　　　　滿滿寫著都是吃人的話

（兩人前後離場。）

（夜影寂靜中，先是高捷出現樓梯腳，而後吆喝月姬、小鳳、Rosa，他
去將「三毛錢賓館」的招牌給掀開，賓館燈亮，窗簾被突而拉開，他拿
手銬將陳老板逮個正著……）

月姬／高捷　　這下可好！這下可好！
　　　　　　　逮個正著，手銬號碼
　　　　　　　09987 天──天──喂──天什麼啦！

小鳳／ Rosa　（口白）天──天日啊！哈！哈！哈！
　　　　　　　就是：你久久別見天日

陳老板　　先別得意！先別得意！

意外發生，通常為了

另一個更大的意外

小鳳、高捷、Rosa　什麼！更大的意外！

月　姬　我就不信，難道你把法院都收買了！

高　捷　哈！哈！我看是在絕路上，製造些繪聲繪影的風聲吧！

陳老板　（舉起手銬的雙手）繪聲繪影？喔！各位親愛的觀眾朋友，有關於民主政治的這場遊戲，通常開始於陽光下煞有介事的法律；至於，結局的話，卻要看夜深時，法院的門廊亮起的一盞盞詭異的燈，如何通向那象徵著權力頂峰的神祕地帶了！

頭家娘　你們幹什麼，一群暴民，要將我先生拉到哪裡去？

（未料，林香現身。）

林　香　翻遍整個劇場，就是找不著一張像特赦令的東西，這樣的劇情，您頭家娘該萬分滿意了吧！我們這就要送他到法庭，和Bong 的靈魂對質了！關於劇場到底能推動現實多少改變的事情，這些年來，我們多有辯證，但，這回我們得去揭開滿紙權力的瘡疤，看它到底寫了多少吃人的話。

頭家娘　見鬼啦！人民法庭……

（頭家娘突而大聲吆喝，便見喬警官快速騎摩托車進場。手拿特赦令一張。）

頭家娘　（狐假虎威）在戲劇中沒發生的事，不代表在現實中不會發生！喬警官，說——你剛剛從哪裡來的！

喬警官　我啊！我——（賣關子）

眾　人　快說啊！

喬警官　我從官邸來的……

眾　人　不會吧！

喬警官　（拿出特赦令，欲唸）茲奉總統之命……特赦……

眾　人　省省吧！

陳老板　　對於這樣的意外，我一點也不意外。

（燈快速暗，退場。）

（影像：911、高峰會議、反WTO及泰勞高捷抗爭事件。演員置身影像中。音樂聲漸進！眾人以演員身份合唱。）

　　　　　　就這樣，真相大白於夜晚

　　　　　　陽光下良心都曬黑了臉

　　　　　　就這樣，現實只剩一張紙

　　　　　　滿滿寫著都是吃人的話

　　　　　　一張紙，一張紙，飄來飄去

　　　　　　飄來——飄去　飄來——飄去

　　　　　　滿滿寫著都是——吃人的話

　　　　　　滿滿——寫著——都是——吃人的——話

劇終

演出資訊

地點：華山三連棟

編導：鍾喬

演員：藍貝芝、李薇、朱正明、林怡君、王靜慧、
　　　陳淑慧、陳小樺、李秀珣、關晨引、李哲宇

現場演奏：鄭捷任、陳柏偉、莊育麟、彭家熙

企劃：姚立群

執行製作：李薇

舞台設計：陳憶玲、朱百鏡

舞台美術：柯德峰

舞台製作：許宗仁、朱百鏡、陳佩君、孫銘德、劉峻豪

舞台監督：陳憶玲

燈光設計：程遠慧

音樂設計：鄭捷任

音效執行：陳玉惠、高培華

美術設計：黃瑪琍

攝影：關立衡、陳文發

行政助理：易倩如

文宣設計：黃瑪琍

敗金歌劇（2006）攝影：陳文發

海報設計：駱巧梅

闖入，廢墟

背景提示：以詩的想像沾染政治意識形態的搏困。一個城邦，作
　　　　　為寓言的載體，牽扯進國際霸權勢力的瓜葛與吞噬，
　　　　　未曾終止。
創作提示：充滿寓言與象徵的人與事件，如何在一個瀕臨戰爭脅
　　　　　迫的廢墟，持續紛爭與內鬥，又似詩一般地，留下殘
　　　　　酷的血漬。2007 作品。
場景提示：以記憶作為聯想的寓言。
人　　物：詩人、莫非穆、海飛、天使（黑影）、夢土、異鄉、
　　　　　古力斯、雲彩和、歌手、樂師們。

前奏

◆ 廢墟的一角
◇ 歌手、樂師們

（悶雷聲中。小提琴手獨奏。目盲的女歌手（說書人）吟唱序曲，為戲
拉開序幕。）

歌　手　　城邦淪為廢墟 / 我走過 / 在廢磚棄瓦之間 / 殘留內鬥的血痕
　　　　　內鬥內鬥 / 撕裂兄弟的胸膛 / 內鬥內鬥 / 引爆戰爭的烽火

　　　　　但是，請仔細聽 / 廢墟的神經中 / 依舊傳導著權力的指令
　　　　　你們張大雙眼看 / 被排除的人們 / 在邊緣 / 他們喘息串連
　　　　　從城邦裂縫中 / 探出　探出了 / 絕望中吶喊的身體

　　　　　啊！城邦已淪為廢墟 / 戰爭後 / 內鬥仍然不息
　　　　　殺機隱藏在笑臉後 / 你聞聞 / 權力的滋味 / 在飽食的餐桌上
　　　　　腐臭著

序章

（淪爲廢墟的城邦中，傳來 NGO 工作者的歌聲。又有鐘聲，從荒涼的墳地響起。與此同時，長夜漫漫，似有憤懣的詩句從夜暗裡傳出。）

◆ 廢墟幾個角落
◇ 海飛、黑影、夢土、異鄉、古力斯、雲彩和、天使、歌手

（雷閃的夜晚。似有一牢房在暗影間。雷雨聲中，有一黑影，手持火炬，引領放逐回鄉的海飛到一暗處，瞬即打算離去。）

海　飛　　（提著皮箱）先別走啊！你……謝謝你啦！風雨交加中，引
　　　　　我回城。

黑　影　　（以影之聲）城邦已若廢墟，如妳放逐的靈魂，別忘了！妳
　　　　　還有要事在身……

海　飛　　你，你……是……

黑　影　　只不過是影，別跟過來……。我們後會有期。

（黑影離場，海飛追著過去……）

（夢土拉開嗓門，以爽朗的聲調唱：「NGO，我們的救世主……」登場。她喚著異鄉，要對方將一麻布袋的救濟藥品給扛出來。而後，展開訓練工作坊。）

夢　土　　（歌唱）NGO，救世主／我們的救世主／解放心靈，拯救
　　　　　疾病，民間力量，自由市場／NGO，NGO，我們的救世
　　　　　主。（喚異鄉）異鄉！異鄉！嗨！妳這個傻女孩，拖拖拉拉
　　　　　地……我們還有重要任務在身呢！

異　鄉　　（拿出藥品來分裝）是紅色、白色和咖啡色裝成一包嗎？

夢　土　　沒錯！沒錯！（拿出一件 NGO T 恤）來！來！來！穿上制
　　　　　服，我們開始訓練了！

異　鄉　　訓練？

夢　土　　沒錯。雖然是在廢墟裡，我們仍要發揮 NGO 熱誠服務人群的精神，將藥物妥切地送到病人身上。

異　鄉　　那……要怎麼做呢！

（夢土教異鄉玩一種流動雕像姿勢的遊戲。藉此，異鄉得模仿夢土發放藥品的姿態。但，異鄉似心不在焉。）

夢　土　　妳心不在焉。再做不好，可別怪我沒能保護妳了！（溫柔地指令）記得，明天去莫非穆那邊領藥品時，順便要拿救濟物資。

異　鄉　　那種東西，我再餓也不想去拿。軍火商的救濟品，就像私宰場泡在雙氧水裡的豬肉。

夢　土　　別傻了！莫非穆先生，不是什麼軍火商。他是國際戰火的調停員，他派來的先遣部隊，是為了和平而來的。就像我們 NGO，是一樣的。

（突而有鐘聲響起。異鄉似好奇地四處張望。）

夢　土　　他們又在墳地裡集結了！那些暴民！

異　鄉　　（意圖爭辯地）不！他們不是暴民……他們和我一樣，都是內戰的受害者……（慌亂地）我的家鄉發生內戰，也有軍火商來調停……。結果……

夢　土　　（仍然是溫柔地指令）好！好！好！不想和妳爭論，就算暴民也該受到民主的施捨，妳就撿些過期的藥物，送過去給他們，要他們別再鬧了！搞抗爭，搞得像紅衛兵一樣……太不理性了！

異　鄉　　這好嗎？過期的藥物產生毒性，可不就害死人了！

夢　土　　呸！呸！呸！妳說話怎麼一點修養都沒有啊！異鄉！異鄉！NGO 儀態工作坊，妳要加強訓練！

（突而有古力斯揹著一麻布袋的救濟物資，匆忙闖進來。隨其後的是他的妹妹雲彩和。古力斯翻著袋裡的東西，取出一塊漢堡，吃著。）

古力斯　　（回頭）別來煩我了！我不信妳說的那一套！

雲彩和	墳地的鐘聲響了！我們得趕過去，和他們會合。
古力斯	要會合，妳去會合。我還有重要任務在身呢！

（古力斯從皮袋中取出槍來，像是些許不安地凝視著。蹲下身來，邊吃漢堡，邊擦著槍。雲彩和靠近……。夢土則與異鄉，以慢動作轉換流動雕像的儀態。）

雲彩和	（憤懣地）你……什麼任務，比到墳場集合重要！你手上拿的是什麼？
古力斯	（看手中的袋子）民主派發放的救濟物資啊！
雲彩和	（取袋中的漢堡）這些是基因改造的漢堡……你要小心……
古力斯	又來了！基進派的胡言亂語。
夢　土	兩位先別吵了！好久不見。
雲彩和	（看著對方，學儀態雕像）喔！是 NGO 小姐！什麼時候了！妳們還有閒情，在這裡擺首弄姿……！
夢　土	什麼擺首弄姿，是 NGO 儀態訓練……
異　鄉	他們是……？
夢　土	看看妳呀！有多麼不瞭解我們城邦的權力生態！
異　鄉	「權力生態」？妳最近怎麼說起話來，好像愈來愈有學問了！
夢　土	當然囉！自從我參加了由天使先生主持的國際帝國 NGO 精英人材培訓計畫以後，整個人像似腦袋都被重新清洗了一次一樣！喔……How Wonderful it is...。
異　鄉	天使先生？誰呀
夢　土	喔！別急……等妳訓練有成，再介紹妳認識集合產業、軍事、商場天份於一爐的天使先生……
雲彩和	哼！鬼子！
夢　土	瞧！瞧！兄妹鬩牆，組織土崩瓦解……古力斯，天使先生要我轉告，他高度讚揚你智慧的選擇（鼓掌）……
古力斯	現實就像一張密密麻麻的網，我可不想成了那被纏在網中的

　　　　　　　小蟲……

夢　土　　對了！說得真好……。尋找機會，突破自我，相信民主的普
　　　　　　　世價值。

異　鄉　　（問雲彩和）普世價值……又是一句新的術語嗎？

雲彩和　　（拉過異鄉）投機……投降現實的投機主義者……。（朝古
　　　　　　　力斯）你什麼時候也學那些學運份子，在心裡頭穿起政客的
　　　　　　　西裝來了！

異　鄉　　妳還好吧！

雲彩和　　（朝異鄉）別接受這些鬼精英份子的施捨。

夢　土　　（拉回異鄉）煽動人是有罪的喔！別忘了！對了，我想，古
　　　　　　　力斯先生大概不會吝嗇於先施捨兩塊漢堡給我們吧！

異　鄉　　漢堡！我就不必了！

夢　土　　妳……（塞一塊漢堡給異鄉）要懂得感恩啊！

（古力斯取漢堡時，順手拿一塊要給雲彩和。雲彩和接了，將它丟給夢
土。）

雲彩和　　（不屑地）哼……什麼時候，連 NGO 也投降軍火商了！

夢　土　　（辯稱）不是軍火商，是代表民主派的和平使者。

異　鄉　　（做個鬼臉）和平使者，鬼才相信呢！

古力斯　　妳，就是那異鄉的新移民，對吧！（朝夢土）NGO 小姐，
　　　　　　　注意她的言行舉止！

（異鄉做出像機械人般的流動儀式雕像，以調侃的姿態自我解嘲。直到
被夢土阻止。）

異　鄉　　（流動儀式雕像，朝古力斯）不好意思！外來人口，得罪
　　　　　　　你了！（拿一包藥，再朝雲彩和）睡前餐後，記得服用，感
　　　　　　　恩！感恩！軍火 NGO……

夢　土　　（怒氣）妳在丟我的臉啊！妳！城邦的新律法怎麼說的，
　　　　　　　「異鄉移民一律關進臨時看守所，等待重新確認身份。」妳
　　　　　　　沒忘了吧！

異　鄉　　（慌張）我又沒犯什麼罪……為什麼要被關起來……

（夢土突而張開雙手，做祈求狀，期待開示。於是，天空傳來天使的聲音。眾人訝異，朝天仰望。）

夢　土　　哈列路亞。（朝異鄉）聽！是天使的聲音，他特地來我們廢墟城邦傳送民主的福音了！

天　使　　（擴音）子民們，如果你以熱血發誓「愛」這城邦，必得在新律法前，重新確定你愛城邦的身份。

雲彩和　　（驚訝地）什麼聲音，這是什麼聲音！

異　鄉　　（歇斯底里）我沒有身份，不想被關起來……，你們千萬別暴露我的身份。

夢　土　　這是天使賜給我們的民主福音。感恩！感恩！

古力斯　　天使？傳說中的天使？聽說他從保守派靠向我們民主派了！

雲彩和　　你……

（突而，後方又傳來詩人誦詩的聲音。聲音：然而，我不願彷徨於明暗之間……）

雲彩和　　啊……是詩人在朗誦詩的聲音！

古力斯　　先走了！不曉得這詩人又要抗議什麼了！我得去看守他了！

（古力斯欲走。雲彩和跟過去。古力斯舉槍堵住對方。又有鐘聲從墳地裡傳來。）

古力斯　　別過來！妳別過來！聽！墳地裡的鐘聲在召喚妳了！

雲彩和　　你……叛徒……你……

（古力斯離去。雲彩和朝鐘聲響的另一側，匆忙離去。留下愣在那兒的異鄉，還有收拾著一麻袋藥物的夢土。）

夢　土　　不想被關起來！就要接受 NGO 的保護！這，妳同意吧！

異　鄉　　同意，是同意。但，我看，這廢墟在內戰雙方的炮彈攻擊下，變得愈來愈複雜了！墳地裡，有鐘聲鳴響……天空中，傳來天使的指令……還有，詩人的誦詩聲……（抱頭）我……到底該往何處去呀！

夢　士	（將一麻袋的藥物交給異鄉）我們該走了！城邦在炮火中被摧毀，等著我們去重建……
異　鄉	我們？憑什麼？憑著軍火商的軍火嗎？
夢　士	（氣急了）說幾次了！是民主派從帝國找來的和平使者，妳怎麼聽不懂呢！
異　鄉	說好了！妳要幫我找到身份的……別失信了。
夢　士	妳急什麼？都還沒愛這城邦，怎麼取得身份？
異　鄉	跟著妳，就能證明我愛這城邦嗎？
夢　士	對的。妳別胡思亂想了！再心不在焉，就遣送妳回去……
異　鄉	不行！不行！家鄉同這裡一樣，也烽火連天，我回不去了！

（兩人離去後，樂隊登場。連同歌手，一起唱〈廢墟傳奇〉一歌。）

歌　手	鐘聲響起誰在抵抗／軍火商人，送來補給物資
	黑暗黑暗在黑暗中／詩人誦詩，像是一則咒語
	嘿……嘿……城邦淪為廢墟，怎麼說也是現代傳奇
	傳奇搭上炮灰的翅膀　穿過夜色　穿過地道　在黑暗中飛翔
	嘿……嘿……再怎麼說，也不能錯過的傳奇
	嘿……嘿……穿過夜色　穿過地道　你怎能錯過這傳奇
	嘿……嘿……穿過你靈魂的夜色　穿過我肉體的黃昏
	這傳奇，這城邦的傳奇，這廢墟的傳奇

（燈漸暗）

第一章

（城邦裡，那被以叛國嫌疑犯囚禁的詩人，對城邦的最後詛咒……。此時，自我放逐於路途中的海飛，突而現身……）

◆ 牢房

◇ 詩人（否定）、古力斯、天使、莫非穆、雲彩和、夢土、異鄉、海
　飛

（蕭斯塔高維琪的 May Day 樂章緩緩響起。詩人否定身陷牢房裡，在
一由燈光圈起來的牢房後，朝空中指揮著。換穿軍裝的古力斯，在牢房
外凝視著對方。）

古力斯　　該你放封了！（將門打開。音效）

否　定　　（關上牢門。音效）不需要你的施捨。

古力斯　　給你自由，你不要，你瘋了啊！你！

否　定　　我是瘋了。所以，我牢牆的這個鏡面上，映不出你們自由的
　　　　　臉孔。

（在燈光趨暗中。牆面映出否定蒙面的一張臉孔。他在侷促的空間中，
嘗試緩緩將手伸出燈圈外，而後繼續未完的誦詩。）

否　定　　然而，我不願彷徨於明暗之間……我不如沉沒在黑暗裡。

（燈光趨暗。而後全暗。古力斯在黑暗中抓狂，「迸」地放了一槍。燈
光全亮。）

古力斯　　（手舉著槍）出來！你到底出不出來……

否　定　　（推開門。音效）出不出來，由我做決定……

（古力斯莫可奈何地蹲在一旁，掏出腰間的手槍，放在腳跟前。否定拖
著腳鍊走出來。吟誦〈否定之歌〉。）

否　定　　（朝觀眾，誦詩）你們必須接受我的詛咒／只因城邦已淪為
　　　　　廢墟
　　　　　你們必須接受我的詛咒／因你是廢墟的一粒砂
　　　　　（歌唱）他們以為囚禁我的身體／就能束縛我的靈魂
　　　　　然而，我召喚大火／將我的肉體焚燒／燒得只剩一堆灰燼
　　　　　於是，在灰燼中，我沉沒黑暗裡／和你一起沉沒黑暗裡
　　　　　於是，在灰燼中，我發光／和你一起在灰燼中發光
　　　　　於是，在灰燼中，我沉沒黑暗裡／於是，在灰燼中，我發光

　　　　　　　（誦詩）當我否定你，同時感到自己的消亡

　　　　　　　就像那火，燒向你時，我已燒成灰

　　　　　　　這是否定的定律／是否定給被否定者的定律

　　　　　　　是否定之後存留下來／唯有的肯定

古力斯　　　（拾起槍，哈哈大笑）牢牆當前，你還吟詩歌唱，真不愧是
　　　　　　詩人。只不過……

否　定　　　只不過什麼……有屁快放，你這個棄械投降的孬種。

古力斯　　　（被激怒，舉槍）我——是為了拯救這個城邦……所以……

否　定　　　所以，背叛了游擊隊，投入另一場戰爭中。

古力斯　　　你也知道，城邦都完了，游擊行動沒有任何意義了！現在最
　　　　　　重要的是重建，讓人民……

否　定　　　讓人民投入另一場權力爭奪的戰爭遊戲中，這是你要說的，
　　　　　　對不對！

古力斯　　　你胡說，別以為你能說出什麼道理來汙蔑我的正義感。

否　定　　　正——義——感，你還說得出口。

古力斯　　　城邦都淪為廢墟了，不然，你要我怎麼樣！

否　定　　　城邦淪為廢墟，是遲早都要到來的事！

古力斯　　　憤世嫉俗，充斥在你革命的妄想中。

否　定　　　革命。你懂什麼革命，經不起誘惑的臭小子。

古力斯　　　（欲擊對方）你——

否　定　　　我——怎樣——

古力斯　　　你的那套行不通的，我們必須趁此機會，引進外力。再也沒
　　　　　　有比這更好的機會了。

否　定　　　引進外力，撲殺同族。用新的國家權力取代舊的國家權力，
　　　　　　這就是你要說的，是嗎？庸俗的國族主義者。

古力斯　　　少詛咒人。我已經不是你的手下，現在的我，隨時要你閉
　　　　　　嘴，你就得封口。

否　定　　　來吧！我只不過是詛咒了國家和民主的暴力罷了！

古力斯　　（掩住耳朵，大聲嚷嚷）夠了！夠了！你的放封時間已經到
　　　　　了！回牢房去吧！

（古力斯一把抓著否定往回走時，因氣急而腳步不穩，被否定給絆了一
跤。身著緊身風衣的天使隨即在亮光的高處現身。）

天　使　　小心……

古力斯　　你是……

否　定　　天使……好久不見！

古力斯　　（好奇地繞著對方）天使？傳說中從帝國派來的福音使者，
　　　　　這一次要為我們這廢墟帶來什麼樣的福音？

天　使　　（閃了一下太極拳的雲手）你好！但，此時此刻，我不是天
　　　　　使，而是信差。

否　定　　（調侃地）哦——好一個天使般的信差啊！（沉吟片刻之
　　　　　後）「經——濟——殺——手」。

古力斯　　什麼？你在胡說些什麼？

天　使　　是啊！我手無寸鐵……何來「殺手」之有……

否　定　　問你！問你自己啊！你是不是又提供了龐大的貸款計畫給他
　　　　　們民主派……

天　使　　（仰天長笑）這是再大也沒有的福音了！不是嗎？

古力斯　　是啊！這樣的福音，才是對人民最有利的，你懂嗎？

否　定　　人民……人民……假「人民」之名！哼！（朝古力斯）他
　　　　　啊！他是來佈局的……

古力斯　　（惱怒，朝否定）你——你少插嘴。（祈求地）你說，你是
　　　　　信差，除了貸款計畫之外，你一定還帶來什麼其他更重要的
　　　　　訊息罷！

天　使　　對的。我是莫非穆先生的信差。

古力斯　　莫先生，他帶來保衛家園的軍火了嗎？

否　定　　（嘲諷地）這就對了！先是貸款，然後軍購，最後，等你們
　　　　　（朝古力斯）這些滿腦子民主、自由的現代鬼們吃夠了甜頭

後，我們的天使先生，就會準時地出現在陷入破產深淵的國
家招牌前，高聲宣布「帝國軍事基地」的正式成立。

古力斯　　（欲抓對方）你別說了你。你只不過一個囚犯，沒資格說
　　　　　話。

否　定　　（話鋒一轉，朝向天使）那麼，他呢？他可是殺手啊！一點
　　　　　也不帶火藥味的「經──濟──殺──手」啊！

天　使　　（鞠躬）您誤會了！詩人否定先生，我只不過穿針引線的中
　　　　　間人……您千萬別誤會了！（轉頭，朝古力斯）還有，莫非
　　　　　穆先生已經從豪雨中的碼頭登岸，需要你前去安排他進入城
　　　　　邦的地道。

（風雨聲響。三人一驚，前後定格。）

古力斯　　咦！怎麼回事！說到豪雨，就有豪雨的配音了嗎？

天　使　　他來了！

否　定　　來得還真蒙太奇喔！

（此時，但見莫非穆一手撐黑傘，另一手插在胸前的衣襟間，故作拿破
崙狀，在一側的聚光燈下現身。他伸懶腰，打了個大哈欠，擠眉弄眼，
而後說，「偉大的人都注定要孤獨的嗎！」否定一人恢復常態。）

否　定　　（嘲弄地）哈哈。果然如我所料！真是天大的消息啊！天使
　　　　　竟然和魔鬼打起交道來了！

莫非穆　　我怎麼聽到有人在說我的壞話呢！

古力斯　　（朝否定）你──閉嘴。莫先生人已經到了！他還好嗎？

（古力斯、天使這才又恢復常態。）

天　使　　（朝詩人使個眼色）中氣十足，就是有些惱火。

古力斯　　惱火。

天　使　　對！就──因為──等不到你啊！

否　定　　（朝古力斯，暗諷地）小心喔！你……魔鬼發飆時，可沒像
　　　　　我們天使那樣：「在優雅的笑容中，藏著血的殘忍。」

（古力斯左右徬徨之際。否定轉過身去。天使迅即隱身暗處，像神祕的

一陣風。）

天　使　　（鼓掌）不愧為詩人，出口脫俗而銳利！（朝古力斯）你，
　　　　　　還不快走，等在那邊幹什麼。

古力斯　　那他呢？

天　使　　別耽心，我來看守他，莫先生交代的。

古力斯　　這好嗎？

天　使　　有什麼不好？

古力斯　　萬一……

天　使　　是啊！萬一莫先生迷了路，你可就麻煩囉！

古力斯　　（苦惱地）那——好吧！那——我就先走一步了，交給你
　　　　　　囉！你要用槍嗎？

天　使　　不必了！（虛假地）我是天使，有免於暴力的自由。

古力斯　　（焦急而徬徨）好！那……那……你看好他。我……我……
　　　　　　就先走一步了！待會見！我……馬上回來。（退場）

（天使與否定隔著一段距離，相互對話，像似隔空交戰的炮火。）

否　定　　怎麼樣！

天　使　　什麼怎麼樣？

否　定　　大駕光臨，必有原因。

天　使　　這是你呼吸自由空氣的最好時機！

否　定　　是嗎？我可不願成為天使施捨恩惠的對象。

天　使　　自由當前，人沒有權利選擇被囚禁。

（天使從口袋中取出一把鑰匙，將詩人的腳鍊給打開。）

否　定　　（掙脫地）此話怎講，你……你……別自作主張，我不會買
　　　　　　你的帳的……

（鬆脫腳鐐的否定，獨自奔回牢房裡，將柵欄給關閉。但，天使又將門
給打開。）

否　定　　（隔著柵欄）我寧可沉沒在黑暗的囚禁裡。

天　使　　（打開門）可能有些太遲了！

否　定　　太遲了！你，什麼意思……

天　使　　弱勢者沒有太多選擇的餘地……不是嗎？詩人否定。

否　定　　（咆哮地）別叫我個人的名字，我沒有名字，我們都叫「否
　　　　　　定」。

（天使鞠躬，邀否定走出門來。示意他自己好好看看眼前發生的事！）

天　使　　不信的話，你自己瞧瞧。

（一群人，包括夢土、異鄉在雲彩和的穿引下，七嘴八舌，像在談一件
社會祕辛或者政治八卦。此景，既在現場，也出現在背後的電視屏幕
上。）

雲彩和　　難以相信，我不願相信的事，怎麼可能成真。竟連詩人都接
　　　　　　受天使的施捨，同意和他合作了！一定有詐。

異　鄉　　詩人和天使妥協……不可能吧！

夢　土　　世事多變，弱勢者接受現實，達成了妥協。（大聲地）這就
　　　　　　是民主政治，少數服從多數的道理啊！還有啊！（拉異鄉）
　　　　　　妳看看，他們「公社派」就是曲高和寡嘛！脫離現實，才搞
　　　　　　得四分五裂……如果啊！海飛回來的話，我就要向她說個明
　　　　　　白……

雲彩和　　說什麼明白！妳別挑撥我們的是非……

（三人在對話中形成一組雕像。否定不可置信地步出牢門，天使冷笑，
跟過來，並從衣袋取出一張報紙……）

詩　人　　這怎麼可能呢？八卦。政治八卦。

天　使　　喔！就是八卦才容易在媒體中發燒，而後……感染啊！你
　　　　　　瞧瞧！這報上怎麼說的，（讀著報紙）「詩人接受天使的恩
　　　　　　惠，終而得以出獄……是革命者對民主制度妥協的最佳典
　　　　　　範。」

詩　人　　太卑鄙了……你！

天　使　　不是說嗎？今天，我是信差，捎來市井的消息啊！

詩　人　　（欲掐對方脖子）你……

（天使移位。給一個彈指的手勢。三人恢復對話和行動！繼續交談起
來。）

雲彩和　　這樣的施捨，未免太離譜了！

異　鄉　　搞不好，又是八卦新聞一件。

夢　土　　不！不！不！你們不要不相信，這就是當今國際政治的現
　　　　　實……。（朝雲彩和）妳看看，那不是海飛嗎？（欲喊對
　　　　　方）

雲彩和　　海飛？

異　鄉　　她——是誰……

（群聲中，三人成雕像。一個提皮箱的女子出現一側。她是海飛，但，
爲在眾人面前掩藏身份，她戴墨鏡及帽子，以讓人無從認出。）

海　飛　　請問通往「公社」的路還在嗎？

（眾人停格。詩人似有深深疑惑地站起。）

詩　人　　她——是？

天　使　　她回來找你了！一切都在我的預言中。

詩　人　　是——海飛嗎？

（天使狂笑聲中。）

（燈暗）

第二章

（夢想著重建公社之夢的雲彩和，遇上前來探知詩人消息的海飛。哥哥
古力斯回來，除了興師問罪之外，更是一番不休的爭吵。）

◆ 廢墟幾個角落
◇ 雲彩和、海飛、古力斯

（暗幽光影間，風鈴聲動中。雲彩和放下剛吃完一口的飯碗，說著她的

一個夢境，於是從窄仄的光廊間出來，在光影間舞動著，直到聽見海飛的叫喚。）

雲彩和　　城邦淪爲廢墟的那個子夜，威猛的炸彈從空中劇烈地爆開來。從這閣樓探出頭去，就望見那原本夾在交流道下方的「公社」水泥建築，整個攤在一堆碎石瓦礫間，我兩眼驚慌，再往交流道下方的河岸望去。一窩接連一窩的矮屋子裡，串出成群的男男女女，慌亂中，有人燒起野火，照亮失去了光的街道和高樓。一片死寂。在那無邊死寂的、接連下來的很多個夜裡，我於是在夢裡，赤著腳，踩在河岸的汙水和泥濘間。我，難以想像，廢墟城邦竟幻化作我赤腳跳舞的場地。汙泥濺起時，火光中，有一張張在絕望中突而狂笑起來的臉孔！我一時不知所措，想逃開而去……。卻聽見他們此一句、彼一句地叫喚著說：「別走啊！別走啊！我們一起跳舞，一起在跳舞中飛到夜空去。」

（海飛提著皮箱，神祕抵達。燃起一根菸，坐在皮箱上。驚醒迷醉於舞蹈之夢中的雲彩和。）

海　飛　　妳還是老樣子。用純潔的心做天眞的夢。

雲彩和　　（訝然）是妳啊！多久沒見了！我們……

海　飛　　時間不是衡量感情的唯一元素。

雲彩和　　妳還是老樣子。舌尖辛辣，口不留情。

海　飛　　好了！不和妳吵！我要找的是……詩人，他……人在哪裡！

雲彩和　　（拉對方到一旁）妳有沒有搞錯啊！風聲鶴唳，妳沒聽說他剛從牢裡脫身的事嗎？

海　飛　　當然有啊！就知道他會接受天使的施捨。

雲彩和　　別說了！那肯定是天使自己放出來混淆視聽的謠言，別上當了！

海　飛　　我不信。要不然，他怎麼不現身說清楚呢！

雲彩和　　（焦急地）「公社」都毀了！他沒條件爲自己說清楚！

海　飛　　　（惱怒地）毀了！早就毀了。在他暗地裡處決我哥哥時，就
　　　　　　已經毀了！

雲彩和　　　胡說，那是民主派放出來的謠言。傻瓜……或者……自作聰
　　　　　　明的人，才上民主謊言的當！

海　飛　　　日子變了，時空變了。

雲彩和　　　妳是說，連妳也變了嗎？

海　飛　　　我能不變嗎？他處決了我的哥哥，又突然間斷絕我們的關
　　　　　　係……。太狠了！寬恕他，就是殺了我自己。

雲彩和　　　妳知道，他被捕之前，流亡海上……後來，偷渡登岸後，又
　　　　　　被告發，關進民主派的臨時牢房裡……

海　飛　　　好了！好了！這些我都一清二楚。重點是，妳為他辯護，
　　　　　　那誰又為我辯護了呢！找不到他，我得找到揭發他罪行的管
　　　　　　道。

雲彩和　　　（隨手拿出一疊報章）揭發，製造新聞嗎？難道妳要去找這
　　　　　　些連炸彈也毀不了的民主派新聞嗎？

海　飛　　　（取過報章）至少，這裡有個人的自由。

雲彩和　　　那……我們過去一起追求的共同的平等呢？

海　飛　　　平等！哼！雲彩和，一個天真的追隨者，變成一隻盲目的蝙
　　　　　　蝠。

雲彩和　　　蝙蝠，妳說我嗎？（不服氣地）哼，至少，在夜間，我仍振
　　　　　　翅飛行！

海　飛　　　方向呢？

雲彩和　　　（錯愕）方向……妳什麼意思。

（突而有浪潮聲洶湧襲來。而後是城市瘋狂開發的建築工地影像，海飛
在影像中獨白。雲彩和退一旁。）

海　飛　　　失去方向，於是我躲進暗黑輪艙的底層，渡過海洋，展開
　　　　　　心靈的自我放逐。用一雙眼，去目睹那個聲稱以民主自由為
　　　　　　普世價值的新世界；眼前無家可歸的遊民，像難民般群聚街

　　　　　頭，他們逆著華爾街高樓慢慢往上爬，往上爬，到了高樓頂
　　　　　峰，更像一具縮了水的乾屍，回頭一望時，恰好望見千里外
　　　　　被資本遺棄的家鄉，那畝田淌著陣陣的鮮血，湧向大城市的
　　　　　天空。妳知道嗎？妳知道那種放逐的滋味嗎？

雲彩和　　妳對資本竄流失望，只能轉向接受民主的施捨！對吧！

（突而，傳來鼓掌聲。是古力斯，雲彩和的哥哥。）

古力斯　　很好！太好了！應該說是幻滅，所以轉了風向！好久不見，
　　　　　妳回來的正是時候，海飛。

雲彩和　　（伸手直指對方）你這叛徒！鬼影子……見風轉舵的叛徒。

古力斯　　放尊重點。我是妳哥哥。妳要說的是「鬼影子知識份子」是
　　　　　吧！別忘了！這些術語，都是以前我在讀書會上教妳的……

雲彩和　　所以，你背叛的是你自己！

古力斯　　（走近海飛，勾起對方的手臂）別忘了！無法實踐的理論，
　　　　　都是空話。

海　飛　　現在變成廢墟裡的空話了！

雲彩和　　看看你們庸俗的嘴臉。

古力斯　　（揶揄地）別說這些沒用的屁話了！帝國的和平使者已經登
　　　　　岸！詩人妥協於天使的民主福音，哈列路亞。（朝雲彩和）
　　　　　妳沒理由和罪人一起揹負投降的罪名。

雲彩和　　罪人，你才是罪人！還有妳（朝海飛，激動地哭了出來）私
　　　　　仇公報，妳也是鬼影子……鬼影子罪人。

海　飛　　（別過臉去）激動無法修補垮掉的牆。去告訴那個自封是
　　　　　詩人的兇手……否定先生，子夜時分，我和他在公社舊址相
　　　　　見！看他還有什麼好辯解的……

雲彩和　　（回想著）海飛！妳都忘了嗎？那年秋天，他生日的那天
　　　　　夜晚，我們大伙兒約好在滿牆革命詩篇的公社見面，沒想，
　　　　　就在那晚，他出事了！而妳呢！記得吧！昂起一張羞紅的臉
　　　　　來，朗誦他的詩。

（燈光轉暗。三人回過身去。音樂聲起。燈轉亮時，三人衣襟上繫著布巾。現場多了一張舊沙發。海飛坐在椅子上……讀著手上的「否定詩抄」。雲彩和手上拿著一朵向日葵，牽著古力斯的手，焦急地進來。）

雲彩和　　咦！他呢？他人呢？

海　飛　　（從舊沙發站起）二進宮了！

雲彩和　　二進宮！妳是說，又抓他進牢房去了！怎麼會這樣呢！什麼時代了！

古力斯　　他媽的！假民主。事情沒走到危急狀態，他們都藏在自由主義者的面紗後，假裝微笑。現在，我們衝向陣地上流血！就說我們是恐怖份子的外圍組織！

雲彩和　　是不是我們太激進了！衝過頭了！誤判情勢了！

古力斯　　（激進的）沒有的事。（凝神地，以西班牙文）Hasta La Victoria Siempre 記得嗎？

海　飛　　Che 在信中向 Castro 說的名言……

雲彩和　　（凝視對方）直──到──

古力斯　　（插話）對。直到永遠的勝利。

兩　人　　（手拉起手）直到永遠的勝利。

海　飛　　（去拿雲彩和手上的向日葵）別耽心！我們照常替他慶生吧！

古力斯　　（從空椅子上取過詩集，翻閱朗誦）衣領間的菸味／沾著血的詩行

雲彩和　　（背誦地）以及，暗夜中的腳步聲／朝著那鐘聲響起的廣場前去

海　飛　　（站到椅子上）啊！「我們從未抵達，我們從未放棄」。

（燈轉暗時，三人轉身，取下繫在衣上的布巾。再亮時，椅子消失。三人又轉回來。回到現實。）

古力斯　　是啊！那時公社的破舊沙發上，深埋著一股濃濃的菸味，我們把菸味藏在衣領間帶回家，就像……

海　飛	就像把他的一首首「否定詩抄」藏在心裡帶回家……。（痛楚地）但，那都已經是過去，過去……永遠不該再回來的過去了！
雲彩和	為什麼？是你們帶我進「公社」的啊！現在……
古力斯	（憤怒地）現在，他殺了自己的弟兄。血腥……血腥……套一句他詩裡的話說：「血，在我溢滿憤怒的身體裡逆流……」（痛楚地）他……罪該萬死！

（海飛靠過去，扶起跪倒在地的古力斯。緩和了自己激切的心緒。）

海　飛	好了！你不是說，和NGO人士約好了！一起到迷宮去見莫非穆大師的嗎？去做些準備吧！
雲彩和	迷宮，你們說，迷宮是什麼地方？
古力斯	（站起身來，冷諷地說）可以是天堂！也可以是刑場！
雲彩和	（朝觀眾）天堂……刑場……等等……等等……你們先別走啊！

（燈暗）

第三章

（如果，通往刑場的漫漫夜路上，傳來的是滾滾黑金已經沸騰的天堂……）

◆ 街角
◇ 詩人、海飛、雲彩和、歌手、樂師們

（公社廢墟的街角。星月皎潔。詩人獨自一人邊喝著酒，邊下著一盤棋。樂隊歌手以一種旋律誦詩〈天堂或是刑場〉，拉開場景。場景中，莫非穆打赤膊在一紅毯上，以慢動作做誇張的相撲選手的動作。）

否　定	天堂或是刑場？/ 是天堂，也是刑場 / 迷宮，迷宮，何時開

啓？

迷宮是慾望的天堂／迷宮是反叛者的刑場

慾望的天堂／反叛者的刑場／迷宮，迷宮，尚未開啓

就瞧見，詩人在生死道上下棋／他既是白子也是黑子

明白了！明白／無論白子或者是黑子，他注定是輸棋的人

（海飛靠近一人下二人對奕棋盤的詩人否定。）

海　飛　　你是白子，還是黑子！……（否定不答）不論你是白子或
　　　　　是黑子，你都注定要輸了這盤棋！……（否定還是不答）你
　　　　　想問我爲什麼！對不對！告訴你，因爲你是你自己最大的敵
　　　　　人。（否定仍然不答）

（雲彩和隔著一片霧窗。探頭，聽見他兩人的對話。）

海　飛　　告訴我，你爲什麼要處決我哥哥！

否　定　　（雙手緊握對方的手臂）我……

（海飛先是情不自禁地擁抱住對方。而後，又推開對方……）

海　飛　　（擦去否定頰上的淚水，冷漠地）看看你，多麼廉價的淚
　　　　　水，你是怎麼「殺」了他的……

否　定　　（抬起頭來）我沒有「殺」他，是他要求我「處決」他
　　　　　的……

海　飛　　（激動地）胡說！你，胡說！你這騙子。革命偏執狂，喪心
　　　　　病患者……大騙子！告訴我！爲什麼。

否　定　　（終於站起身）因爲，前有追兵，後無退路，他的意志軟弱
　　　　　了！和我一樣，在黑暗中徬徨。

海　飛　　（嘶吼地）那……你……爲什麼不殺了你自己！

否　定　　時候近了！而現在，我只能在黑暗中徬徨於無地，就說是一
　　　　　種該來的懲罰吧！

海　飛　　（抓住對方肩膀）那……我呢？你是怎麼對待我的……

否　定　　就如妳說的，我是自己最大的敵人……沒有愛別人的能力。

海　飛　　騙子！你瘋了！你瘋了！就等你自己處決你自己吧！

（海飛悠悠然離去。詩人否定蹲在棋盤旁，用一小酒壺在一小酒杯上斟上烈酒，啜飲一口後，劃根火柴在烈酒的酒杯上。而後，他讀著寫在煙盒的錫箔紙背上的詩行。雲彩和焦急地在一片霧窗後敲著，受傷的手上拿著一支燭火。）

否　　定　　（誦詩）子夜的雨，在廢墟中
　　　　　　　　敲響我內心中，那座行動的鐘
　　　　　　　　然而，我無法醒來
　　　　　　　　只能睜著一雙絕望的眼睛
　　　　　　　　凝視著內心的絕望

雲彩和　　（一手舉著燭火）所以，你殺了海飛的哥哥，就像殺了你自己。

否　　定　　他安息了！我仍殘喘地活著！

雲彩和　　但，市井上又多了一項你的罪名。

否　　定　　（拎著酒杯，站起）汙名化是權力者最好利用的枷鎖。

雲彩和　　（憂心對方）所以，你感到悲哀。

否　　定　　（紅著雙眼）悲哀，只能留給對世界懷抱著希望的人。於我，也不免是一種奢侈罷！

雲彩和　　剛剛，我在墳坡上，為每一具斷碑點上燭火，心裡好像一心想重新照亮什麼。

否　　定　　沒想，城邦唯一沒淪作廢墟的竟然是那片墳坡。（顛狂地）斷碑終要埋在泥裡，在暗黑中和高聳雲天的帝國大廈搏鬥。

雲彩和　　（些許驚嚇）你……還好吧！喔！我聽說莫非穆進城後，首先要在「民主紀念碑」前，宣告什麼關乎城邦重建的事情。

否　　定　　（站起身，步履蹣跚）民主……死掉的……民主，才需要立碑紀念吧！

雲彩和　　（扶著對方）你……得撐住自己呀！需要你的人，都等著你的復出呢！

否　　定　　（咆哮）我不是一個被需要的人。不是！不是！不是！我是

　　　　　　一個在否定中否定自己的人。

雲彩和　　就……連同我們，也在你內心中，被你否定了嗎？

否　定　　（撥開對方）別擋住我的路，存留在這斷垣殘壁間的，除了
　　　　　爾虞我詐之外，（又親近地拉住對方）妳瞧瞧，就剩那一張
　　　　　張隨時準備吞噬別人的血盆大口了。哈—哈—哈。

（燈漸暗。兩人退隱暗處，和樂隊及歌手歌唱：〈三項罪行之歌〉。）

樂隊歌手　天還沒有亮，殘破的屋瓦滴下一灘水
　　　　　別以為那是露珠，那是夜暗的汙水　遮去一雙眼，抹黑一張
　　　　　臉。
　　　　　一雙眼，啊！一張臉。那淒黑的眼，那被罪名給沾汙的臉
　　　　　天還沒有亮，天不會亮，天空只剩孤獨、無言、漆黑的眼和
　　　　　臉。

雲彩和　　罪名一項，妥協敵人，在民主的天空下

詩　人　　罪名二項，謀害弟兄，在自由的天空下

雲彩和　　耳語，耳語，耳語，耳語像病毒

詩　人　　汙名，汙名，汙名，汙名洗不淨

合　唱　　什麼樣離奇的夜晚，就有什麼樣詭異的風
　　　　　什麼樣暗潮的海洋，就有什麼樣潛伏的礁
　　　　　什麼樣毀壞的城邦，就流傳什麼樣的計謀
　　　　　啊！天還沒有亮，天不會亮，天空只剩孤獨、無言、漆黑的
　　　　　眼和臉
　　　　　啊！兩條罪名奪半條命，還差一條送往刑場
　　　　　還差一條送往刑場　還差一條送往刑場　還差一條送往刑場

（燈漸暗）

第四章

（莫非穆攜帶的除了軍火交易的條件之外，還有他的好大喜功，以及簡

單而攻於心計的權力說。就不知道在天使面前是否還應對自如了！）

◆ 迷宮
◇ 莫非穆、海飛、古力斯、天使

（音樂聲中。莫非穆先生在中間的躺椅上用面膜護膚，鼾聲大作。他的呼吸，促使一張如鼓皮的大肚子起起落落。古力斯拉一面鏡子，置於一側。像在布置一個稱作迷宮的空間。與此同時，在茶几上插有一亮麗的鮮花的椅子上，海飛已開始了她的獨白。）

海　飛　　（朝古力斯）真沒料到，這代表帝國的國際軍火商，竟然是豬玀一隻。（朝觀眾）你們瞧瞧，他這起伏的肚皮，像沾滿油汙的海潮，在死去的海岸旁來回推擠著，竟然還發出一陣陣「呼嚕……呼嚕」的求救訊號。

（海飛躲進陰影暗處，在一旁望著行動中的古力斯。默不作聲。直到後來，又坐回到椅子上。古力斯朝莫非穆做母貓發情狀。）

莫非穆　　（敷著面膜）海飛，那姑娘呢？她……人在哪裡！

古力斯　　（叫喚）海飛……海飛……咦！剛剛還在這裡的，人呢？

莫非穆　　不是約好她來幫我護膚，並練習演說的嗎？哼！沒開始工作，就打混去了！

古力斯　　（半信半疑）你是指海飛嗎？你真和她這樣約的嗎？

莫非穆　　（貪婪的吃狀）是啊！我說的算，難道不是？告訴你，你給人一口飯吃，他竊竊私喜，卻又回過頭來想，他需要的是蛋白質，於是……（詢問對方）

古力斯　　（應付地）喔！於是，他會想要吃魚吧！

莫非穆　　等你給了他魚吃……也許，他又會想到人體內纖維元素的問題。這時……他……

古力斯　　（還是應付地）喔！他就需要蔬菜來綜合體內的循環嘛！

莫非穆　　（站起來）太好了！只可惜他口袋裡掏不出錢來同時買魚和

蔬菜，這時該怎麼辦？

古力斯　　（些許不耐地）就得想盡辦法，去找管道，讓魚和蔬菜掉進自己的胃口裡了！

莫非穆　　（聳聳肩）這就是問題所在了！你的胃口這麼大！世界上還有數以千萬或億計，胃口比你大的人……但，魚和蔬菜總共就只有一盤，你說怎麼辦？

古力斯　　（嘲弄地）莫先生說的，是市場經濟學的比喻吧！

（莫非穆從一旁的一只盒子裡，取出一頂象徵帝國的禮帽，戴在頭上。）

莫非穆　　（得意地）什麼「學」，我不懂！但，這是這個世界變得愈來愈……哈！哈……有想像力的道理！

（悄然地，海飛已坐在茶几的椅子上。還是抽菸。莫非穆回頭發現伊，想盡辦法吃豆腐，卻被一次又一次擋了回去。最後，鏡子當然是最佳擋箭牌。）

莫非穆　　（色瞇瞇）海飛姑娘！我在等妳呢！（朝古力斯）喔！古力斯先生，我們剛剛的一場對話，又讓我靈光閃現，發現了人生的三條原則。

海　飛　　（不屑地）不佔時間的話，我倒想聽聽。

莫非穆　　（丑態狀地）首先，別讓自己餓著了。而後，別忘了提起精神做愛。最後，才能擁有打開權力之門的鑰匙。

海　飛　　（拉著古力斯）莫先生真的是民主派引進來的國際軍火商莫非穆先生嗎？水準還真出人意外！

古力斯　　是啊！（拉海飛到一旁）還真意想不到的低水準！傷腦筋啊！該怎麼辦呢！

莫非穆　　你們……嘀咕些什麼？

古力斯　　（推海飛向前）沒什麼！你們練習演講吧！我得去安排現場的事！（離場）

莫非穆　　太好了！那我們就開始吧！（色瞇瞇扯扭一下屁股）我還安

　　　　　　　排了鏡子呢！

海　飛　　你……請便……妄想當帝國霸主的色鬼。

莫非穆　　妳……好大的膽子……妳。

海　飛　　（雙手插腰）你……到底開不開始啊！莫先生。

（尷尬之餘，莫非穆將禮帽脫下，置放一側。海飛在聽幾句莫非穆的講詞後，不耐煩地掉頭走了！）

莫非穆　　（故作拿破崙狀）喔！演講啊！好！那就開始吧！咦！第
　　　　　一句是……。喔！想起來啦……。當載運帝國武器的輪班，
　　　　　從港灣出發不久，我接到飛越沙漠地帶的飛機，從空中傳來
　　　　　的暗號，怎麼樣？可以吧！噠……噠……噠噠……噠噠的表
　　　　　示，就在這廢墟城邦的地下，據衛星偵測儀的反應，發現足
　　　　　以供給一個百萬人城市三年運用的石油。於是，我發現，
　　　　　（轉作貪婪狀，閉眼捉迷藏地）噠……噠……噠噠……噠
　　　　　噠、噠……噠噠……噠噠，眼前滿滿是黑金，就快──快把
　　　　　我給淹沒了！（呻吟狀）啊！……嘔……！啊！

（站在几上的是……天使。他的鼓掌，讓莫非穆再度尷尬地睜開眼睛。）

莫非穆　　你是誰？……她呢！

天　使　　晚安！莫非穆先生，我是天使。她……留下評語說，「你眞
　　　　　是一隻自戀的豬」，然後，掉頭就走人了！

莫非穆　　喔！天使先生，久仰了！（轉而惱火）她……竟然敢說我是
　　　　　豬，小心，不怕我斃了她嗎？

天　使　　（蹲下）小心你的遣詞用字，你……是我們民主派的貴賓
　　　　　啊！

莫非穆　　我們？什麼時候，你從保守派投靠到我們民主派來了！

天　使　　（坐下）世事多變化。政治給人們最豐富的想像，就是如何
　　　　　有效處理輸與贏的矛盾衝突而已！不是嗎？

莫非穆　　那麼，你今夜登門，是爲「輸」還是「贏」而來的？

天　使	（跳下，舞動）我輕輕舞動，等待黑金的滾滾熱流，從我腳底下冒出，沿著我的肚臍眼往上昇華到我靈魂中，如波濤般的慾望心田。所以，你說呢？

天　使　（跳下，舞動）我輕輕舞動，等待黑金的滾滾熱流，從我腳底下冒出，沿著我的肚臍眼往上昇華到我靈魂中，如波濤般的慾望心田。所以，你說呢？

莫非穆　好噁心，啊！你還說得像唸詩一樣！

天　使　沒辦法，誰叫我是天使呢？模仿力超人意表啊！還不都是向那詩人學的……

莫非穆　詩人，造反的人，該下地獄！你說，對吧！好了！有話直說吧！你的策略是什麼？滿腦子慾望的天使先生。

天　使　只是來提醒你，帝國透過我傳達，當軍火運抵時，須同時用政治手段消除保守派和激進派兩股勢力。

莫非穆　保守派，軟腳蝦，不難搞定。「公社」派這邊的詩人，只差一項罪名，我們怎麼搞定他呢？

天　使　不難！黑金滾滾，激起詩人波濤般的慾望心田。

莫非穆　是嗎！真的嗎！（傾身過去）像你用計放了詩人那一招嗎？真高明啊！果然是「殺手」啊！殺人連睫毛都不眨一下，真叫人不得不五體投地佩服你的高明啊！

天　使　你太誇張了！

莫非穆　（有些心神不寧）你是指今天晚上的演出嗎？

天　使　演出事小，（去拿禮帽）是你的頭太大了！恐怕戴不上這麼精緻的帝國之冠！

莫非穆　（搶回帝冠）唉呀！只不過是道具嘛！道具嘛！

天　使　（裝作驚訝）喔……真的嗎？沒料到，您還能分辨真與假的不同啊！只是……（鞠躬）先生！您可別假戲真做，那麻煩可就大了！

莫非穆　（口吃地）你……你……你說這話，是什麼意思啊！

天　使　（指著禮帽，恭敬地）什麼意思！天曉得啊！喔……我是說，別讓您手中的那個東西變成了……嗯……哼……割了你自己喉嚨的血滴子！

莫非穆	這……這怎麼會呢？喔……（顧左右而言他）這……只不過是一頂帽子罷了！
天　使	是啊！別給自己亂戴帽子……小心喔！那不符合我們的共同利益……
莫非穆	喔……喔……喔……我們……
天　使	對的。我們……還有他啊！
莫非穆	他？
天　使	對呀！老大哥有交代……
莫非穆	（興沖沖地）你說，帝國老大哥啊！他交代了什麼？

（天使要對方學習做傀儡的動作。莫非穆跟著做……。最後，莫非穆成一具傀儡。）

天　使	就是啊！辦完事，領了紅，請走人……
莫非穆	辦完事，領了紅，請走人……。（做豬吼狀）那……我不就變成一具傀儡了嗎！
天　使	喔！喔！喔！嘘！小心您的形象啊！現實世界的劇本，不就是這樣寫的嗎？

（天使的狂笑聲中。）

（燈暗）

第五章

（在地下迷宮中等待夢土到來的莫非穆，兀自裝扮自己成為拿破崙般的帝國老大哥。然而，他的帝王夢受到一種稱作民主的病毒的入侵。）

（莫非穆在自己的地下迷宮中，想像地上王國的黑金。夢土帶來 NGO 市民社會聖經，然而，天使在帝國的安排下，對夢想稱王的軍火商，已另有盤算。）

◆ 迷宮閘口／迷宮

◇夢土、異鄉、海飛、古力斯、天使、莫非穆

（夢土、異鄉、海飛三人相約迷宮的閘口前。夢土等候著。）
（燈亮於夢土的呼喚。）

夢　土　　（燈光漸亮中呼喊）哈列路亞！哈列路亞！迷途的罪人，你
　　　　　得在天國前清洗慾望的罪名。誰料到莫非穆先生，竟被黑金
　　　　　給沖昏了頭，做起帝國老大哥的美夢來了！（翻閱手中的一
　　　　　本 NGO 聖經）根據在我們 NGO 市民社會聖經中記載說，
　　　　　「黑暗給黑暗留下一粒火種，民主就用這粒火種，將守舊的
　　　　　獨裁勢力給一把火焚燒殆盡。」我這樣說，對不對呀！天
　　　　　使……（向虛空詢問著）

（樂隊輕唱「哈列路亞」的歌聲，伴隨前後。）
（異鄉提一只燈籠進來，看似找得很辛苦。）

異　鄉　　夢土！是妳嗎？妳在哪裡，這地方，還真不好找哩！

夢　土　　（焦急地）妳有沒遇見那個叫海飛的姑娘！天使給了她一項
　　　　　神祕的任務，要我們一起執行。

異　鄉　　對不起！但，這一回，我是真要來和妳告別的！

夢　土　　別傻了！等今晚的行動結束後，我保證要求天使幫妳轉換身
　　　　　份為城邦的現代公民。

異　鄉　　現代公民，在這廢墟裡，靠救濟品施捨過日，我「否定」這
　　　　　樣的生活！

夢　土　　「否定」、「否定」……。感染得還真快！什麼時候，連城
　　　　　邦的異鄉人，也開始否定這世界了！

異　鄉　　妳要我用施捨來愛這城邦，其實，妳只不過是軍火商的化妝
　　　　　師！

夢　土　　（焦急地）偏激，一派偏激的言論……

異　鄉　　（強插話）這是我和妳對話的結論！

夢　土　　（激動地）不可信！不可信！我什麼時候和妳有這樣荒謬的

Dialogue 了！

（迷宮的閘門內，突而有聲音響起。是莫非穆巨大的鼾聲。引來異鄉的緊張。這時，海飛從觀眾席現身，手上拿著兩只花火彈。）

夢　士　　怎麼到現在才來？怎麼樣！天使先生有什麼特別的交代嗎？

海　飛　　就這花火彈啊！

異　鄉　　（不屑地）花火彈！幹嘛！幫這軍火商慶生啊！我沒興趣。

海　飛　　什麼慶生，是改變他的民主素養。

異　鄉　　（朝夢士）民主素養？哼！妳不是說他是和平使者，最有民主素養了嗎？

夢　士　　世事難料。誰知道他被黑金給沖昏了頭，竟做起帝國老大的夢來了！

海　飛　　早料到了！放逐多年，看多了這些沒有經過民主化洗禮所帶來的落後……不可靠……和「公社派」的人一樣不可靠……

異　鄉　　別說了！民主！民主！我看，這廢墟裡瀰漫著一股假民主之名搞政治利益的惡臭氣息！

夢　士　　妳還說！沒有民主的程序，法律如何保障妳怎麼成為城邦的一份子的……（善意靠近對方）

異　鄉　　（張手）別過來！別過來！我不想接受妳的施捨，成為你們的一份子！更何況，法律！法律早已隨著你們爭權奪利的炮火燒成灰了！

夢　士　　（惱怒地）異鄉！異鄉！NGO 儀態工作坊（按耐住氣憤，做流動雕像）……將慈善發送到需要的人身上，就是慈善，就是為弱勢者增權！Empowerment！Empowerment！妳懂嗎？

海　飛　　（鼓掌）說得太好了！Empowerment 我們就是需要這種現代化的術語，（異鄉對海飛作勢吹灰火）來解決落後的困局！

異　鄉　　（朝觀眾）妳們和我認識的鍾喬導演一樣，只會在劇場裡講

些不清不楚的大道理……。（印尼語）聽不懂啦！

（天使忽而從高處露臉，又縮回頭。將劇情拉回主軸來。）

天　使　　好啦！演到哪裡去了！跟著劇情走，好不好！我們要討論的
　　　　　是花火彈的事情！

（天使說話時，三人一時 pause。天使話畢，三人繼續活動。）

異　鄉　　（不以為然地）好吧！那就回到劇情……妳倒說說看，它和
　　　　　民主素養又有什麼關係呢！

海　飛　　（認真地）關係可大了！

夢　土　　（煞有介事地）怎麼說呢！

海　飛　　這是經由天使在他空中樓閣的研發室裡，和古力斯歷時數百
　　　　　小時的實驗，終於研發出來的……叫……叫……什麼的……
　　　　　（輕喚）天使……天使……叫……什麼的……

（抬頭。忽聞天使充滿慈愛的聲音，從空中傳遍。樂隊齊唱：哈列路亞
的變奏曲。）

天　使　　（擴音）哈！哈！張開妳耳朵的耐心，慢慢聽好喔！它叫，
　　　　　「轉型正義大腦神經纖維民主激素花火彈」。

海　飛　　（用手指掰）不同凡響，十七個字，還很學術性的……肯定
　　　　　能發揮意想不到的效果！

異　鄉　　又來了！（朝觀眾）明明是戲編不下去了！就搞一些大道理
　　　　　來唬人！你們評評理，（印尼語）是不是這樣……

夢　土　　妳！再胡說，就遣送出境……。（回過頭來）感恩了！民主
　　　　　激素！

異　鄉　　（不耐地）好！好！算你們說的算！那它的作用呢！

天　使　　（擴音）能激發有權力的人對民主的夢想啊！

異　鄉　　有權力的人？那，我問你！沒權力的人，需不需要民主的夢
　　　　　想呢！

（天使的聲音，變得心虛而有些顫抖著。）

天　使　　（擴音）當然囉！……民主是天下——最平等的……民主是

　　　　　　　──不分階級、種族、膚色、人種的……誰──不需要──
　　　　　　　民主呢！

（夢土與海飛隨著複誦天使的話。同時，夢土將海飛拉到指揮的位置
了。）

異　鄉　　眞的嗎？

夢　土　　（安排異鄉到一旁位置）妳懷疑呀！（交予聖經）……來！
　　　　　　　（朝樂隊）樂隊準備，讓我們一起來歌頌民主吧！（共三
　　　　　　　回）

（音樂聲中，海飛指揮，夢土做動作，並邀觀眾一起做。欣喜若狂，宛
似進入忘我的境界。）

二　人　　（朝觀眾邀請參與）來！讓我們一起來歌誦民主：「轉型正
　　　　　　　義──大腦神經──纖維──民主激素──花火彈」。

（突而，墳地裡，又傳來鐘聲。）

異　鄉　　（聽見鐘聲，不耐煩地打斷對方）好啦！別吵啦！妳們聽見
　　　　　　　沒，那鐘聲裡有屬於我的民主！聽見沒！我走了！先走了！

（異鄉轉頭離去。）

夢　土　　別走啊！妳別走啊！妳要往哪裡去……

（突聞提示帝王出場的音樂聲響。海飛與夢土二人，慌張成一片。）

海　飛　　怎麼辦！還沒準備好啊！

夢　土　　快呀！花火彈就位。

（兩人一時忙亂起來。）

（古力斯吆喝夢土與海飛，拋出紅毯。）

古力斯　　（要夢土、海飛一起拉紅毯）還不快拉紅毯，（朝觀眾）
　　　　　　　讓我們以熱烈的掌聲，邀請國際頭號軍火商莫非穆先生登
　　　　　　　場……

（莫非穆登場。）

莫非穆　　（如拿破崙憂鬱般，踏上紅毯，紅毯逐漸起伏）這世界，
　　　　　　　從沒有一場公平的戰爭眞正的發生過。你們相信嗎？但，這

世界需要製造戰爭幻象的人，就是我，我控制了一切。哈！哈！哈！雖然，有帝國的老大哥指點我，只要在交惡的雙方，經由虛空中看不見的資訊網路，灑下一些病毒，就立即會有生意上門來。（夢土、異鄉布置花火彈，點燃）但是（紅毯大搖，因吸進花火而哭笑不得了起來），只有我能讓飛彈、火箭筒及核彈或者同位素二三五，在一夕之間，統統變成新世紀的超強春藥。（滾入紅毯）

（夢土、異鄉、古力斯將紅毯覆蓋莫非穆身上，消失。）

莫非穆　　在這地下迷宮中，由我一手來調配那幻想中的支配快感！（站起，狂傲地）我，現代戰爭之王，終於在廢墟城邦中誕生了！……（慌亂、痛苦狀）古力斯！古力斯！這是怎麼一回事。我頭昏腦脹，像似受到什麼刺激。（痛苦跪地）

古力斯　　（探頭，掩鼻，大吼）發生效應了！那是我們免費送你的……「轉型正義大腦－神經－纖維－民主激素」之夢，你好好享用吧！（轉身，躲進暗處）

莫非穆　　（哭笑不得）轉型正義。對呀！我竟然因為握有未來的暴力，而耽溺在舊日的威權享樂中。（敲打 [權位]，痛不欲生）這也是權力在人的大腦皮質中植下的病毒吧！多麼丟臉啊！多麼羞恥啊！這病毒侵犯到我的身體內部，讓我耽溺在民主老大哥幻象中，但，說起來，這不也是病毒發作後，每一個有權力者的魔咒嗎？（呆住了）喔！不！不！不，民主沒有病毒，而轉型正義是病毒。（俯首跪拜）錯了！錯了！對不起，民主！對不起，轉型正義。請寬恕我的無知……

古力斯　　（上場，看個究竟）好一個民主激素，藥效果真不凡……。那，接下來呢！這夢會怎麼發展下去？

莫非穆　　（驚醒，嚇了古力斯）這夢雖然是免費的，還真折磨人……我是說，轉型正義就是……

（聖樂聲應話而起。天使現身。）

天　使　　哈列路亞。

（莫非穆抬頭，張開大大的雙手，祈求上天，一副慈悲憐憫狀。）

莫非穆　　就是……千萬記得，在民主的殿堂中，施捨給我一個位置。
　　　　　　（突而，又聽見天使回音）

天　使　　噓──我不會忘了你對民主的貢獻的……。但，小心你頭上
　　　　　　的血滴子啊！（隱身）

莫非穆　　喔！「血滴子」，對了！我去拿！拿來給你……在你面前贖
　　　　　　罪……。但，別忘了答應給我一個位置喔！

（古力斯現身。）

古力斯　　（從暗處現身）天使啊！難道你民主的施捨，就是給有權力
　　　　　　的人，更大的權力嗎？

（燈暗）

第六章

（如果，召喚對群眾仍有力量，為何時間仍屬於權力者的一端？）

◆ 廢墟街角
◇ 雲彩和、古力斯、異鄉

（燈亮）
（廢墟街角，古力斯和雲彩和有一段「兄妹纏鬥之舞」。而後，有提著
油燈的異鄉，像是從遙遠的地方趕來。）

雲彩和　　怎麼樣！你找到了天堂，或陷入刑場？

（古力斯沒有回答。）

雲彩和　　你回答我啊！回答我啊！

古力斯　　別來問我！要問！問妳自己，或者，去問那詩人。（朝觀
　　　　　　眾）你們知道嗎？他瘋了！徹底瘋了！就是那個詩人啊！

令人驚訝啊！他原本一直揉和著剛毅與柔性之美的一雙眼神，竟然在公社的斷牆殘瓦間，像是著了鬼火般地燃燒了起來。啊！我夢見他了！燃燒的雙眼，像兩粒火球朝我撞擊而來……（往後退時，突而有鐘聲傳來）啊！又是那如針一般刺痛著心靈底層的鐘聲，從墳墓那邊傳來……（手抱頭）別敲了！別再敲了！我頭痛欲裂啊……

雲彩和　　你死了。雖然，你呼吸著……呼吸著你盲目的心跳。

古力斯　　少來了！別在那邊為我感到悲哀，我不領妳的情。

雲彩和　　（又有鐘聲傳來）但，明明你聽見這鐘聲背後，傳出你內心的吶喊！

古力斯　　胡說！那些吶喊，何等破碎。我只是聽煩了！啊……（掩耳，欲走）

雲彩和　　別走！你聽得見……因為，你無法背叛自己。

古力斯　　（遲疑地）我……（掩耳，離去）

雲彩和　　（望著古力斯離去）我在墳地等你……

（此時，異鄉和雲彩和不期而遇。）

異　鄉　　請問，墳地朝那個方向去。

雲彩和　　咦！妳不是那異邦的新移民嗎？

異　鄉　　是啊！鐘聲呼喚著我，要我前去，找尋自己流離失所的身份。

雲彩和　　往前去，轉個彎，別忘了通過關口時的暗語。

異　鄉　　喔！暗語是……

雲彩和　　從未抵達，從未放棄。

異　鄉　　就是他嗎？我剛剛在公社的殘磚碎瓦間，好像看見他的身影，詩人否定，就是他的詩句。對吧！

雲彩和　　妳說妳看見他了！詩人否定，在哪裡？

異　鄉　　就在一片碎瓦的荒涼中。怎麼樣，妳呢，一起朝墳地集結前去嗎？

雲彩和　　喔！我得先去找他，馬上就跟過來！

異　鄉　　他還好吧！我想聽他在墳地裡朗誦詩的聲音。期待他快點過
　　　　　　來！我們待會見！

（二人匆匆錯身離去。）

（燈暗）

終章

（如果，權力像一把利刃在混水中劇烈地攪和，詩人選擇清醒的可能性
如何存在？）

◆ 暗室

◇ 詩人（否定）、雲彩和、天使、古力斯、莫非穆、異鄉、夢土、海
　飛、歌手

（詩人燒著一張寫著詩行的紙頁，乩童般誦詩，而後隱身。僅留樂隊與
歌手唱〈闖入，廢墟〉。暗室燈亮後，詩人在一張推倒的椅子邊。）

詩　人　　（誦詩）眼前，是黑暗的洞

　　　　　　我跳下，聽見內心絕望的吶喊

　　　　　　吶喊聲中，我闖入，廢墟

　　　　　　身後，是巨大的網

　　　　　　我纏繞，並寧願身陷於陷阱中

　　　　　　在陷阱中，我闖入，廢墟

　　　　　　啊！當世界出賣我！也出賣了它自己

　　　　　　啊！當黑暗吞併我！也吞併了它自己

（歌唱〈闖入，廢墟〉）墳地裡，傳來緊急的鐘聲
荒地上，留下雜沓的腳印

日日夜夜，廢墟捲起飛沙
飛沙中，有你我的一張臉
從時間的裂縫中闖入
不斷闖入，不斷闖入
一張闖入廢墟的臉孔

啊……我們從未抵達
但……我們從未放棄
是的。我們從未抵達，我們從未放棄

啊……我們從未抵達
但……我們從未放棄
是的。我們從未抵達，我們從未放棄

（久未成眠的詩人否定埋首陰影裡。幾盞野火，在他踱步繞室中點燃。
查巴達山區革命、伊拉克戰爭、都會奢華及地球汙染的影像，不斷交疊
在四周。）
（雲彩和慌忙中，衝了進來。）

雲彩和　　（質問）你瘋了嗎？怎麼和軍火商打起交道來！還答應天使
　　　　　的要求，說什麼你等著黑金從地底下噴出，淹沒你濕透的靈
　　　　　魂。你……難以想像。

否　定　　（紅著失眠的雙眼）妳有更好的主意嗎？

雲彩和　　你明明知道，這是他們安排好的陷阱。

否　定　　陷阱。對呀！我跳下去，好讓他們得以處決我。

雲彩和　　你只是拿死亡來做虛無的藉口。

否　定　　這世界在出賣我時，也出賣了它自己。

雲彩和　　那麼，那些移工和城邦荒郊裡的難民呢？在破敗的廠房裡，點著油燈，忍受飢餓，將自己的名姓埋在黑暗裡的臉孔；還有，那些在暗幽的河上，等待著和你共同起舞的戰爭受難者，你打算如何對待他們？

否　定　　對待。說得好！我不知道如何對待他們，我沒有立場對待他們。

雲彩和　　那我呢？你總該有立場對待我吧！我們一起在淌血中不曾悔棄的理想啊！

（遠遠地，傳來徹響的鐘聲。）

否　定　　鐘聲響了！是死亡的召喚，來迎接我絕望的靈魂了嗎？

雲彩和　　不！是墓地裡響起的鐘聲，他們在那邊集結，等待你的前去。

否　定　　他們？（狂笑地）哈……哈……哈，對呀！就是那被我處決的弟兄，等我一起和他到另一個世界相見啊！

雲彩和　　你瘋了！在你的黑暗中瘋了！他們在等你前去呀！你到底行不行動！

否　定　　我的行動，就在這裡等待那從廢棄的土地下噴出來的「黑金」。油膩、粘稠、濕滑……充滿著貪婪之慾的想像，充滿著這世界的符號和象徵。

（否定從口袋中取出一只打火機，點燃。鐘聲又響。）

否　定　　（驅趕對方）妳走吧！我要將自己給點燃了！在慾望的大海中，像一粒火球般，燒向這世界的每一個角落。怎麼還不走！

雲彩和　　好！我走！我走！不給你任何祝福！……你真是認為死亡是逃避的出口嗎？

否　定　　絕望的人，需要祝福嗎？我就應該得到詛咒。

（雲彩和飲淚離去。）

否　定　　（點火猶豫）然而，我能用死亡來逃避我的絕望嗎？

（天使突而現身。在一旁動也不動，只是拿著一副小鈴鐺樂器，敲響著。）

天　使　　（調侃地）看來，慾望也不是那麼罪惡的一件事情。

否　定　　你來……有什麼事嗎？

天　使　　沒事。就來告別而已！

否　定　　你來殺我的。

天　使　　（急忙否認）不！不！千萬別誤會了！我要回到地球另一端
　　　　　　的大城邦去，據說，帝國之鄉有很多遊民像盲目的河流般，
　　　　　　等待著我們民主派的福音呢！

否　定　　什麼時候，你也流行當民主派了！

天　使　　喔！你看看！這誤會可大了！民主是人類的普世價值呀！不
　　　　　　是嗎？（取出一紙類似特赦令的紙張，交給否定）我們正商
　　　　　　量著，如何特赦你的事情呢！我忙著！先走一步囉！

（音樂聲響。天使在冷笑中離開。）

否　定　　（朝離去中的天使，撕去特赦令）別走！告訴你，我不需要
　　　　　　你民主的施捨！

天　使　　（虛假地）唉呀！怎麼會是這麼大的誤解呢！後會有期囉！
　　　　　　（離去）

（否定像是陷入幻聽的精神狀態中！當他談及海飛時，海飛膝蓋留有血漬，提著皮箱現身。）

否　定　　這黑黑暗暗中，就我一個人。沒有路，自然不通向過去與
　　　　　　未來。只有當下的孤寂在心底擦亮一根火柴，那光，瞬即被
　　　　　　夜吞噬而去。（突而，像似聽到什麼聲音）誰！是誰！是妳
　　　　　　（看見夢幻中的海飛出現）……海飛……這是我的幻想嗎？
　　　　　　（撲個跟蹌倒地）是幻想，在我腦海捉弄我嗎？妳……要到
　　　　　　哪裡去？

海　飛　　往墳墓的方向去！

否　定　　找妳哥哥的墳去！

海　飛　　（冷然地）嗯！

否　定　　（驚地發現）咦！妳的膝蓋受傷了！在流血，我去拿繃帶，
　　　　　　幫妳包紮去！（急忙去拿布）

海　飛　　（冷靜地）不要了！我走，一個人走，就是了！

（海飛頭也不回地，竟兀自提著皮箱，朝墓地的暗處走去。否定望著伊
的背影。最後，自己朝城邦外的遠方走去。）

否　定　　海飛——（近乎癲狂）這是夢嗎？不！是我的幻想！（高聲
　　　　　　吶喊）……「倘使我得到了誰的施捨，我就要像兀鷹看見死
　　　　　　屍一樣，在四近徘徊，祈願她的滅亡，給我親自看見；或者
　　　　　　咒詛她以外的一切全都滅亡……連我自己……因為我就應該
　　　　　　得到咒詛……」（字幕：魯迅——「過客」）我要離開，永
　　　　　　遠地離開這裡……

（此時，古力斯從外進來，和否定相遇，兩人不語，擦身而過。古力斯
像尋找什麼，不意遇到海飛……）

古力斯　　你要去哪裡？

海　飛　　這裡不屬於我。我將再度步上流亡的旅程。

（古力斯望著海飛離去。）

古力斯　　我應該去墳場嗎？

（莫非穆慌張地出場，手上拎著帝冠。古力斯又見莫非穆出現，便朝另
一方向離去……）

莫非穆　　天使啊！天使啊！你在哪裡？我拿我的……這……血滴
　　　　　　子……來向你贖罪了。我熱愛帝國賜與這個世界的民主啊！
　　　　　　我歌頌民主啊！「民主萬歲」！「民主萬歲」！……你在哪
　　　　　　裡啊！

（燈暗。再亮時，夢土拎著一麻布袋的醫藥救濟品，唱著「NGO 之
歌」登場，她在找尋異鄉。異鄉從她身後現身……）

夢　土　　（歌唱）NGO，救世主 / 我們的救世主 / 解放心靈，拯救

　　疾病，民間力量，自由市場／NGO，NGO，我們的救世
　　主。（喚異鄉）異鄉！異鄉！妳這傻女孩，回頭是岸，還來
　　得及，妳在哪裡？天使臨去前交代……我們還有重要任務還
　　沒完成呢！

異　鄉　　（手上拿著一份文件）妳看到了嗎？一份流傳在戰爭難民之
　　　　　間的報告。那些藥物是莫非穆軍火商從美利堅跨國藥商取來
　　　　　的，未經臨床實驗其安全性的有毒藥品。

夢　土　　（一手抓起一把藥）什麼……這怎麼可能呢！別被那些激進
　　　　　份子給騙了！

異　鄉　　誰被誰騙了！都還不曉得呢！（讀文件報告）經一位深具道
　　　　　德勇氣的內部高級主管，在國際法庭上證實……

夢　土　　妳胡說……那是汙衊……對國際NGO的重大汙衊……我要
　　　　　控告妳……叫美利堅跨國公司驅逐妳……

異　鄉　　活體實驗，用戰爭難民的身體做活體實驗……這就是妳要說
　　　　　的「權力生態嗎」？

夢　土　　哈列路亞，天使！你在哪裡？在哪裡？你看看，傭人竟然威
　　　　　脅起主人來了！這世界還有普世價值可言嗎？

異　鄉　　妳看！妳看！他們死去的肉體正吶喊著受創的靈魂，從墳墓
　　　　　那邊集結過來了……妳看到了嗎？妳看到了嗎？

夢　土　　（堅持地，閉上眼）沒有……沒有……我什都沒看見……。
　　　　　什麼……都……沒……看見。

異　鄉　　（踩碎灑滿一地的藥物）騙局……騙局……都是一場騙局
　　　　　……

（燈暗。燈再亮時，全體演員登場，以演員身份合唱。）

全　體　　他們以為囚禁我的身體／就能束縛我的靈魂
　　　　　然而，我召喚這火／將我的肉體焚燒／燒得只剩一堆灰燼
　　　　　於是，在灰燼中，我沉沒黑暗裡／和你一起沉沒黑暗裡
　　　　　於是，在灰燼中，我發光／和你一起在灰燼中發光

於是，在灰燼中，我沉沒黑暗裡／於是，在灰燼中，我發光
（歌手加唱最後一句歌詞。而後，闔上《闖入‧廢墟》的劇本。）

歌　手　　在灰燼中 Hasta La Victoria Siempre
　　　　　在灰燼中　直到永遠的勝利
　　　　　Ha-s-ta-La-Vic-toria-Siem-p-re

                                                              劇終

演出資訊

製作人：姚立群
編劇／導演：鍾喬
演員：邱安忱、藍貝芝、柯德峰、朱正明、關晨引、
　　　李筆美、喬瑟芬
舞台設計：吳怡瑱
服裝設計：林漢柏
燈光設計：黃申全
音樂設計：鄭捷任
現場音樂：鄭捷任、彭家熙、陸依潔
舞台監督：張仲平
攝影：陳文發
舞台製作：孫銘德、許宗仁、豐政發
音效執行：邱意芸
文宣美術設計：黃瑪琍
行政助理：易倩如

闖入，廢墟（2007）
　攝影：陳文發

闖入，廢墟（2007） 攝影：陳文發

江湖在哪裡？（帳篷劇）

> 背景提示：透過基因改造探索一個寓言中的村莊，如何陷落進病
> 　　　　　毒侵襲的困境中。作爲一種隱喻與現實的相互映照。
> 　　　　　2010 年。
> 創作提示：到底人們記憶的都是眞實的存在嗎？或者，失憶將帶
> 　　　　　給人們對未來更深的警惕呢？
> 空間提示：在一個虛擬的村莊中，虛構的人物，遇上眞實的撞擊
> 　　　　　……
> 人　　物：絕處、浮萍、烏有、鬼針草、水何在、尋岸、醬糊、
> 　　　　　水鄉布偶、巴克力、米夫人。

序章：「水鄉村」被病毒所侵襲……

（場上是一隻椅子。有四人或站或坐成拍家庭合照的樣子。他們不動，像一張舊照片。裡頭分別是：絕處、浮萍、烏有及鬼針草，疊著話語，用漠然的語調及聲音。）

（合誦）　「水鄉村」，被「失憶症」的病毒所感染……

絕　處　你們是誰呀！我們怎麼坐在一起，像在拍家庭合照一樣……
　　　　不對呀！我在村裡頭流浪！我不認識你們……

第一章：失憶症瀰漫村子

（場景在水鄉村的入口處。浮萍揹著稻穗登場。）

浮　萍　稻子被從田地上連根拔起，從此失去了它的前生，被送進穀
　　　　倉裡。因而，當張開右耳，就有這樣或那樣像朝生夕死的蟲
　　　　子，咬碎穀倉的聲音，從農村傳來，悲鳴不曾間斷……。就
　　　　是這樣吧！我也是被這樣的悲鳴趕到這裡來的。只不過，我
　　　　發現，如果讓悲鳴統統匯聚到心中的廣場去，而我竟成了在
　　　　廣場上和民眾們踩著相同步伐的人，毀壞的，必定首先就是

那廣場本身，以及被情感的橫流所淹沒的我。所以，必須要從民眾聚集的廣場，找到權力得以呼吸的方寸，藉此，用基因改造的稻米來滿足飢餓的遊戲規則。

（朝觀眾）說得有些深奧了！還真對不起！我不是故意的！我只是在想，一切的盤算，都只為了更準確地計算雜沓的腳步聲，是不是都跟在我身後，是不是還在我運作的旋律中進行著……

（浮萍由一側離場。另一側，水何在登場。揹著回收的大袋子，她在找水……）

水何在　　（閩南語）水！水！水！水在哪裡！水何在。哎呀！呀！呀！我，水何在，今天要來和大家說個水的夢。昨晚，我做了一個夢。夢裡……（朝觀眾）乾乾燥燥的河裡，突然湧來轟隆隆的大水，原來是那個什麼科技碗糕的大水道潰堤了！啊！淒慘喔！整個村庄就這樣被水給吃了！我一驚，大腿感到疼痛不已，便想去觸摸，沒想到（從大袋裡取出一隻塑膠大腿）啊！我的腳、（再取出塑膠手）我的手、（又取出塑膠頭）我的頭，都一瞬間變成漂盪在滾滾巨浪上、被切成碎片的漂流木。

（一只留長髮的布偶──稱作：水鄉，在惡水中獨自舞動，表現大自然的不安。一陣子後，她欲喚住對方。未料，水鄉兀自消失離去。）

水何在　　一直漂，一直漂……漂到一處河口，我成了卡在泥濘中動彈不得的漂流木，往上一望，就見到她（指水鄉布偶），手裡拿著一只燈籠，站在被沖毀的一座斷橋上，冷冷地看著我，又像在黑暗滄茫中，為我點一支任由水怎麼也沖不熄的燭光。相信嗎？哈！哈！哈！不開玩笑！這水的玩笑可真開不得的……。（去整理破袋袋）只不過，我醒來時，卻是一個口乾舌燥，連土地都因乾裂開來的傷口，疼得不知如何呼吸的大白天……。熱啊！火燒屁股，凍未條囉……（搧扇子）

（種有機米的返鄉女子尋岸，手中拎著一只鈴鐺，朝著地上慌亂而著急地搖著「噹—噹」聲響。匆匆進場。）

水何在　　（搧扇子）在幹嘛啊！妳……

尋　岸　　哎呀！妳在這裡啊！終於，找到妳了！妳看看（再更慌亂地搖鈴鐺）我的孩子們，在地底下垂死地哭著呢！

水何在　　妳的孩子，在地底下，垂死！妳別嚇人了！什麼時候生的，我怎麼不知道……

尋　岸　　（忙解釋）不是，不是啦！

水何在　　什麼不是！這可是家暴、兒童虐待啊！犯法的……

尋　岸　　（急）我是說，我那些會呼吸、也會唱歌的種籽啦！

水何在　　早說嘛！我知道妳種有機米，閒閒沒事，會唱歌、又寫詩，沒生過小孩。

尋　岸　　（更急）哎呀！我……我……找你……

水何在　　對！妳找我！什麼事，慌亂成那副德性。

尋　岸　　（喘口氣，鎮定下來）不慌！行嗎？妳還說我慌。一邊是病毒，說我們都會失去記憶，連祖先的田在哪裡都分不清，一邊說要開發什麼基因改造米的，得先整地，把我們小片田地都鏟平，灌上泥漿，改建成科技循環水道……接下來，還要徵收水源……

水何在　　水源，那還得了！那是母親的奶水耶！

尋　岸　　是母親的奶水？

水何在　　是啊！奶水是用來餵養孩子的啊！

尋　岸　　對！我的奶水！我的種籽，沒有奶水，就活不成了！

水何在　　那就快！快！去看看！他們這回又要搞什麼鬼了！

（尋岸與水何在離場。被卡在一座用椅子做的書牆裡，醬糊奮力地說著他的獨白【國語／閩南語夾雜】。）

醬　糊　　（朝側旁的不知對象，揮著手上的一張紙）什麼！你們膽敢解聘我。什麼沒卵叭的研究所竟然受到孟山都夫人的壓

力……要不然，就要我收回我的論文，不幹！我不幹！大不了！我回家吃自己……驚什麼……。（朝觀眾）喔！對不起了！對的。不用說，你們都看到了！我被卡在這裡。這可是我從高等生物科技研究所帶回來的夢魘啊！我是傑克。歐！不，我是說，原本我叫江教授，現在請大家叫我醬糊就好，今天，我要發表的，是一個大家都耳熟能詳的關於「傑克與魔豆」的論文。

十八世紀，有一個叫傑克的人，有一天，他遇上一個人，從口袋裡掏出一把神奇的豆子，說要用豆子和他交換牛……。

（終於掙脫了椅子）你們知道發生了什麼事嗎？他答應了！因為這個人告訴他：「哈！哈！你不知道這些豆子具有神奇的力量嗎？今晚把它們種到你的土地上，明天早上，它就會一直長到天空去……神奇吧！」

現在，這魔豆就要用基因改造的鑽石米，真的在世人面前問世了！只不過，不行的，這真的不行的。這發明只會讓世界上的糧食都控制在「殺很準」一家公司的手上。

（疲態倍現，從口袋取出一張畫著一只漏斗的紙）你們看看，這就是我的論文的精華所在了！（指上端）這是十億的生產者，（指下端）這是十億的消費者。全都控制在這中間少數人身上！（因虛弱而語焉不詳）啊！這些年，因為研究做太多，都一個人躲在密室裡，好像腦袋瓜得了缺氧的疾病……啊！現在醬糊落魄、落魄醬糊。所以，有些虛弱……有些虛弱……待會見……待會見……

（醬糊由觀眾席一側，提著書牆及椅子所做的舞台道具，疲倦地離場。另一側，騎插有「逢生」字樣旗子破腳踏車的絕處，哼著〈絕處逢生〉之歌，在場上逛。三人好奇跟著觀望並行動。）

絕　處　　〈絕處逢生〉之歌：（閩南語）介你講　暗路無通走　介你講絕路無通去　路若是走多了　就和我相款　來到墓仔埔　才會想

　　　　　　　　起人生　喔！阮溜溜一仙人

　　　　　　　　親像布袋戲偶　嘛有大聲叫出个：人生……歐！乎乾啦！人

　　　　　　　　生……歐！

烏　　有　　（鼓掌）乎乾啦！……（乾咳著，而後取出腰間的手槍，朝

　　　　　　　　絕處射擊，玩打靶遊戲。）

　　　　　　　　怎麼樣……哈！哈！來參一腳嗎？（用嘴發聲）「碰！」

（絕處倒地，當然是假裝的。三人圍繞著他，觀看片刻……。他突而醒

來。站起，用手做關假門的動作，並更大聲地回應一聲：「碰！」）

絕　　處　　別吵我！我要睡覺了！（再倒地。）

烏　　有　　你……（再舉槍）

鬼針草　　（阻止他）烏有，你幹嘛……（喘著氣）瘋了！你……告訴

　　　　　　　　我，你有沒有用槍殺過人。

烏　　有　　忘了！我是幻想世界的殺手，戰場上的特訓官有交代，我們

　　　　　　　　是在除魔，我們沒有殺人……

浮　　萍　　幻想世界？你是網路遊戲玩太多，著了魔嗎？

（絕處醒來，滿地找什麼東西似地，後來，果真找到一些灑落的白

粉……）

絕　　處　　（突而醒來）哈！哈！都快渴死了！還吵！再吵啊！吵到你

　　　　　　　　們忘了彼此為止。（找東西）

（三人跟著找。而後問：「你──找什麼啊！」絕處在角落做枯死木

狀。）

絕　　處　　剛剛我做了一個夢，夢見自己像棵樹，天空飄下了白粉，我

　　　　　　　　就成了那些白粉覆蓋下，漸漸失去了呼吸的樹……

鬼針草　　枯死的樹，像孤獨死去的人。

烏　　有　　白粉……是什麼……

（鬼針草小心翼翼地去碰絕處。）

浮　　萍　　像似有些記得，是一場戰爭或什麼的……但，忘記了……

　　　　　　　　（瞧見）鬼針草，妳在幹什麼？

鬼針草	沒有，看他一動都不動地，只是想搖醒他。
浮　萍	搖醒他？會幫我們記得什麼嗎？（也去大力搖他）
絕　處	幹嘛！（故意彈跳起來，躲炸彈狀）逃命了……
烏　有	（欲拔槍）造反啊……
浮　萍	（掩耳）什麼聲音，這麼可怕！（和絕處一起像在躲炸彈）
絕　處	聲音……那聲音，是躲在時間裡的一堆灰燼……
烏　有	時間、灰燼……。你瘋癲癲的，說起話來，還真有學問啊！ （頭疼狀，吞藥）
絕　處	（阻擋）別靠過來，那被炸彈轟成斷垣殘壁的鋼筋、碎瓦， 像巨大、無情、冰冷的手一般，向我招了過來……我得走 了，不想回到那記憶的時間裡。（離去）
鬼針草	（朝烏有）你吃的那是什麼？
烏　有	問那麼多幹嘛！頭痛藥啊！
鬼針草	小心自己……。你在嗑藥。
烏　有	沒有，我沒有。（蹲下，咆哮）我頭痛欲裂……我是穿越幽 靈邊境的夢幻殺手。（煞有介事。拿出隨身耳機，塞耳裡， 裝特工在傳祕密訊息）蝴蝶 1 號、蝴蝶 1 號、夢幻殺手…… 接到截殺訊息 over……（邊移動，邊離場）
浮　萍	如果，不盡快恢復記憶，就會像這失去記憶的村子一樣，被 世人給遺忘……
鬼針草	遺忘……對！我不想被封閉在這裡，失去名字……去找媽 媽……。她會有辦法的……
浮　萍	媽媽，誰的媽媽？
鬼針草	米夫人。我們的媽媽啊！
浮　萍	這村庄的土地正一吋一吋地流失，附著在記憶之河上微弱的 呼吸，早已被乾旱給緊掐著喉嚨、窒息而亡。

（音樂聲中，鬼針草轉入某種幻境。高處現出「殺很準生技公司」的招牌。披著披肩且抹口紅的米夫人，以側影出現在一處。顯然地，她處於

另一個時空裡，這是她顯現威權的特別符號。說完話後，消失。）

米夫人　　（神經質地）乾旱！乾旱的天空被失憶的病毒捲入了暗黑的
　　　　　地底，這是天災賜給科技的一盞燈。

浮　萍　　然而，在傾斜的高塔裡，卻只傳來她焦慮的踱步聲和無能的
　　　　　慾望……

米夫人　　快！我們沒有時間了……必須利用這難得的機會，在孟山都
　　　　　博士的葬禮那天，宣布抗旱基改鑽石米嶄新世紀的到來……
　　　　　免得那些激進的……什麼……環保人士，一個個像鬼一樣，
　　　　　整天在世界各地叫囂……我煩都煩死了……你們誰，還不快
　　　　　想辦法，透過一些管道，聯絡印度、巴西的分公司……亞馬
　　　　　遜雨林的砍伐工程，進入工作行程了沒……煩死了！看看，
　　　　　我被自己綁死在這裡，動也動彈不得……還有成天吵著、抗
　　　　　議本公司佔有他們水源的居民……全都是假生態保護之名的
　　　　　恐怖份子。

（浮萍提著裝置遊戲間的物件出現。）

浮　萍　　恐怖份子，哼！少來了……。我自有盤算的……（朝鬼針
　　　　　草）我問妳……那米，（考驗對方）叫「鑽石……」什麼
　　　　　的……

鬼針草　　就叫「鑽石米」，我們都一起參與媽媽的研究那麼久了！妳
　　　　　怎麼還問……

浮　萍　　我再問妳，剛剛出場的有幾個腳色？

鬼針草　　絕處、烏有，我和妳。

浮　萍　　答對了！我問妳，今天賣出幾張票？

鬼針草　　00**** 張。

浮　萍　　沒錯。我問妳，米夫人最喜歡吃的食物是……

鬼針草　　牛奶棒！幹嘛啊！妳……

浮　萍　　玩遊戲啊！玩一個米的遊戲！

鬼針草　　米的遊戲？是什麼啊！

（浮萍脫下自己的背心，讓鬼針草穿上。走向遊戲間，披上一件像似米
夫人身上常有的披肩。）

浮　萍　　還記得嗎？我們小時候最歡喜的時光。

鬼針草　　腳色扮演，我才不要……那，我自己在哪裡？

浮　萍　　妳在這裡呀，（操縱手中的玩偶娃娃，學起鬼針草）浮萍，
　　　　　妳跑得好快，我腳好酸喔。

鬼針草　　我……

浮　萍　　浮萍，妳過來嘛，我跟妳說個祕密。（鬼針草靠過去）所
　　　　　以，妳不是要帶我去看星星嗎？

鬼針草　　好！好！鬼針草，我來了……

浮　萍　　很好。人沒有了自己，反而能長出另外一個自己，不是嗎？

鬼針草　　不是。妳變成媽媽，我變成妳，然後消失了自己。不好玩。

浮　萍　　把遺書拿來給我……

鬼針草　　遺書？什麼遺書？

浮　萍　　在口袋裡……。翻開來唸最後一段。

鬼針草　　所以，孟山都・米博士生前最後一次實驗中，針對「水鄉
　　　　　村」的人種，成功地在種籽中注入恢復記憶的基因……。因
　　　　　此，本人往生後願將這項科技的專利權歸屬於水鄉村所有。
　　　　　專利權……這好嗎？

浮　萍　　再好不過了！由妳去執行這項工作。

鬼針草　　由我？

浮　萍　　是啊！這是浮萍最想去完成的一件事！

鬼針草　　怎麼做？

浮　萍　　還不簡單，要不偷天換日，再不行，也可以直截了當啊！

鬼針草　　偷天換日，這種事，我不幹！直截了當，那不就造反了嗎？

浮　萍　　怕什麼？村民們渴得都想衝進實驗室搶水了！是我最好的靠
　　　　　山。

（浮萍玩了一個聲音遊戲：她朝觀眾揮手上的稻桿，就有村民的鼓噪聲

響起。）

鬼針草	妳……
浮　萍	哈！哈！誰握有遊戲的規則，誰就能享有權力，誰享有權力，誰就能造福人群，妳懂嗎？
鬼針草	對不起，理念不同，恕難接受，要做，妳去做就可以啦！
浮　萍	妳忘了嗎？我是媽媽！不這樣，我們如何取得基因改造這項科技的自主權呢？
鬼針草	我看，走火入魔的不是烏有，是妳……（將遺書還給浮萍）還有要事去找媽媽，不理妳了……
浮　萍	等等……可別忘了！這只是我們兩人的祕密遊戲喔！
鬼針草	是啊！我才不想被扯進妳的陰謀遊戲中呢！（離去）
浮　萍	喂！喂！妳別走啊！（跟出去）

（浮萍跟出去。遠方燈光漸暗。）

第二章：恢復記憶，豈料帶來噬血

（另一側，絕處以唱歌仔戲登場又出場。場景轉為村庄中的某一街角，舞台一角是米夫人的密室，但未現形。巴克力的靈魂闖進來，揹著一雙小小可愛的翅膀，胸口有一汩汩流血的彈孔，在暗處現身。他先是和觀眾玩了一個魔術遊戲。）

巴克力	讓我來告訴你們，三十歲生日的那一天，在下著大雨的暗巷中，我的（摸胸口，想止血）胸口吃了這顆子彈。（舉手投足像大指揮家般，指揮現場樂隊：樂隊奏電影《教父》主題曲── Speak Softly Love...）就在那前一天，我記得，偉大的孟山都‧米博士親自接見我時拍拍我的肩膀，用他迷人的、宛若電影《教父》馬龍‧白蘭度深沉、吵啞的嗓門宣告：「In Name Of Our Holy Mighty God Apollo，讓我來賜予巴克力超級業務員的榮耀，並用最熱烈的掌聲歡迎他……」那是

我生前最後一次聆聽大師的教誨。

（絕處吃著塑膠袋裡撿拾來的飯糰，並瞧見吸血鬼模樣的巴克力。）

巴克力　　我記得，我還用心良苦地向博士說，「謝謝……博士，米博士……我知道，但，我是要來向你親自秉報，你發明的那『鑽石米』吃了會讓人……（做出吸血鬼模樣）聞到血的味道……」

（巴克力施魔法於絕處……）

絕　處　　沒想，話才說了一半，就看到他睜大火紅一般的眼睛，像要吃掉我似地。（刻意停頓）

對不起，做為一個一般人認定的靈魂而言，我話該少說些，保持神祕感。好的……你們一定想問我的動機，對不對？怎麼來？為什麼登台？（轉而悲憤）告訴你們，「我只不過想知道，到底是誰殺了我……」

（巴克力轉身發現絕處一人在角落挑著撿拾來的薯條加番茄醬，瞧了良久。）

巴克力　　你，就是你……沒錯。

絕　處　　我？怎麼了！要來一根薯條加番茄醬嗎？

巴克力　　下著大雨的那個夜晚……還記得嗎？槍聲響起……我流著血，從巷口衝出來……

絕　處　　槍聲？巷口？你衝出來……？我可沒殺人喔！

巴克力　　不是你殺的……但，你看到殺我的人……沒錯……（還原現場）你蹲在這裡，和現在一模一樣……他……從我背後開槍……你抬頭……我衝出來……倒下……你恰好看到他……

絕　處　　我都忘了！（瘋癲地，唱）〈絕處逢生〉之歌：（閩南語）介你講　暗路無通走　介你講（被打斷）——

巴克力　　我帶了「鑽石米」，（拿出一皿裝有米的試管封瓶）來，這可幫你恢復記憶！

絕　處　　記憶！（掩耳）麥擱來ㄚ！

巴克力	我來燒火⋯⋯水呢！
絕　處	水？
巴克力	對呀！沒水，怎麼煮飯⋯⋯
絕　處	你說，煮這「鑽石飯」？吃了，然後就像你一樣變成吸血鬼，你是賣藥的，還是做戲的！總之，⋯⋯我不要⋯⋯

（巴克力似乎有神奇的能力。只要手像指揮棒般揮起，再用指頭指對方鼻子十公分，對方就會跟著玩起「跟著我的指頭走⋯⋯」的肢體遊戲。）

巴克力	你不餓嗎？⋯⋯
絕　處	餓！
巴克力	吃了就會記起誰殺了我。
絕　處	（好不容易掙脫）好！好！好！別過來⋯⋯。我去找水，我們後會有期⋯⋯
巴克力	約在哪兒見⋯⋯
絕　處	就⋯⋯寒舍啊！
巴克力	哪裡啦！（嚷嚷）
絕　處	就我家啦！（更大聲嚷嚷）
巴克力	你家，在哪裡？
絕　處	那個施工中的科技遊樂場，朝東邊，太陽下山的地方⋯⋯有沒有，左轉、右轉、再穿過坑坑巴巴的積水的洞穴⋯⋯再往前⋯⋯直走（打斷）。
巴克力	等等⋯⋯你說的是外環道路下來的那片工地嗎？那一大片以前都是墳場，不是嗎？往東，坑坑巴巴的，有幾窩挖剩的墳⋯⋯你住哪裡？
絕　處	聽起來，你還蠻熟的嘛！吸血鬼，常在那裡「轟趴」啊！
巴克力	胡說。我是說，那裡不好找啊！有門牌號碼嗎？
絕　處	（舉逢生旗）就這一支⋯⋯
巴克力	這個？

絕　處　　對！這就是我的門牌號碼。

（突而幕後傳來聲音……。米夫人高聲唱《杜蘭多公主》中的一句。）

巴克力　　（緊張地）喔，是米夫人……

絕　處　　米夫人？喔……你說的是那科學怪人的老婆啊！

巴克力　　什麼科學怪人，是博士夫人……她在練歌劇……（強調）
　　　　　「杜蘭多公主」。

絕　處　　這麼高尚……她想變公主啊！

巴克力　　快閃。我們後會有期。（朝聲音方向離去）

（相同一句，歌聲愈大。絕處退回，烏有從高處巡邏……）

烏　有　　（叫住巴克力）喂！往哪兒跑啊！你們幹什麼的。不是宣布
　　　　　宵禁了嗎？

絕　處　　宵禁？誰宣布的……什麼時候，我怎麼不知道！

烏　有　　米夫人啊！還有誰！

巴克力　　你這身裝扮，蠻炫的……怎樣，是從哪個電玩遊戲裡跑出來
　　　　　的啊！

絕　處　　電玩遊戲，你不是那在村子口嗑藥的嗎？嗯！我前不久好像
　　　　　在哪裡見過……（想不起來，拍頭）哎呀！

巴克力　　怎樣，想起來了啊！是哪個 game……

絕　處　　忘記了……

烏　有　　（神氣地做電玩動作）迷幻殺手……接到……行動代號：
　　　　　「蝴蝶 1 號驅離行動」……over。

（烏有將兩人驅離朝向兩方。）

絕　處　　（看得著迷，朝巴克力）等等……你剛剛說什麼──什麼公
　　　　　主啊！

巴克力　　對……杜蘭多公主……張藝謀導演的……票價……票價……
　　　　　（從觀眾席）超貴的……

絕　處　　（學歌劇）就只有這相同的一句呀！

（再傳來《杜蘭多公主》中的相同一句，巴克力趕緊掩耳溜向觀眾席。

獨留絕處一人，邊唱邊退場。另一側，米夫人登場。）

第三章：基改「鑽石米」計畫，打算在村中展開

（密室先開了一扇容得下一顆頭的窗，米夫人探頭，從儲物櫃裡慎重地取出一碗「鑽石米飯」。）

米夫人　　（想吃）不行的。還缺少一種防止基因突變的元素……吃了，萬一……發生意外，怎麼辦？（踱步）但，吃了能恢復記憶。我一定要記得……沒關係的……只要找到那元素，也能當解藥……糟糕……怎麼連那元素的名稱都記不得了……

鬼針草　　（幕後）康乃馨呢？

（米夫人聽到，放回「鑽石米飯」。烏有、鬼針草二人乾渴地進來，手拿康乃馨。米夫人背過身去，端著一杯乾淨的水。烏有搶著將水給全喝了，鬼針草一旁跳腳。）

烏　有　　米……（看見米夫人，改口）媽……

米夫人　　烏有，我的孩子，（雙手摸烏有的臉）一切順利嗎？

烏　有　　嗯……（點頭）

米夫人　　還頭痛嗎？

烏　有　　不會……不過，沒藥了……（打斷）

米夫人　　喔！沒事的。

鬼針草　　媽，不行的，他在嗑藥，再這樣下去……

烏　有　　（叫囂）少來了！別亂告狀。

鬼針草　　妳不能縱容他……

米夫人　　縱容，（生氣地）妳從哪兒學來的……可別忘了！你們是我在戰爭過後收養的小孩，浮萍呢？

烏　有　　她……成了暴民的一份子了。（指外頭）

（外頭傳來紛擾的雜亂聲。）

米夫人　　（緊張地）什麼聲音……

烏　有　　是村民在抗爭沒水喝……

鬼針草　　對！他們說這實驗室裡還囤積很多過濾用的水源，打算衝進來搶水呢！

米夫人　　趕快去看看……，擺平就好，別惹事了！

（烏有與鬼針草離去。米夫人去取出那碗「鑽石米飯」擺在場上，對著飯打坐、休養生息。燭光圍繞，梵唱連連。）

米夫人　　「怎麼搞的……是什麼阿法……或迦碼是什麼……對了，是水鄉暗影元素嗎？……」我怎麼也記不起來了，難道……我真的被感染了嗎？不！（朝孟山都‧米博士的遺像跪下）是你突然間的告別，給我帶來太大的衝擊吧！（踱步）但，不行啊！連你最後交代的遺志都忘了！我如何做為一個跟隨著你一輩子，就僅僅為了相信科技必能造福千萬世人的科學家夫人呢？

（想吃眼前這碗飯，但猶豫了良久。和空氣中的先生喃喃自語，狀似有些瘋狂。最後，還是吃下了這碗飯。）

鬼針草　　（闖進來，恰巧看見夫人吃飯）媽媽，妳……（改口）還好嗎？我聽說，這米還缺一種元素，不是嗎？妳……吃了，不會怎樣吧！

米夫人　　（壓抑不安神色，不悅地）妳！亂講，別傳出去了……怎麼這麼快就回來了！

鬼針草　　喔！我一直在想那叫「水鄉」什麼元素的……就趕緊回來了！妳說過的……我一時不記得了。

米夫人　　（深呼吸，做瑜珈，努力回想）「水鄉暗影」什麼……什麼元素。快去找……我需要……得在博士的葬禮前植入鑽石米的種籽中。

鬼針草　　去哪裡找？

米夫人　　（神祕地）機密，高度機密……博士生前最後交代，這元素就埋在水鄉村通往黃金琉璃城的交界處。

鬼針草	黃金琉璃城？
米夫人	對！當今全球數一數二，以全新科技打造的消費商區。
鬼針草	那麼，交界處，不就在那施工中的科技遊樂場一帶嗎？
米夫人	對。米博士的遺願，就是在「殺很準」投資的這個園區中，舉辦全球性的「基因改造科技博覽會」……。我們動作要快……保持機密……快去。
鬼針草	妳有比較好了，是嗎？我這就去……
米夫人	記得，我們相約在那交界處的塔樓見……
鬼針草	塔樓？爲什麼？
米夫人	先別問，總之，告訴妳哥哥……先找到的，就是「殺很準」跨國生技公司駐北京的專利代表。
鬼針草	嗯！好的……。喔！我想起來了，是「水鄉暗影貝塔元素」。
米夫人	聰明，好女兒。

（另一處烏有的背影回頭。）

烏　有	喔……北京耶！
米夫人	誰呀！（似聽見什麼地回頭。興奮地聞著什麼味道，又感不安。朝觀眾）我聞到你們血管裡的……味道……我……（突而叫喚）烏有！是烏有嗎？
烏　有	（驚訝地）什麼……
米夫人	這世界，原本就有亮的另一面是暗的……而……
烏　有	而暗的另一面是亮的……我是介於暗與亮之間的夢遊者……
米夫人	你感到不安？
烏　有	是說沙漠裡的任務？或現在？
米夫人	別忘了！你是夢幻的騎兵……你的一切作爲都爲了翻轉這世界的落後、無知和不幸……想想，當你夜晚閉上雙眼入眠時，黑暗的另一面，就在你眼前亮起。
烏　有	眞的嗎？

米夫人　　恰是如此。

（有身影，是鬼針草躲在角落，未現身。）

烏　有　　媽媽有什麼任務交代我……

米夫人　　（給他藥）這是這個世界為你打開的一扇天窗。往上看，你
　　　　　會望見自己的未來，就坐在夢工廠的那輪下弦月上，眼前夜
　　　　　晚的大地上，滿滿都是閃著亮光的鑽石米粒。

烏　有　　所以呢！

米夫人　　笑吧！

烏　有　　笑？

米夫人　　對。大聲笑……喜悅地笑……（在烏有的笑聲中）個別的犧
　　　　　牲換來的是生技能源的明天以及吃飽了飯的窮人。

（燈漸暗。中場賣東西約三分鐘。觀眾七嘴八舌，但，不中場休息。）

（尋岸從觀眾席出，她歌唱：〈像一粒米〉。）

尋　岸　　一粒米掉落下來　我是那田土
　　　　　用溫柔的乳房　去安慰你的孤單
　　　　　我會這樣　就是選擇這樣
　　　　　沉默、不語，卻也用乾渴的喉嚨
　　　　　唱著內心的渴望

　　　　　不行的，不能只是這樣
　　　　　誰說我不會洄漩
　　　　　誰說我不會激盪
　　　　　就是要用這洄漩、激盪與再洄漩
　　　　　和你緊緊纏繞

　　　　　一起用我從未止息的泉源
　　　　　去抵擋，去澆熄，
　　　　　那已經燒向眼前的殺伐

啊！我目眩神搖，滋潤著你
一起去擊碎壓下來的鐵牆

醬　糊　要行動，趕快行動……。歐！是妳啊！尋岸……

尋　岸　怎麼樣，這是從我寫的一首詩改編的……。最不解風情，就
　　　　是你……

醬　糊　（又坐下，無力地）事情有些緊急了！不是嗎？還有心情寫
　　　　詩、唱歌？

尋　岸　體力這麼不好！如何行動呢！你說事情緊急，是抗爭的事
　　　　吧，看看，這地都裂開來了！

（突而，舉扇子的水何在，從高處現身。）

水何在　什麼時候了！還有時間談戀愛啊！讓我來告訴你們，現在，
　　　　我們都成了恐怖份子了！

尋　岸　恐怖份子，我們？誰說的……

醬　糊　我就知道，這是推廣他們業務的必要花招啊！首先，便是不
　　　　動聲色地把反對的人冠上汙名。

水何在　對！我們潛入了米夫人的血管中，埋下無數讓她不安得不知
　　　　如何自處的引信……

尋　岸　你去哪裡了！剛剛在經過他們那實驗室門口時，妳一轉身，
　　　　就不知去向了！

水何在　就去了解狀況啊！

尋　岸　妳說的，米夫人？就那叫「殺很準」生物科技公司的老板娘
　　　　嗎？

水何在　「殺很準」，天下真是無奇不有，怎麼也有這種公司名稱的
　　　　呢！

醬　糊　這你們就外行了！他們發明的「鑽石 Apollo 記憶基因改造特
　　　　種米」……簡稱「鑽石米」的，名堂可多了！最重要的，這
　　　　種米是沒後代的……

尋　岸　沒後代，難道是體力不好嗎？

醬　糊	（英雄模樣）不！不！不！是控制種籽的生產專利權……。這裡頭的學問……便是……
水何在	繼續說下去，觀眾都跑光了！（發現燈暗）啊！怎麼了！是氣候大變化，一下子白天都變作黑夜了嗎？真誇張啊！

（水鄉布偶披著先前那塊布現身。那布轉變成土地的象徵，有土地乾旱至燃燒的影像投在其上。）

尋　岸	啊，看看，我的種籽都著火了！（看見水鄉布偶身上的布有土地著火的影像）土地都燒起來了！
醬　糊	這是怎麼回事。（急忙翻找書頁）不在我的理論研究範圍中啊！
水何在	哎呀呀！挖吧！就挖吧！繼續挖吧！直到把土地挖到冒火為止……
尋　岸	（火延燒過來）但，不行啊！它一直燒過來，要把我們也燒得無處可去了！

（水鄉布偶兀自喃喃發出聲響中離去。）

醬　糊	道理啊！道理！這是什麼道理。我要找到道理，才能有所行動。
水何在	哪有什麼道理。就一邊要升天，另一邊便得墜到地底去。
尋　岸	那我們不成了地底下著了火的泥巴了嗎？
水何在	這就是世界的道理，傳頌了千百年了！
醬　糊	是啊！像是沒有一天，沒有一分，沒有一秒間斷過。但，道理在哪裡？
水何在	（幫他翻找黏貼他身上的書）來！一起來幫他找道理。
尋　岸	好！（差些脫掉對方的衣服）
醬　糊	妳幹嘛！
尋　岸	找道理啊！但，好像都找不著耶！
水何在	別吵！別吵！有了！這裡有一頁……
尋　岸	寫什麼？

水何在　　（讀）地球有百分之七十是水。

醬　糊　　（再讀）人體有百分之七十是水。

尋　岸　　（再讀）細胞有百分之七十是水。我懂了！土地的細胞是
　　　　　　水，走啊！

醬　糊　　走去哪裡？是什麼行動嗎？

水何在　　對的！就穿越這實驗室下方的科技循環水道，我們得去發現
　　　　　　掩蓋在汙染水流中的，還剩多少冒著生機的泉源。

（漸自黑暗中，三人在音樂轟轟中，朝觀眾席方向前去。一側，車燈亮
起，巴克力（或化身為靈魂的其他伙伴）開行動咖啡屋之小車登場。絕
處從另一側推棺材現身，而後躺進去。）

第四章：噬血與報復

（釘子戶般的墳頭，插著「逢生」旗子。巴克力戴廚師帽，手持一炒飯
鍋現身。）

巴克力　　歡迎光臨靈魂餐廳。今晚您想點什麼？你要點什麼？滷肉飯
　　　　　　沒有。你呢？四神湯沒有。你呢？炸雞排沒有。你呢？靈魂
　　　　　　特燒。您真有眼光。靈魂特燒一客，上菜囉。靈魂特燒，魚
　　　　　　肝油佐銀杏鑽石米炒飯。

巴克力　　（探頭看月，玩笑學狼叫）等不及了！我等不及了！起來
　　　　　　吧！我飯炒好了……

絕　處　　（從墓碑後的草席）炒好了！怎麼有水？

巴克力　　怎麼沒有，（用瓢子去盛廢水）這裡還有一些……

（原本在墳裡睡覺的絕處被吵醒。從墳裡闖出來，像是做了一場夢。）

絕　處　　那是實驗室裡排出來的汙水……魚、蝦米、蚵仔都會無聲無
　　　　　　息地死去……最後是人。

巴克力　　安啦！，我在「殺很準」幹了多年，什麼再毒的化學物質沒
　　　　　　碰過，最後，還不是死於子彈！抵抗力，要鍛練自己的抵抗

力。

（巴克力開始將炒飯搓成一顆顆飯糰，共兩粒。悶在炒飯鍋裡。最後，拿其中的一粒給絕處。）

絕　處　　見鬼了，真是。

巴克力　　我是啊！好了！少廢話。（給飯糰）你到底吃不吃……

絕　處　　不吃。

巴克力　　（一手亮出一把殺魚刀。用嘴巴吮著另一手指頭）那，我就割開你的喉嚨，吸乾你的血。（以手指頭作狀勾引對方）

絕　處　　好了！好了！別再來了！我吃！我吃！（而後，蹲下來，啃著飯糰）吃了！我也變吸血鬼了！

巴克力　　慢慢吃，想不起來，鍋裡還有一粒……

絕　處　　天啊！別再來了！我快變成死蝦米了！（連忙躲進墳地裡）別進來，你休想進來。

巴克力　　（慢動作）怎樣，想起來了嗎？

絕　處　　哪有那麼快的……這都是科學怪人瞎掰的宣傳手法啦！什麼「藥效神奇，吃了馬上怎樣啦！」才沒那麼容易受騙呢！

巴克力　　戲劇效果！你不懂啊！好啦！不和你扯了！你早知道是誰的，只是不說，對不對！

絕　處　　下雨啊！視線模糊，我看不清他的臉……。就是他轉頭時，我看見他脖子……

巴克力　　脖子怎樣？

絕　處　　有一隻蝴蝶的刺青……

巴克力　　蝴蝶刺青……。就知道是他，自稱是「迷幻殺手」的！他是夫人的保鑣，不是嗎？

絕　處　　是啊！有事沒事就會巡到這裡來……最近，那後邊的遊樂場在施工，他常路過……

巴克力　　哈！哈！太巧了！我就恭候大駕了！

（兩人躲進墳裡。音樂聲響……巴克力起身，去煮咖啡，恭候烏有前

來，並從後頭看他。烏有在找什麼地方似地，手摸著脖子說：「滿天的
鑽石米，是什麼……」）

巴克力	你還真準時！
烏　有	你是誰？三更半夜地，從背後偷襲人啊！
巴克力	我是巴克力，靈魂巴克力，我在細心觀察你呢！迷幻殺手……
烏　有	你怎麼知道我……叫……
巴克力	迷幻殺手？這是潛藏在你內心地窖裡最為活躍的菌種，不是嗎？
烏　有	菌種？
巴克力	是啊！它漸漸長大，漸漸長大……就成了你活下去的理由……
烏　有	有病啊！你……一個人在這陰森森的地方賣咖啡，給誰喝啊！
巴克力	我在等人……
烏　有	等人？我看是等鬼吧！（調侃）鬼也需要咖啡來提神嗎？哈！哈！
巴克力	（喝一口）一點不錯，特別是等他的仇人現身的時候……
烏　有	仇人？說得好像自己就是復仇鬼一樣……
巴克力	我是啊！（遞一杯咖啡給對方）
烏　有	幹嘛！（手上拿藥瓶。要過，被阻擋）我不喝，還有重要任務……（藥瓶掉在地上）
巴克力	（拾起藥瓶）小心，別用這個把你的菌給養大到不可收拾了！
烏　有	（搶回藥瓶）什麼意思，你……
巴克力	轉過身來，像剛剛一樣，摸摸你的脖子。
烏　有	你幹嘛！怎樣？就一隻蝴蝶嘛！我們特種部隊的共同標誌啊！

巴克力　　這就對了！蝴蝶刺青，完全如那流浪漢所說的……就是你。

烏　有　　流浪漢……他說了什麼……他媽的，他說了些什麼……混帳。

巴克力　　記起來了嗎……就是這個角度……下著雨，你從背後……。對不對！告訴我，為什麼殺我？

烏　有　　（似乎想起）我必須除去內心那片被黑暗遮蔽的天空……你懂嗎？死了！還回來……幹什麼……

巴克力　　再問一次，為什麼殺我？

烏　有　　（暴烈狂嘯）因為，你懷疑、你不安、你嘴巴大……你遲早會出賣了「殺很準」帝國……

巴克力　　原來如此。他們派你來殺我的……不會的，不可能……怎麼會是這樣？這肯定和孟山都大師無關……對不對！對不對！你回答我啊！對不對！

烏　有　　（瞪著對方，良久）哈！哈！很殘忍嗎？人都死了！就得學著接受，這就是活著的本質！不是嗎？

（巴克力站到前面來……示意後方的烏有射殺他……）

巴克力　　嗯！我聞到你身上的血腥味了！開槍啊！開槍啊！

烏　有　　血腥味……（開槍）你這邪魔……「碰！」（抓狂）

（巴克力倒下，再起。而後離去。）

巴克力　　你殺不死我的……那只是幻像……只是被人植入你腦海中長出來的一場戰爭遊戲……

烏　有　　你……往哪裡去。

巴克力　　朝你內心那片被黑暗遮蔽的天空而去。懂嗎？

烏　有　　我不信，我不信！不是這樣的……你別走……

巴克力　　怎樣，殺手也有感到愧疚的時候嗎？（離去）

（絕處從棺材現身，他換咖啡招牌為「無處去」小酒館店招。）

絕　處　　你果真殺了他兩次。

烏　有　　我問你，你為什麼出賣我……

絕　處	不信，還真不行……吃下那什麼飯的以後，愈想起往事，就愈是聞到人們身上的血腥味，我本來也不想說的，但反正他死了嘛！又能怎樣……。只是現在，記憶變得一場噩夢，我不想回去，它卻逼過來，逼我看見時間的天窗外，天空炸裂開來……就飄下一陣陣……一陣陣的白色粉末……
烏　有	白色粉末……那是……
絕　處	（走出酒館，面向天空）落葉劑。我們躲在叢林裡，他們灑下落葉劑，讓樹木死光，也讓我們曝光……
烏　有	誰灑的……
絕　處	「殺很準」啊！以前他們是賣農藥的……
烏　有	胡說！我不信，但聽你這麼說來，你也上過戰場了！你殺過人嗎？
絕　處	沒有。這裡被轟炸得寸土不留。我不想記得！我不想記得！因為，我的老婆，她的屍體，像一株枯死的樹，灑滿白粉……
烏　有	這裡，就在這墳場嗎？接連著遠方霓虹閃爍的遊樂場。
絕　處	以前，在戰爭過後，也有人來開發成兒童樂園，（像似看見）看……那裡有一座旋轉木馬呢！
烏　有	（像被提醒了什麼）戰爭，在這裡……你在胡說些什麼？我怎麼都沒印象……。戰爭發生在沙漠裡……不是這裡。
絕　處	（沉浸往昔記憶中）孩子！孩子！浮萍牽妹妹的手，還有……別讓烏有跌倒了……烏有，小心……（指烏有）你……
烏　有	（焦慮地）你說，這裡……炮彈……煙霧……血流（抱頭）頭好痛，……沙漠，沙塵暴像一粒粒子彈朝我射來……穿過我的胸腦……流血……啊！（倒地）你叫我的名字，你到底是誰？
絕　處	我……我是……（被打斷）

烏　有	別靠過來……告訴我，你為什麼出賣我？
絕　處	（回去喝酒）對不起……孩子，我不曉得脖子上有刺青的……竟然是你……
烏　有	（衝進酒館）孩子，你還說得出口，你出賣我！我不是你的孩子。

（燈漸轉暗中，烏有進咖啡車。槍響：「碰」。巴克力下車收拾桌椅，關門，將車開到一側。熄燈。）

第五章：咒語，在施工中的科技遊樂場

（施工中的科技遊樂場。主要的場景是：原本為塗鴉牆的旋轉門，由絕處指鬼針草進來，轉成一面紙糊的廣告牆，燈光閃爍。鬼針草在睡夢中尖叫：「烏有」，突而轉醒，發現自己躺在絕處懷裡。）

鬼針草	（驚恐地醒來）這裡是哪裡？我還在夢裡嗎？
絕　處	妳跌進施工中的下水道裡，昏迷了有一陣子，我怕妳被汙泥給淹了！才扶妳起來的……
鬼針草	我（鞠躬）……那真謝謝你了！（發現自己的腳有傷口）
絕　處	（掏出一條汗臭的、有些髒汙的手帕）妳的腳在流血，我幫妳擦。
鬼針草	（見狀。縮腳）歐！不用了！我自己來……（用手去擦）
絕　處	小心喔！別感染破傷風了！（看看自己的手帕，又收起）
鬼針草	（四處瞧瞧）這裡就是了嗎？（聽見外頭的科技產品叫賣聲）咦！那什麼聲音……怪熟悉的……
絕　處	哈！哈！妳不知道外頭就是黃金琉璃城嗎？
鬼針草	外頭是黃金琉璃城，這裡是科技遊樂場，對了啊！「水鄉暗影貝塔元素」就藏在這工地上！這地下還有什麼水源吧！要快去找……
絕　處	什麼水源，還有什麼水源。早就被改作遊樂園的科技循環水

	道系統了。急也沒用啦！（掏出手帕來擦汗，也要給對方）
鬼針草	（掩鼻）喔！不了！（善心地）你那手帕看似用很久了！用我的吧！（取出濕巾）不用客氣。
絕　處	喔！喔！喔！這可不行啊！這手帕上吸著的，都是由這工地上所排出來的各式各樣的氣味……有汗臭、淚水、憂傷、孤獨、憤怒、抗爭等種種……我得好好地保存它。
鬼針草	是嗎！但，這些氣味都只會讓人更不舒服，不是嗎？
絕　處	就是不舒服，所以要留在身上啊！難道丟掉了，就能搖身一變，不再記得自己是誰。對我而言，這可是有很大的困難的……。妳能諒解嗎？
鬼針草	喔！當然，我沒冒犯的意思……但，可能是我剛到這裡不久，對於你所說的，就有一些一知半解了！我想，這裡即將是一個未來城吧！……
絕　處	那──這樣看來，這會是被扔在未來實驗室後街垃圾桶裡的一條手帕了！
鬼針草	實驗室……你是指……我。
絕　處	喔！千萬別誤會了！只是隨便做個比喻……。我得走了！昨晚刮起了沙塵暴，我得回去（拿起手帕）整理房間，還有一整副棺材要擦呢！妳小心自己，我先走一步了！（離去）

（工地建築的噪音響起。這時，浮萍從另一處現身。）

浮　萍	妳終於來了！
鬼針草	看來，妳慢了一大步！
浮　萍	是啊！我在墳場裡迷了路。繞過外面的「黃金琉璃城」，穿越高架路面錯綜的交流道，才來到這裡的。
鬼針草	這樣看來，這科技遊樂場是緊鄰「黃金琉璃城」，最主要的一個地方囉！
浮　萍	怎麼用「地方」來形容呢？它即將變成一個高科技的展示區，據說，即將上市的最新型、最搶手的電腦科技產品，都

會在這裡現身⋯⋯

鬼針草　　那麼，不只是一條商街，而將是一條淘流著無以計數的黃金記憶體的河流，要從這裡流向「黃金琉璃城」了！

浮　萍　　這樣子形容，至少符合了世界潮流對於博覽會的空間想像。

鬼針草　　那麼，「水鄉元素」不藏在水裡，而是埋藏在光鮮亮麗的科技晶片中了！⋯⋯

浮　萍　　是啊！記憶體像發亮的黃金之河，激起人心中慾望的火花。

鬼針草　　（歌唱似地）KB－MB－GB－TB 的速度在地球上超音速地流過⋯⋯TB、一兆元組的超大容量耶！

浮　萍　　是啊！這是充滿科技想像的遊樂場，在空間動線的規劃上，自然要和墳場做切割的，那被切割出去的，統統只能自求多福、自生自滅了！

鬼針草　　這不行的，得趕緊找到那元素，注入研發中的「鑽石米」裡⋯⋯。在晶片中嗎？在記憶體裡嗎？還是在⋯⋯

（塔樓實驗室有燈光亮起。米夫人這才趕到。並喚著：「鬼針草是妳嗎？時間快到了！妳找到那元素沒！」說完。巴克力再開車燈，烏有到燈前獨白。）

烏　有　　黑暗，黑暗像一粒迸裂開來的火球，朝我的腦門襲來。我閉上雙眼，拔掉插頭，電腦屏幕一片漆黑⋯⋯（兩人上車，車開走。消失）

鬼針草　　（抬頭望塔樓）沒有⋯⋯我不想像以前的烏有一樣，也墜入黑暗的深淵。

米夫人　　妳說什麼？

鬼針草　　我說「沒有、什麼也沒有」。

米夫人　　這怎麼行，我的乖女兒⋯⋯

浮　萍　　哈！哈！妳下來吧！從妳被自己的無能所幽閉的宮殿中下來，就會發現另一個比妳更迷人又充滿智慧的米夫人。

米夫人　　妳⋯⋯別以為仗勢著煽動幾個村民，就能怎樣，時候一到，

　　　　　　　看我怎麼和妳算帳。（關燈）

浮　萍　　　這麼說來，妳是要我們自己來囉！好，那就不客氣了！（拉
　　　　　　鬼針草）那麼，還是由妳來扮演我，我來扮演米夫人！我們
　　　　　　一起去尋找，如何呢？

鬼針草　　　好啦！好啦！夠了！我是我！妳是妳！停止這些無謂的權力
　　　　　　遊戲吧！

（突有機器撞擊的聲響，又有黃金記憶體的聲音……進而，轉為噪音，
又一會兒轉而為咒語聲。）

鬼針草　　　什麼聲音……像是工程進行中的噪音。這是科技遊樂場，就
　　　　　　算施工中，也不該是這樣的噪音啊！

浮　萍　　　不！不！再仔細聽，是從黃金琉璃城回傳而來的黃金記憶體
　　　　　　的聲音……

鬼針草　　　怎麼會這樣……都好像變成了……

浮萍、鬼針草　　變成了群魔亂舞的聲音了！

浮　萍　　　咒語。基改元素傳出的咒語。（狂笑）哈！哈！哈！飄盪在
　　　　　　黃金記憶體的慾望河流上的……（浮萍漸離場）

鬼針草　　　咒語。（看自己）看看這咒語像似從我們的身體裡發出來
　　　　　　的……

（鬼針草在咒語中亂舞。塔樓燈漸亮起，米夫人望著一面被敲碎的鏡
子，兀自憤懣著，她並且安排由實驗室的燒杯做成的蠟燭、米博士的肖
像，準備布置一個葬禮的現場。人們不難看出，她勉強保持鎮靜……。
浮萍悄悄登上塔樓。）

米夫人　　　什麼！什麼聲音。（掩耳）我不想聽，我沒有聽見……

浮　萍　　　晚安！妳自我感覺良好，是嗎？恭喜妳了！

米夫人　　　妳這是什麼意思……哪裡弄來的和我一模一樣的披肩。

浮　萍　　　遊戲啊！

米夫人　　　什麼？妳膽敢到我神聖的塔樓實驗室，來玩什麼變妝遊戲。

浮　萍　　　不是，而是要妳看見真正的自己。

米夫人　　我自己？誰？

浮　萍　　就站在妳面前，妳都聽見了吧！那些咒語。

米夫人　　咒語！哈！哈！什麼咒語，工地嘛！本來就有這轟隆隆的聲
　　　　　響。是妳心中有鬼。

浮　萍　　（下樓梯）我是白天的妳，走在村庄的獨木橋上。日頭照
　　　　　射下來，妳自己成了一副空空洞洞、在旱溪上扭曲變形的影
　　　　　子，妳還……嘆息、焦慮、不安……

米夫人　　妳簡直比叛徒都不如……

浮　萍　　妳就別太激動了！看看！這就是孟山都‧米博士留給「水鄉
　　　　　村」民的遺書，妳要瞧個清楚啊！

（米夫人接過去，看都不看，就把遺書給撕毀了！）

浮　萍　　撕吧！撕吧！妳放心，我會張開我想像的翅膀，用我一生最
　　　　　優雅的姿勢，在咒語中取得「鑽石米」的專利權。

米夫人　　妳，好大的膽子，簡直亂來……大師匆忙中往生，只和我交
　　　　　代了遺言。說是「基改元素」就藏在……

浮　萍　　藏在通往黃金琉璃城的咒語裡，那咒語混雜在轟然巨響的施
　　　　　工聲中，隱藏在亢奮、昂揚又令人血脈賁張的消費慾望中，
　　　　　就在我們每一個人的身體裡……是吧！真不愧是大師留給世
　　　　　人的一個大玩笑啊！

米夫人　　咒語，什麼咒語，我沒聽見什麼咒語，一派胡言，那是啓
　　　　　示……天大的啓示……

（絕處現身推著他的棺材來到現場。）

絕　處　　（反諷而幽默地）這聲音，對了！就這咒語般的聲音……。
　　　　　真是不可思議，先是一大片墳地，在地底下像一座迷宮，封
　　　　　禁著枯枝敗葉般的記憶。而後，在這現代化的科技遊樂場
　　　　　裡，腳下的泥土，似乎混合著死去的人腐爛後的軀體，發出
　　　　　了種種像似咒語般的喃喃低語，瀰漫在我暗黑的身體裡，就
　　　　　是要通過這被病毒所摧殘過後的身體，去疏通一條條通往外

界的血管吧！

（水何在、尋岸從閃著亮光的圍籬下的水道中穿身出來。）

水何在　　咒語。是的，就在咒語聲響的慾望天堂裡，繼續用我們被埋藏在黑暗地底的氣力，掙脫這光的世界的牢籠吧！

尋　岸　　（回頭看）咦！人呢！醬糊，醬糊……你人在哪裡？剛一轉身，就只聽見孤獨的腳步聲「轟─轟─轟」地回響著驚恐的喘息聲。

水何在　　真是天羅地網般的一個地下世界啊！水管像密密麻麻的神經一般，交纏在失去方向的涵洞裡。

尋　岸　　我們在哪裡……在追尋失落的水源嗎？又或，在地底下，被什麼龐大的力量給驅趕著呢！

（此時，醬糊才從攀繞到天際的另一個水道口探出頭來。）

醬　糊　　我研究過了！我徹底的研究了這科技水道的神經系統了！說穿了！就是利用會計學上的盤整，來按部就班、有計畫，但，不難被我「吐槽」地達成經濟學上的「壟斷」兩個字。

尋　岸　　（不悅地）有完沒完啊！你……跑到哪裡去了！

醬　糊　　喔！對不起，總是在最重要關頭，便忘了要和妳緊緊相隨的這回事。（差些掉下）

尋　岸　　你，你可要小心點，快下來吧！

水何在　　再不下來，土地都要停止了呼吸。

醬　糊　　停止呼吸嗎？又或者說，在摒息以待，翻轉土地革命的契機呢？

尋　岸　　革命。什麼時代了！你書讀太多，頭殼插太多電，燒壞了嗎？

醬　糊　　這妳就不懂了！「不學無術、擾亂基層」……懂嗎？

水何在　　是啊！「有學有術、實踐基層」……快下來吧！

（醬糊果真氣喘吁吁地跳下來。並去取這時卡在一旁的書牆，揹上。）

醬　糊　　（揹著書牆自在行動）實踐基層，可真是一門大學問啊！

水何在　　走？揹那麼多書……
醬　糊　　是ㄚ！從未抵達。
尋　岸　　從未放棄。
（移動家將及車鼓身姿中離去。）

終章：在路上

（音樂聲出。一面廣告牆閃閃發亮。鬼針草從牆後衝出，和她手中的洋娃娃一起去撕毀廣告牆。）

（絕處騎腳踏車登場，鬼針草跳上他的車後座，繞了一圈後，跳下來，望著朝觀眾方向騎去的絕處。場上留她一人……向前走時）

（帳篷打開。就見水鄉在一真正的水池裡，她朝水裡燃火，吟唱一句：「水鄉村」。醬糊、尋岸、水何在繼續擴大鑼鼓聲中，水鄉朝水火中灑鑽石米。）

（燈暗）

（燈暗，再亮起時，演員合唱：〈在路上〉。）

（一）病毒聚攏過來　在無聲無息的夜晚
　　　　一個灰燼般的世界　封鎖在我們的血管裡
　　　　必須出去　衝破層層關卡必須突圍　撕去神聖的謊言
（二）在路上　記憶好比碎裂的拼圖
　　　　在路上　追尋基因解碼去水鄉
　　　　在路上　手持燈火朝向那墳場
　　　　在路上　在路上　有你我和他的身影
（三）在路上　在路上　在路上
　　　　守護土地的只有我們自己　一直到天明
　　　　一粒米　燃燒著　燒向胸膛　燒掉一場科技的盛宴

　　　　　　　　　　　　　　　　　　　　　　　　　劇終

演出資訊

編劇／導演：鍾喬

演出：朱正明、劉峻豪、彭子玲、李秀珣、王少君、
　　　藍貝芝

音樂設計／現場演奏：鄭捷任、羅皓名

服裝製作統籌：林漢伯

舞台總監：許宗仁

執行製作：李中、鍾翔宇

道具製作統籌：許孟祥

錄影：陳小樺

製作助理：豐政發、陳秋豪

天堂酒館

> 背景提示：從沙特劇本"No Exit"《沒有出口》尋找靈感；將台灣
>   戰後世代置放進作品中。邀請韓國小劇場演員與台灣
>   演員共同登台。
>
> 創作提示：賦予肉身死後的靈魂，以身體形象登台。劇場，如
>   何訴說不同世代現實的困境與衝突；救贖的入徑存在
>   嗎？
>
> 場景提示：在天堂入口的一家酒館中。
>
> 人　　物：大老二、小老二（韓國祭師）、某人、心天使、詩
>   人。

第一場

（大老二耍火舞。小老二打鼓進場，像在迎賓，也像送魂。）

大老二　　是這裡啊。

小老二　　是這裡啊。

大老二　　是個酒館，看起來很不錯呢。

小老二　　嗯，我開始有點醉了……

大老二　　嗯，是 58 高粱的味道吧……

小老二　　味道還真香啊……

大老二　　不能喝醉的呀，我們還有工作要做。

小老二　　我……我……（中文說不出來）

大老二　　歐，需要翻譯，沒問題。準備好了嗎？

（台下回應：「好啦。」）

小老二　　（中文）歐，謝謝。（以下說韓文）是啊，還以為死了就
　　　　　可以清閒，沒想到還被指派了任務，看來我們生前死後都一
　　　　　樣，大家不能做的，就交給我們來做，我們很被重視呢。

（小老二又開始吟唱，做出一種招魂的韓國傳統舞蹈，歌聲引領某人登
場，他於是在一旁坐下，作伴奏。某人走進來，坐下。）

某　　人　　來一杯小酒吧。（頓）再喝一杯，就可以醒酒。

大老二　　你沒有聞到嗎？

某　　人　　聞到什麼？

大老二　　58高粱，好香，我開始有點醉了。

某　　人　　你在耍我嗎？不給我酒喝，只是鬼扯。

大老二　　我是鬼，我在鬼扯，沒錯啊。

某　　人　　對啊，我死了，我也成了鬼，我也是鬼扯……變成鬼好快啊，我只是在那裡閉上了眼，我就來到了這裡，那裡，這裡，好像不到一秒鐘的距離，原來我們生活離死亡這麼近。（掏菸）我的菸呢？

大老二　　沒有菸啊。

某　　人　　怎麼可能？我明明記得口袋裡還有……

大老二　　看來你還不習慣自己死了，你把人間的一切習性都帶來了。試試把人類的尊嚴都放掉吧。

某　　人　　是啊，我不習慣，但沒有人可以習慣吧。（頓）我死了，我的身體，我還沒有感覺到身體有什麼變化，但我死了……死了還會有身體？我還要一個可以喝酒可以抽菸的身體嗎？（頓）這是什麼地方？

大老二　　天堂酒館。

某　　人　　天堂酒館……無菸無酒的天堂酒館……（頓）算了，趕快開始吧。

大老二　　開始什麼？

某　　人　　審問我啊。這裡應該只是個中介站吧，你們來審判我生前的業績，清算我的過去，看看我的人生是得分還是失分，然後發成績單，決定我可以去哪，是有資格上天堂呢，還是下地獄。

大老二　　我們只是看管這裡。

某　　人　　那叫你們的負責人出來。

大老二　　我們就是負責人。

某　人　　別再跟我鬼扯。還是你們習慣用嚴刑逼供，這點我在人間體
　　　　　會不少，大家都這麼幹，威脅、恐嚇、凌虐，讓我們不自覺
　　　　　地說出我們不想說的話，然後就對外發布說我們是自願的。
　　　　　這些招數我清楚得很，也不是沒有體驗過。來吧，我沒什麼
　　　　　好害怕的，那些拷問的刑具呢？都拿出來吧。

大老二　　民主時代了，沒有這種東西。

某　人　　沒有？

大老二　　民主時代講求人權，怎麼還有這種不人道的東西。

某　人　　人權？我們是鬼耶。我們被人埋在人的下面，還有人權可談
　　　　　嗎？

大老二　　報紙說，人權是普世價值……是吧。

某　人　　普世價值？說得好聽，窮人有普世價值？移工有普世價值？
　　　　　住在美國下面的黑人有普世價值？住在金磚下面的被遺忘的
　　　　　人民有普世價值？最後一塊田地都守不住的農民有普世價
　　　　　值？

大老二　　你別激動。剛來……難免。

某　人　　哈哈。嚇嚇你的。

大老二　　歐。是，是。

（小老二上場，打破沉默。）

小老二　　沒關係的，剛到這裡的人都會不習慣，你慢慢就會好起
　　　　　來……

某　人　　我明白了，你們跟我玩這一套，先跟我稱兄道弟，然後就要
　　　　　我痛哭流涕，我懂你們的遊戲，我不會上當的。你說你們是
　　　　　負責人，我看你們只是守門人而已。

大老二　　我們是負責人，也是守門人。

小老二　　我們掌管這裡。

某　人　　是嗎？你看起來，不像。

小老二　像不像只是外在形象而已。

某　人　好。既然沒有審判，這裡也沒菸沒酒，我不想待在這裡，我要離開，到外面去。

大老二　外面？

小老二　外面嘛，就很難說了。

某　人　什麼意思？你們是說，我被囚禁了？

小老二　我們是說，你進來之後……（離場）

大老二　外面就蒸發了。

某　人　又在鬼扯。（頓）那是什麼？

大老二　監視器，安全措施啊。（離場）

某　人　哈哈，剛剛才把這裡說得很神祕似的，結果這裡還是跟那裡一樣嘛，監視器……我乃上天之眼，正盯著你看，我能看透你的心思，我是規則制定者……eye in the sky……沒錯，這裡就是審判的所在。

（小老二又開始吟唱，做出一種招魂的韓國傳統舞蹈，歌聲引領心天使登場，他稍後離場。）

心天使　你。去哪裡了？你……（頓）我想我已經做好了準備，（對某人）我們可以開始了嗎？

某　人　開始什麼？

心天使　事情不就是這樣進行的嗎？你問我問題，然後我回答，然後你評估我的回答，決定我下一站要往哪走。真不曉得還有多少站要經過……

某　人　我想妳弄錯了，我跟妳一樣，我也剛到這裡。

心天使　喔……你不是……

某　人　我不是。

心天使　真不好意思，我看你坐在這裡，就以為是你。（心天使像想起了什麼，到處翻找）為什麼沒有呢？

某　人　妳在找什麼？

心天使　　鏡子。我在找鏡子。你有嗎？

某　人　　我沒有。這裡恐怕也沒有。

心天使　　喔，為什麼沒有呢？我想看看我死後的樣子，我只要看一眼就好，一眼就好，世界上的人都會明白我是怎麼死的。

某　人　　這重要嗎？

心天使　　當然。

某　人　　為什麼？

心天使　　因為，世界上有一種死亡，決定在別人；有一種死亡，決定在自己。

某　人　　決定在別人或自己，不都是死亡。

心天使　　不一樣。

某　人　　哈。那差別是？

心天使　　偏見呀。

某　人　　偏見。怎麼說？

心天使　　問你自己不就很清楚了嗎？

某　人　　問我？妳認識我？

心天使　　我沒說。我也不認識你。但，我知道這世界對死去的人，向來充滿偏見。

某　人　　怎麼說？我倒想知道別人怎麼看我的。

心天使　　別人要不說，你喝太多，你想太多，你吃太多。但，只有自己知道是怎麼死的……

（詩人現身，四處張望。小老二後來才出現門口，大老二隨後取繩子進場。兩人做流動式的門神動作。）

詩　人　　就這裡呀。（四處張望，陌生地，顯得不安）怎麼還有其他人！沒想到活著的時候要面對一大堆人，死了之後還是逃不了。

某　人　　糾正一下，嚴格來講，我們都不是人。

心天使　　我們都死了，不是嗎？

詩　人	是啊。做人的時候沒辦法好好做人，起碼死的時候也要好好做鬼吧。（頓）我要去別的地方。
小老二	（從另一頭）你要去哪？
詩　人	哪都好，我只要一個人，我不需要和別人共處。
小老二	喔，他想要去別的地方可以嗎？
大老二	（拋繩子）可以啊，這裡很自由。但，別的地方在哪裡，就不知道了。你將遺失在外面的路上。
詩　人	你們是？
某　人	可能是七爺、八爺、護法或門神。或者也可能是墮落天使路西弗……總之，他們是看門的。
心天使	我看，是被派來監視我們的吧。
詩　人	Ok Ok，你們說，這裡很自由，就是把我們關起來。我不能接受。
小老二	他不能接受，怎麼辦？
大老二	沒關係，他會慢慢習慣的。
詩　人	習慣？我不習慣這樣被人安排來，安排去。最後，被消費得屍骨不留，像我生前那樣。我要離開。我要到外面去。
某　人	這句話我剛才有說。
大老二	外面嘛，這很難說。
詩　人	你的意思是說，我被囚禁了？
某　人	這句話我剛才也有說。
詩　人	我們剛剛才從外面走進來。
大老二	是啊，你們進來後，外面就蒸發了。
詩　人	原來是關起門來，讓我徹底曝光。你們要我嚐嚐出名的甜頭，可以。但我嚐過了，也同時受夠了。懂嗎？打從我第一次為了聲援他們，寫了一首詩上傳網路，短短三天內，在Facebook上就有兩萬人按讚；但到頭來，我，不再是我自己。

大老二　　為什麼？

詩　人　　因為……我後來出名得屍骨不存了。

大老二　　噢……原來天底下還有這種出名法啊。

小老二　　世界本來就是這樣殘忍。

（三人放風般慢行。大小老二去大樹下。）

詩　人　　這裡成了我們永久的囚禁之地嗎？

心天使　　不。我們不會待在這裡很久的。

某　人　　這裡應該只是個中介站，在審判來臨之前，我們必須相互忍
　　　　　受彼此地待在一起。

詩　人　　你們是誰？

某　人　　跟你一樣啊，剛才從外面進來這裡，我是第一個，她是第
　　　　　二，你是第三。也許待會還會有第四、第五。

大老二　　喔，你們放心，就只有你們三個。

詩　人　　只有我們三個，這地方是……

大、小老二　　天堂酒館。

心天使、詩人　　天堂酒館……

大老二　　剛剛唱完迎賓曲，現在應該是正式開張的時候了。（大老二
　　　　　拉開舞台）

詩　人　　天堂——酒館……這是通往天堂的捷徑還是岔路／還是拐個
　　　　　彎／把我們送回人間／……

心天使　　請問……你們怎麼稱呼啊？

大老二　　大老二。

小老二　　小老二。

心天使　　大老二、小老二，你們是來監視我們的，對吧？

小老二　　妳說呢？

大老二　　對不起，妳在找鏡子吧。這裡，沒有鏡子。

某　人　　也沒有菸沒有酒。

心天使　　這到底是怎麼回事？

詩　人　　外面？黑暗中，像是有很多出口。

小老二　　（問大老二）他說，有很多出口，是嗎？

大老二　　喔，歡迎。（指外頭）如果你找得到出口，也請回來告訴我
　　　　　們一聲。

（三人探尋著出場。大老二將椅子擺到後場區。）

（暗場，燈亮後，兩人在洗屍台。）

第二場

大老二　　（整理椅子）這地方雖小，也得好好整理一番。

小老二　　他們說，我們來監視他們的，但，我們只是被派來這裡開張
　　　　　的，你說是吧。

大老二　　這是命呀。我們做的是服務工作，我們是服務業，最重要
　　　　　的，就是要萬事周到，不怕被誤解。告訴我你幹這行業有多
　　　　　久了？

小老二　　喔。你說禮儀師呀。唉，屈指一算，少說也有三十年了。

大老二　　那麼，在天堂開酒館這一行呢？

小老二　　唉，早在 1980 年代初期，我過世時，就幹這行了。

大老二　　咦，和我一樣耶。我們同世代的，但，你看起來比較年輕
　　　　　歐。

小老二　　幹嘛，你，吃我的老豆腐啊。

大老二　　沒這意思。我們相識不久，想多知道你的一些事情。

小老二　　其實，就平凡的小人物嘛。有什麼值得一提的呢。倒是昨天
　　　　　晚上我又夢見了我的師兄。

大老二　　死了，還做夢啊。

小老二　　是誰規定的，死了就不做夢啊。

大老二　　好，好，那就說說你的夢吧。

（小老二突而虛弱地跌地。大老二去扶他，他於是攀到大老二肩上。）

小老二	我又夢見他了。從黑暗的炮坑裡，先是伸出他被燃燒彈燒得焦黑帶血水的一隻手，而後，是他血流了半邊的臉，他……擦擦臉上的血，又消失了。
大老二	怎麼了？
小老二	現在，他轉身朝向我走來了。像在穿越一處又窄又小又汙黑的地道，在時間的山洞中，朝我走來，臉上有一種至深的憤恨與懊悔，看著我。
大老二	他是誰？
小老二	我的師兄，教我做禮儀師的師兄，生前，就像我的親生哥哥一樣。
大老二	他怎麼了？死了嗎？死在戰火中嗎？
小老二	死了嗎？我不知道，但，他消失在越南的戰場上，在那場美軍的轟炸行動中。
大老二	你剛剛說，他的臉上有一種至深的憤恨與懊悔，看著你？為什麼？
小老二	因為他穿上軍服，我聽說了他們在戰場上殺了很多無辜的越南人民，他從此失去了蹤影，我也從未再去他家裡走過一回。
大老二	你恨他。
小老二	說不上來是恨，但，當時覺得很痛苦。
大老二	我想，我可以了解，我的師父也曾在越戰時，到當時沖繩的美軍基地，洗過很多美軍的屍體。
小老二	現在我感到無力，感到至深的懊悔，揹著我吧，揹著我穿越那時間的山洞，我要去找他，我有話向他說。
大老二	道歉或原諒嗎？
小老二	不。後來有一回，我又夢見自己變作一具骷髏，漫遊在首爾大街的地下水道間，夜暗，汙臭的角落裡，就是他，我的師兄脫去了軍裝，和我一起遠遠地跳起了骷髏之舞，而後，潛

入一個更深的地道裡。我想問他到底去了哪裡？

大老二　　他成了逃兵。

小老二　　哈，哈，一個多美好卻曾經飽受我的誤解的逃兵。他潛入了地道裡，他到底去了哪裡？

大老二　　你是說，他失蹤了？

小老二　　揹著我吧，揹著我去尋找他吧。

大老二　　到地下道裡嗎？這天堂酒館的地下道嗎？好，一起來吧。兄弟。

（大老二揹起小老二，他們又哥倆好起來。）

大老二　　想想，我們這件差事有多辛苦，被派來開店，要身兼守門與負責，還要……被……

小老二　　被誤解爲做監聽監視的的情報份子。

大老二　　苦差事啊。

小老二　　眞是苦差事一件啊。

（這時，三人從外頭回來。小老二從大老二身上跳下來。）

大老二　　怎麼樣，你們有……

小老二　　找到出口了嗎？

詩　人　　沒有出口，只有迷宮。

心天使　　好一個迷宮般的天堂酒館。

大老二　　是啊，眞是生前死後，都是一個命，你們看看我的這雙手，長滿了繭，（國語／閩南語）生前，我那教我跳八家將又洗屍體的師傅說，這是歹命人的手，生來就注定的。但，我懂得將這樣的手輕輕地放在沒有知覺的肉體上，於是，這肉體的一生就像影片一般，倒起了帶來……哈哈，眞是再奇妙也不過了。

（影片出。三個人像被勾起了什麼，慢走，抬頭，進入看影片狀態，彼此都陷入了沉默。）

（大老二要揹小老二。）

大老二	來吧。我們去找你師兄。
小老二	哈，也許換我揹你吧，像是揹著師兄失蹤的靈魂，從戰場上回來。
大老二	但，我的靈魂很重的呀。
小老二	來吧，哥哥，你不重。這一次，換我爲你洗刷你的靈魂了。

（換小老二揹著大老二，兩人離去。三個人凝視前方的影片。影片結束，燈暗。）

第三場

（燈再亮時，詩人問）

詩　人	他們去了哪裡？
某　人	不知道，好像一瞬間就失去了蹤影。
心天使	喔……我們，我們三個人，也不知道要在這裡待多久……我們是不是可以認識一下彼此？
某　人	某人。
心天使	天使。
詩　人	詩人。
心天使	爲什麼呢？爲什麼是我們三個人湊在一起呢？
某　人	可能是巧合吧。
詩　人	也許只是按照號碼牌，就像去銀行或郵局排隊，叮，輪到你了。
心天使	按照號碼牌？你的比喻，聽起來多無趣啊。
某　人	無趣本來就是世界的眞實。
心天使	可是我們都離開了，不是嗎？（頓）我們以前認識嗎？
詩　人	我沒印象。可以肯定的是，我們生前活在不同的世代。
心天使	但可能有共同認識的朋友吧。
詩　人	這重要嗎？唯有孤獨才能靠近眞實。也許，我們只是在虛構

彼此的關係。

某　人　虛構或真實，在我們活著的世界早已被混為一談，你想要真實嗎？來，看看這，這最真實。

心天使　監視器？天啊，死了還要被監視，我們有這麼危險嗎？還是要看看我們的腦袋裡殺了多少個警察，是嗎？

某　人　（用鏡頭，扮起監視者）盯著你，看透你的心思，我乃上天之眼，我是規則制定者……

詩　人　（靠近鏡頭）享受吧。躲在暗處的權力，你這靈魂的偷窺者，掠奪者，來吧，和他們一起來把我消費得體無完膚，把我撕裂成一片一片吞噬掉吧！我們正等著上演一齣好戲呢。

某　人　哈哈，我們是被人給吃了。但別忘了，我們曾經也是吃人的人的弟兄。

心天使　殘忍，通常來自於太輕易的分享，在沒有共同體的分擔下，就不自覺地被自己，被別人，被看不見的大社會給吃了。

詩　人　（真誠地）共同體，在哪裡？

某　人　只是妳腦袋裡的一個符號吧。

心天使　對，那個符號就是警察。在我的共同體裡沒有警察，沒有國家，沒有吃人的法律、規章、道德、監獄，只有共同的勞動與分享。

詩　人　所以，妳死在自己的烏托邦裡？

心天使　嗯。但我說過了，我死在自己的選擇中。

詩　人　和我一樣。

心天使　我在生前想要創立一塊小小的，得以共同合作的生態村，這之前，我加入了一個合作社，努力推動有機農作物，反對基因改造食品，我們合作社是個很棒的團體，堅持人人的農地都不能被科學園區徵收。有機農作不僅僅是健康的事情，不僅僅是花得起錢的人的私有物，它要促進人與人的平等與分擔。所以我不眠不休的工作，為了對抗農地被徵收的事情，

　　　　　　　我們發起了絕食抗爭……

某　人　　在這個年代，什麼抗爭都好，終究還是無力解決底層的人的困境。

心天使　　不，我們會成功的，我們……如果不是發生了意外……如果不是我因為絕食而身體過度虛弱……如果我還在的話……

某　人　　人生沒那麼多如果吧，如果有的話，我就選擇光明而不走入黑暗。

心天使　　可以告訴我你的故事嗎？

某　人　　我沒什麼故事。（頓）我是拍照的，為的是要讓大家知道有些事情發生過，然後……

詩　人　　然後怎樣？

某　人　　然後或多或少，可以改變了你，改變了我，改變了看見的每一個人……

詩　人　　但結果什麼也沒改變吧……

某　人　　別自作聰明，革命者與頹廢者，通常只有一線之隔。

詩　人　　你選擇了頹廢。

某　人　　你呢？又做出了什麼選擇？

詩　人　　那是個無比安靜的午後，兩點過一刻，姐姐把我從陽台的繩索上抱下來時，我終於感覺到那種訣別時的最後體溫了。也告別了那個酷起來很像馬龍‧白蘭度的醫生。他有一回用像是電影《教父》的語氣，沉沉地看著我說：我的腦子裡缺乏一種導航的物質，所以我的身體裡長著一朵烏托邦的幻想之花。

某　人　　憂鬱，讓你上吊自殺……

心天使　　為什麼要這樣呢。孩子……

詩　人　　我選擇了我離開的方式，跟妳一樣啊。我只能等待一如先知，一個虛無的先知是很有趣的……

心天使　　我的弟弟康雄……陳映真的小說。

詩　　人　嗯。我閱讀著，每一回，都感覺這死亡本身就是一種安那其的美。

心天使　　我的弟弟康雄在他的烏托邦建立了許多貧民的醫院、學校和孤兒院。

詩　　人　他逐漸走向安那其的路，以及和他年齡極不相稱的等待……姐姐是懂得康雄的……姐姐是懂得我的……

心天使　　只有眞，才是唯一的美。

詩　　人　姐，妳可以幫我到那網路時空的街角去。妳看看，他們三三兩兩又在集結了，我可以的，我可以爲他們再寫一首詩，這可以壯大運動的聲勢，沒問題，眞的。但我受不了媒體一直在那兒拿我當話題。

某　　人　哈，哈，那就朝他們喊啊，我不要被消費，也不要被收編。

心天使　　現在，我了解了，這是你不得不的苦衷，不得不的選擇。

詩　　人　等到天黑，整個暗下來，就像那個夜晚，用我最後一疊的稿紙，給姐姐寫最後的一封信。我說，我會一直在房間裡，不再出走，把這個鄙俗的世界遠遠地推開。

心天使　　我又看見了……

詩　　人　看見什麼？

心天使　　還是在那一個相同的網路街角，許多人又聚集起來了。

某　　人　我也看見了，他們開始討論起你。有個教授說，這可以被類比是一椿網路謀殺事件。

心天使　　還有個學生代表說話了，他說……可能是受不了被一再明星化、消費化才自殺的……

某　　人　還有個人這麼寫，不入世的詩人離開我們了……

心天使　　你寫的詩是當代網路血淚控訴的行爲藝術……只是，這些人知不知道自己在寫什麼。

某　　人　等等，你應該是漏掉了一段關鍵畫面。

詩　　人　什麼關鍵畫面？

某　人　是你刻意這樣做的嗎？

詩　人　你在胡說些什麼？

某　人　他們在網路上是這樣討論的啊。那一天，大家都在廣場上等你，等你來發表新的創作，你答應過的，你要發表新的作品。

詩　人　對，我答應過，我也願意去參加反對黨的聽證會，進一步對無知的政府施加壓力，讓他們立即做出有利於運動的決定。

某　人　小心，什麼時候被賣了都不知道。

詩　人　哼，那天我躺在病床上，竟從 FB 上讀到那匿名自稱是刀鋒台客的傢伙，先在網路上放了話，媒體馬上一窩蜂跟上，我是叛徒，是嗎？逃兵，是嗎？把我燒成了一片火海。

心天使　只因為你不去，就把你說成了叛徒、逃兵，大家怎麼都不明辨是非呢，只是懂得揶揄、嘲弄、輕蔑，然後跟著瞎起鬨。

某　人　哈哈哈，這就是你所謂的虛擬世界吧，一秒鐘前你是先知，你是英雄，一秒鐘後你是叛徒，你是逃兵……離開了真實世界，你什麼都是……

心天使　虛擬是個陷阱，他只是不小心踩了進去。

詩　人　妳懂我的，就像我姐姐。

某　人　（旁白）但也可能是，他讓自己陷在其中，只是後來才發現，事情不如他想像。

詩　人　我的心如地獄深淵，只是追尋……

某　人　哈！哈！好一個小資虛無鬼。你只活在自己的書房裡，不活在我們的社會中。

詩　人　你有什麼資格和我們談什麼社會？一個口口聲聲說自己是酒鬼的人，只能是社會的寄生蟲。

某　人　你說對了，我是一條蟲，沒用的，躲在陰暗角落的蟲！但至少我努力過嘗試過用心過，我也不是沒拍過汽油彈、自焚、工人埋鍋造飯。在救援雛妓抗爭時，我還丟下相機，和鎮暴

　　　警察對幹了一架。在更多社會抗爭的時候，我們一夥人還勇
　　　敢地在警察局前振臂急呼。

詩　人　　然後呢？

心天使　　你們找到出路了嗎？

詩　人　　找到了還會在這裡嗎？讓我爲妳作首詩……某人醒來，總是
　　　夢想——著——夢想——著——早上——街頭的陽光，已經
　　　改變了這個世界。

某　人　　你他媽的就是忌恨我。

詩　人　　忌恨什麼？

某　人　　忌恨我們有那樣的年代啊，那個街頭運動風起雲湧的年代！
　　　你們什麼都沒有，只剩下網路世界的虛擬革命，只剩下提著
　　　蘋果電腦，穿著 NIKE 上街頭反核的自我優越感……

詩　人　　我只能等待一如先知。

某　人　　哈哈哈，你還真的以爲網路就是一切，告訴你，先知並不活
　　　在虛擬的世界裡。

詩　人　　這不對吧！你這是什麼意思？

某　人　　還沒說完……。最可笑的，還自以爲自己在搞一場革命。

詩　人　　幹！（翻臉，扭打）那可不是我。你別亂栽贓……你這酒
　　　蟲。

（大、小老二邊划酒令邊衝出場。）

大、小老二　　人在江湖飄啊，哪有不挨刀啊……兩刀砍死你……三刀
　　　　砍死你……一刀砍死你……

大老二　　嘘——嘘——怎麼回事，不是談得好好的嗎？大聲嚷嚷什麼
　　　呀。這裡可不是街頭，也不是墳場，你們鬼打架呀。你們還
　　　以爲這裡是戰場啊。

（說著。大老二覺得自己好笑……竟對著某人尷尬地笑了起來。這讓某
人也尷尬地笑了……而後，詩人也笑了……接著，心天使也笑了……。
他們大笑一場，瘋狂地大笑一場，掀翻了整個劍拔弩張。）

（燈暗）

第四場

小老二　　等等等，有划酒令但沒有酒，不過癮啊。

大老二　　好吧。等一下，再帶你去喝一杯。怎麼辦，在這時間的地道
　　　　　　中，我們都沒找到你消失而去的弟兄了。

小老二　　記憶像是千層疊起的屍骨一般，在我們的眼前現身。但，我
　　　　　　怎麼感覺我的師兄的影子，就不斷在我眼前消失而去。

大老二　　（舞台上空落下沙塵）好像我們只能潛入……

小老二　　潛入現代城市黑暗的地下水道，在見不到黎明的時間中，相
　　　　　　互呼喚，又或者相互吶喊著。

（大老二消失暗黑中，回來時，頭上繫一紅巾，轉成小老二消失的師
兄。）

小老二　　都是你的錯。

消失的師兄　　為什麼？

小老二　　因為，你消失在地道裡，暴力的歷史也跟著你的消失而消失
　　　　　　了。

消失的師兄　　謝謝你。

小老二　　為什麼？

消失的師兄　　那麼大聲地喊叫我，讓我得以有機會從昏暗的死寂中醒
　　　　　　　　過來。

小老二　　這是我一直在世界的角落裡，辛辛苦苦地找尋你的原因啊。

消失的師兄　　我懂，你看看，你聽聽，這世界是多麼噤默地掩蓋在一
　　　　　　　　片面紗下。

小老二　　噤默的面紗。

消失的師兄　　是啊，就是隔著這面紗，我們和這世界打了契約。現
　　　　　　　　在，你我都在這紙契約中。

小老二　　嗯，對吧。

消失的師兄　　這就是現在的世界。面紗的後面是戰爭、暴力、殺戮與
　　　　　　貧窮；面紗的前面，正忙著幫面紗後面的人製造死亡的
　　　　　　契約。

小老二　　歐，我也是嗎？真是的啊。告訴我，你潛入了地道，你到底
　　　　　去了哪裡？

消失的師兄　　我潛入地道，加入了烽火戰爭中，被遺棄、被汙名、被
　　　　　　殺戮的男女老幼中間。當然，我沒有名字，但，我就是
　　　　　　用這沒有名字的臉孔和身體，抵抗這一心想要抹殺被壓
　　　　　　碎的暴力記憶的世界，直到今天。

小老二　　所以上一回，在首爾的地下道相遇時，你的影子一直朝著
　　　　　我，也跳起了骷髏之舞，像是一個……

消失的師兄　　一個燒盡自己的身體如灰燼，也在噤默中不斷舞蹈下去
　　　　　　的身姿吧。

（兩人跳起焚燒身姿的骷髏之舞。）

小老二　　（骷髏之舞）我夢見死後的自己變成一具骷髏，在人來人
　　　　　往的首爾大街上跳著舞。然後，隨著人群，我孤獨地跳進一
　　　　　個無比華麗的大廳裡，衣香鬢影，西裝禮服中，沒有人理會
　　　　　我，甚至看我一眼。突然間，所有的人都消失而去，而後，
　　　　　有一個接著一個影子，向我走來。啊，他們的身體，他們的
　　　　　臉孔是這麼地熟悉，這麼地沉默，像一個一個無聲無息的老
　　　　　朋友，重新又回到我的身邊來。

消失的師兄　　他們都是你服務過的人嘞。他們和你打了招呼，他們微
　　　　　　笑了嗎？還是痛苦地靠向了你？

小老二　　他們問我到達天堂了嗎？我只能像骷髏般繼續舞蹈下去，
　　　　　他們於是跟過來，骷髏如我於是和影子一起跳起了舞，哀傷
　　　　　的，苦痛的，不幸的，憤懣的，一起唱起了一首兒歌。我們
　　　　　很像回到了一個溫暖的、而終究沒去的地方。

消失的師兄　　這是夢，還是夢想？

小老二　　既是夢，也是夢想吧。

（小老二回神了過來。喚著大老二。大老二也回了神。）

小老二　　嘿。你剛剛說，要帶我去附近一家酒館喝一杯，是嗎？

大老二　　歐。

小老二　　在哪裡，怎麼去？店名是什麼？有58高粱嗎？

大老二　　噓。小聲一點，時間到了，我們該走啦。

小老二　　現在就去喝酒嗎？

大老二　　不是，你看，現在的時間歸他了。他回到記憶中的重要時刻了。走吧。

（兩人跳著丑角的步子，離場。）

某　人　　噢，蔡桑，村旭啊，那是我從貴州帶回來的茅台土酒耶。你們別一口一口乾啊。他媽的，等等我啊。（頓）還記得我們那時候的事情嗎，美好的年代啊，抗爭最激進的年代啊，我們還擁有著共同的理想和目標，心是熱的……看見了嗎？我們一整天都在街頭拼搏，直到夜深，就跑去喝兩杯……

天　使　　我看見了，我還看見了很多照片……

某　人　　那張在雨夜中扛著米袋的男人，我就一直跟在他的後頭，和他一樣淋著雨。

詩　人　　和平旅社……我看見了一個靠海小漁村的地方。

某　人　　嗯，我去記錄這個漁村的抗爭，為了趕走會帶來高度化學汙染的跨國公司，白天我們和鎮暴警察衝撞，黃昏時，就在海邊的海產攤子喝酒，暖一下被冷冰冰的政商體制所侵襲的身體。

心天使　　咦，另外，這張照片我見過，那位綁著抗爭布條，勇敢地站在鎮暴警察面前的孕婦，當年拿到了最佳年度攝影獎，原來你就是那位攝影記者啊。

某　人　　我們是在和平旅社認識的，她也在那裡……工作……

詩　人　　是當小姐吧。

某　人　　是當小姐沒錯，又怎樣？（頓）她工作結束，也喜歡在那裡喝上兩杯，我們就這樣聊起來。

心天使　　喔，你們是戀人。

某　人　　我們後來走在一起，可能是因爲寂寞，也可能是因爲彼此的需求，我不知道，跟她在一起，我感覺到很安定……

心天使　　那張照片……那個活動現場，是你叫她去的嗎？

某　人　　當然不是。我也不知道她會出現在現場，也許她是想支持我做的事情吧，拍的那一刻我沒有意識到是她，然後……天空突然暗了下來，下起了傾盆大雨……

心天使　　天啊，場面好混亂，大家都亂了陣腳，我看見你揹著相機……

某　人　　我揹著相機衝了出去，我只是要爭取一個鏡頭，我踩到人，可是我沒辦法管那麼多，我從很多人身上踩了過去，我只是要爭取一個鏡頭，鎮暴警察暴力的鏡頭……

詩　人　　你身上有血……

某　人　　我在人群中失去了她的身影，我有回頭去找但我找不到她，然後我跑回了和平旅社……我一步一步踩了上去，木樓梯嘰嘰作響，不知道爲什麼我第一次站在門前，不敢打開……然後我聽到裡頭傳來了她痛苦的叫聲，我只好把門打開，我看見她……她緊緊地抱著自己的肚子，下半身全是血……有那麼一刻我愣住了……然後我靠近想安慰她，她用一隻手擋著我，那個姿勢……那個姿勢……怎麼熟悉到讓我感覺很害怕……

詩　人　　那是你的小孩……

心天使　　我看到救護車來了，你就這樣……一直守候著她，還有她肚子裡的孩子……

某　人　　嗯……照片洗出來之後，我看著那張綁著抗爭布條的她，我

	不知道，我猶豫著，但最後我還是將這張照片發表……
詩　人	你成名了，你因爲這張照片成名了，但也陪葬了一段愛情和一個小生命。
某　人	也許我把自己也陪葬了吧。
詩　人	午夜夢迴，你夢見了什麼？
某　人	我夢見了我……是一塊死去的胎兒……我夢見了我一步踩下去就是無盡的虛空，我一直往下墜往下墜……
詩　人	看看吧，報館裡，酒館裡，街頭上，報章雜誌網路上，各式各樣的討論，都說你爲了成名，不惜犧牲和利用你的拍攝對象……
某　人	我沒有……
心天使	你無從贖罪，只好逃避到酒精裡……
某　人	我沒有……
心天使	但你喝了酒之後，反過來覺得這個世界對不起你，是嗎？
某　人	我沒有……我沒有……（咆哮）我沒有……
詩　人	沒有。但你就是。
心天使	噓……讓他靜一靜吧。
某　人	對！我就是……酒鬼。（轉而異常地冷靜）天神與魔障，聖徒與敗德，都在我的身體裡……共生著。

（燈暗）

第五場

（舞台區燈亮。一開始，心天使回憶起活著的時候，她以爲當下就在生態村。）

心天使	（衝進場）看看，你們都來了，我們都連絡好了，就是以前一起參加合作社的婉君、月瑩、媛琳，淑惠、婷鈺，還有麗芬，妳也來了。我們理念一致。小段，謝謝你和阿伯來幫忙

設計生態村的共同廚房、教室、療養院、育嬰房，什麼？豬寮改成生態廁所，還沒搞定，別擔心，謝英俊答應來幫忙，我們研究好怎麼培養安頓糞便的菌種了，怕會漏雨，那……唉，沒事的，阿伯會處理。就是這裡了，我們的生態村。怎麼稱呼好？

（而後，她感到有鎮暴警察包圍了過來。她一個人用身體在空間中抵抗。直到冷汗冒出。）

心天使　　我夢想著我們有一天一起耕作，一起收成，平均分配我們的辛苦勞動所獲得的食物。昨夜，我夢見自己就是我們自己培養生長出來的菌，就稱之爲：共生。

詩　人　　妳有些蒼白，還冒著冷汗………妳還好嗎？

心天使　　我可能是有點激動吧，我有點頭暈……

某　人　　是鈷60的記憶，跟著妳來到了這裡吧。

心天使　　沒有。是他們來了，三百個鎮暴警察，團團圍住我們，夜深了，三部怪手一起，把我們要做生態村的那片田地給挖得面目全非。

某　人　　我看見了，鎮暴警察和生態村的對峙，但我沒看見妳……

詩　人　　我看見了……妳在……醫院的癌症病房裡……鈷60，妳在化療……

心天使　　（虛弱地）不，你們看錯了，我回去那塊被挖得面目全非的田裡，我們的家園，我們的村落，絕食直到我脫水而死。

某　人　　看看，在癌症病房裡，妳不願接受化療，咆哮著，像一朵枯萎的花一般被癌細胞吞沒。

詩　人　　姐，妳還好吧。面對並接受吧……

心天使　　不，一起去吧。我們一起回去生態村吧。怎麼樣？（頓）

詩　人　　那是很美麗的地方，但，遠方還有飢餓，還有戰火和被炮火炸毀的醫院、學校和孤兒院……

某　人　　我想，我只會從這樣美麗的地方逃離。因爲，小而美的烏托

邦，無法兌換現實的徹底改變。

心天使　就是因爲這世界的殘酷，所以，我們要回去靈魂的抗爭之地，就在那裡。

詩　人　安靜下來吧，姐，妳是知道的，我們已經結束那一趟旅程了。

某　人　看看，她們在葬禮上，朗讀妳的最後書信了。

詩　人　妳看見了嗎？在那教堂的屋頂上，有一抹燦爛的冬陽，從十字架灑下來，在妳的棺木上唱著春天的兒歌。

（在水池上，心天使用身體展開她的語境。某人與詩人緩緩回身去站在那道漂流木的木橋上。）

心天使　來吧。他們說：肺腺癌的女人，有一種聖潔而骨感的肉慾。像一朵罪惡之花，夜裡轉變成一支稻草人，在我們共享的田地裡跳著舞⋯⋯。靠近我吧。輕輕地抱我，也緊緊地抱我，我就是絕食而死的那粒微小的、你看也看不到的菌，在這裡，我與死亡、與腐爛、與朽木共生。在這裡，沒有殺伐，沒有鑽 60 的空戰，只有人與土地的永久和平。（頓）歡喜，歡喜，爲我的歡喜唱一首詩吧，先知⋯⋯

詩　人　戰事未遠，只是被遺忘

沙塵燃燒

一張母親的臉

我看見

一個孩子的眼球

在我眼前炸開

啊！世界就在瞬間

血的瞬間

新聞的瞬間

毀滅的瞬間

　　　竄改著良心的口供
　　　撕毀了自己的諾言

　　　在那裡，有我要去的學校
　　　就在那裡，有我要去的孤兒院
　　　還有一個母親，在廚房裡　跳著舞
　　　那樣令人無法自拔的舞姿
某　人　　啊，讓我們舉杯吧。一杯祝福的酒。
（三人舉杯）乾杯。（心天使將酒倒掉）

　　　　　　　　　　　　　　　　　　　　　劇終

演出資訊

製作人、藝術總監：鍾喬

導演：鍾喬

編劇：鍾喬、高俊耀

演員：王識安、田成昊（韓）、朱正明、高俊耀、彭子玲

舞台設計：曹羅弈及其團隊

舞台執行：許宗仁

燈光設計：朱家聖

音樂設計：鄭捷仁

音樂執行：李慈湄

舞台監督：王少君

導助、服裝設計：林鈺軒

文宣、美術設計：王韶薇

MV 拍攝：黃鴻儒

行政暨票務：易倩如

文字翻譯：延光錫、陳婷

口頭翻譯：馮筱芹

影像提供：蔡明德

布景協力：黃瑞琪

宣傳協力：小地方

舞台與前台協力：關晨引、李秀珣、李哲宇、吳健、劉峻
　　　　　　　　豪、鍾芸、劉瀞元、潘亮吟、林岳德、
　　　　　　　　復興高中同學

特別感謝：主婦聯盟生活消費合作社、再生文教基金會、
　　　　　　海筆子、丑客劇團、達達創意

皇酒館（2013）
攝影：差事劇團

天堂酒館（2013）
攝影：差事劇團

女媧變身

背景提示：台西村，一個備受 PM 2.5 脅迫，淪作癌症肆虐的村
　　　　　莊，在濁水溪口的殘喘帶來啟示。讓女媧變身為當代
　　　　　寓言的戲劇想像。

創作提示：在現實與想像的交替間，身體如何在畸零空間的記
　　　　　憶痕跡上，與切身的空汙議題交織成戶外劇場之網。
　　　　　2015 作品。

場景提示：畸零時空，記憶遮蔽的印痕。

人　　物：濁、扁擔、Dr. Walking、迷娃與見證人：許立儀、陳
　　　　　里美、月紅、樂手、溪王落語人（日本單口相聲）。

（觀眾將走進一處由鐵絲網纏繞起來的封鎖區中。進場音樂結束後，舞
台出現《女媧變身》的廣告影像【無語言、無文字的新版】。而後，唸
歌手曾伯豪唸唱一段〈牛卜吃草〉。）

牛卜吃草　　改編自恆春小調

牛卜吃草坐草埔　　有草毋草伊知路
草場可憐全爛土　　金屬汙染無法度
今嘛實在足飢荒　　上山落海無食飯
較早種田渡過頓　　到擔樹腳作眠床
小弟帶佇西瓜園　　三頓都喝南風湯
人人苦一阮苦兩　　無人像阮苦十全
第一煩惱家內散　　第二煩惱子細漢
山窮海竭無通趁　　空氣害阮全全癌
工業發展現代路　　害阮失妻真艱苦
身苦病痛沒人好顧　　親像目睭失明行無路

序章：鬼島

（這裡是稱作「風盛谷」的一個被遺棄的村莊，遠近荒蕪一片，不見人煙與任何生息……陣陣海風聲夾雜著劇烈的機械齒輪絞動聲，侵襲進觀眾的耳際……；舞台上，映現一張經過變形處理的六輕398支煙囪的黑白影像，另一側是不斷緩緩浮現以下文字的字幕牆。待觀眾坐定，燈全暗。）

（「風盛谷」是一個河海交匯口的村莊，在「風之塔」長久排放南風以生產價值連城的「風之玉」下，導致作物衰敗，土地、河流汙染且村民紛紛因為血液病變而死亡。在人口漸漸因血液病變而離去的狀況下，形同廢村……值此之際，恰好讓「風之塔」有機會以鐵絲網將村莊圈地封鎖，轉變成人體血液與作物基改的生化實驗基地。）

（剛出道的自由寫作者迷娃，以寫作科幻小說在網誌發表而自得其樂。她坐在台階前，朗讀自己的作品，拿起一只蒙著沙塵的鏡頭……。Dr. W 的錄音檔案出現，他並且緩緩出現在陽台上。）

迷　　娃　　在那場核爆後的春天，整個島嶼完全陷入一片黑暗中，在探索隊經歷數十年的清理，確認輻射塵已漸漸埋入地底，並徹底將島嶼現身為鬼島之際，公布於世人之後……

Dr. Walking（身影）妳已來到一片廢墟中……剛剛是妳自己寫的科幻小說嗎？有潛力！恭喜妳了！

迷　　娃　　沃爾德・金因著製作一檔「後核能時代」科技節目的特殊機緣，帶領著全都由科學家、地質學家、人類學家、還有幾位兒童繪本作家以及著名生態詩人等等一行共三十五人……來到這座島嶼……

Dr. Walking（身影）我要很高興的通知妳，經過詳細的考量後，我們決定邀請妳來「風之塔」，替我們革命性的事業體作帶狀性的專題報導……

迷　娃　　就在這片沙灘上，他撿到這只蒙著沙塵的鏡頭。一開始，它
　　　　　　只不過再平凡也不過的一個鏡頭……

Dr. Walking（身影）雖然，可以這麼說，依妳的寫作歷練而言，恕我
　　　　　　直言，妳幻想是夠的，但缺少眞實……

迷　娃　　可是當他拿起鏡頭朝向家鄉的方向時，在視線以外的一片塵
　　　　　　土中，傳來一陣勾動他靈魂的聲音……

Dr. Walking（身影）我們此次找妳來，正是讓妳的幻想能落實到科學
　　　　　　眞理的一次大好機會……總之，恭喜了！請靜候……很快
　　　　　　的……我們的行政公關部門便會與妳聯絡。

迷　娃　　你是……

Dr. Walking（聲音）叫我 Dr. Walking 就可以了……

迷　娃　　你……你在哪？

（燈暗）

第一章：風之塔

（Dr. Walking 是「風之塔」的超級研究員，他在遠處高階上，神經質地
說著內心獨白。一旁，他的母親：濁，被關在一間類似廠區實驗室的門
裡……掙扎著想脫身。）

Dr. Walking（以下簡稱 Dr. W）　我們生存在「風之塔」下；而這島嶼
　　　　　　也只有靠「風之塔」的存在才能生存下去……。我們的石化
　　　　　　產品「風之玉」是一種革命性的生產；現在為了解決「風之
　　　　　　塔」附近不斷滋生出來的作物病變、生態變形以及人的血液
　　　　　　病變的問題，我們透過與國際最知名的基因改造企業孟山都
　　　　　　的合作，將以創新和技術為全世界的農民帶來成功收益，幫
　　　　　　助他們生產更健康的糧食、更好的動物飼料和更多的纖維；
　　　　　　同時，我們致力於減少農業對環境的破壞……我們將以未
　　　　　　來這項革命性的做法，讓全世界的人們都相信：就算在一片

受過核汙染的垃圾堆上，也能長出豐美的西瓜和美麗的稻穗……

（濁掙扎著，發出劇烈聲響。Dr. Walking 走了過來開門……濁闖出門……）

Dr. W　　妳這樣……唉……妳知道我多心疼嗎？不知道的人還以為是我故意要這樣……但，你知道……不是呀！是我需要妳呀……

（濁只是笑著，握起一掌黑土，捏成似乎是人形的一只泥巴。拿在掌中，笑著……）

濁　　　　（摸著 Dr. Walking 的臉頰）我吃了我的血肉，而後，將他們都化作血肉……

Dr. W　　（到一側）看來是愈來愈嚴重了……該怎麼辦？但研究不能中止呀！這是我窮盡心血的結晶；也是家鄉唯一的出路。

（慣性地看著手機，慣性的自言自語的回話；這一段，我們將鋪陳 Dr. W 與他已死去父親的關係。顯然的，Dr. W 一直想像著他自己不斷龐大起來的影子，就是他已經過世的父親——前風盛谷的總裁。）

Dr. W　　是的，總裁……當然，保持海岸線的封鎖，但不影響我們港口的每日吞吐量，這毫無疑問是我們私人的港口……很快的，也就要變成我們私人的土地……白手起家，不忘回饋自己的鄉親鄉土！我們將搶攻時間，完成生化實驗的期程。是的！總裁……很快……我們便會再見面了！晚安……總裁……

濁　　　　他已經走了……留下這塊土地和高塔給我們……他已經走了！你為什麼還這麼依賴他！

Dr. W　　他沒走……他永遠會活在我的心中……活在村民、活在世人的心中……

濁　　　　世人心中……你什麼時候變成傳教士了啊！村民心中……村民都已一一離去……要不搬到不知何處去……都是他留下來

	的後果。
Dr. W	妳胡說什麼……該吃飯了！吃飯後，要……（哄媽媽記起什麼）
濁	（癡笑）哈……要鑽進海裡，和溪王一起去找他，要問他：村民都沿著那芒草紛飛的母親之河，流浪到哪裡去了……
Dr. W	別胡鬧了！吃完飯，要照醫生的規矩吃藥了！
濁	醫生誰呀……像黑影一樣！吃飯了！黑影醫生；吃飯了！吃飯了！黑影醫生的繼承人！
Dr. W	（裝作順從）是的，吃飯了！
濁	吃什麼……
Dr. W	我親手做的，妳最喜歡吃的……
濁	（摀住對方的嘴）噓……
Dr. W	妳又怎麼了……
濁	（將碗筷強交還給兒子）我不想吃……

（濁只是笑著，突而，便從背袋裡取出泥人……並要兒子和他她一起玩遊戲……）

濁	女媧摶土造人，煉石補天……有一天，變成了蛇身人面的模樣……來呀……還記得嗎？你小的時候，我帶你到旱溪的芒草叢去玩捉迷藏……你差一點……
Dr. W	（笑了）怎麼會不記得呢？（哄對方）妳呀！說是要潛到河海的交會口去當鰻魚精，如果我抓得到妳，妳就帶我到天空去旅行……那時的天空，好晴朗，一片烏雲都沒有……
濁	對呀……（看天空，良久）現在這雲，像一片好大好大的魔鏡……連接那下面大煙囪的一陣陣魔煙……
Dr. W	（也看）什麼煙？哪有什麼煙啊……。（哄對方）我要給妳吃藥了！還要打一根血清解毒劑，就能將妳血液裡的重金屬給一步一步清理乾淨……
濁	歐！這樣……我就只看到魔鏡……看不到魔煙了！是嗎？

（母子倆仍玩著捉迷藏的遊戲。母親閉上眼，裝作魔煙，說：「我來找你了！來找你了！你在哪裡……」Dr. W 背過身去取了一支特殊的注射筒，站立。濁也站起身來，回頭看兒子一眼，溜出門去。）

Dr. W　　（背身站立）還記得吧！那天捉迷藏……我走失了路，一直到夜色晚了，我終於找到妳了……妳記得，妳向我說了什麼嗎？（回過身來，發現媽已不見）

Dr. W　　（慌張）這裡是封鎖區，妳不能亂跑呀！妳去哪裡了！

（濁在黑暗處的不知哪裡……伊說話了……）

濁　　　　傻孩子，沿著出去的路回來，就找到回家的路了……！

（Dr. W 手持針筒，垂首……匆匆準備出門……要去找濁。沒想到，迷娃——自由寫作者，背著包包站立在他實驗室的門前……）

Dr. W　　歐！果然準時來了……

迷　娃　　對！我來報到了！

Dr. W　　歡迎來到這裡，你我的家鄉。

迷　娃　　您好，您就是那知名的……Dr……

Dr. W　　歐！客氣了！叫我 Walking 就可以了！現在網路上流行用與自己身份匹配的名字。

迷　娃　　所以您……到處……行走……

行　走　　可以這麼說，我行走世界……而且，為了環保、節能、對抗地球暖化，我盡量以行走來避免二氧化碳的產生……這是一種文明的表現……妳呢？

迷　娃　　哈……（冷冷一笑）你行走，我迷失……叫我迷路的娃娃，「迷娃」好了！

Dr. W　　所以呢？有什麼特別的訊息想向我傳達嗎？

迷　娃　　倒沒有……我缺錢，我找尋題材……我還沒成名……這也是一趟旅行……

Dr. W　　OK！一趟青年返鄉之旅的寫作。完全如我所預期……這麼說好了……我找妳來寫這篇特稿，是希望妳能從相信科技對

發展有絕對助益的角度，思考這專題的方向……

迷　娃　歐！是嗎？這我會好好想想，但我也有問題想請教您！

Dr. W　問題？（刻意）妳不也剛回到這裡？是吧！

迷　娃　酢漿灰蝶，你知道吧！

（舞台上出現福島核汙染後大和蜆的靜照，迷娃扭曲的肢體……）

Dr. W　妳小說中的主要符號與意象，寫得不錯……我都讀了！在妳
　　　　寄給我看以後，我總想到我們家鄉的年輕一輩，其實本來就
　　　　可以在自己家鄉，用創意來為這片天空彩繪更多的色彩……

迷　娃　是嗎！我的小說裡，最後……闖入那沙塵滿佈的鏡頭裡的，
　　　　恰恰好就是僅存的一隻叫做風向球的大和蜆，是它為這淪為
　　　　廢墟的鬼島，找到最後仍有一絲殘喘呼吸的翅膀……和生存
　　　　的風向……我是這麼想的……

Dr. W　我讀了！都讀了……妳想以「大和蜆」，來列比想像中的
　　　　鬼島和現實中的福島。這是一種企圖，絕對是沒錯的。但，
　　　　話說回頭，福島核災的經驗……與眼前妳踩在這片土地的經
　　　　驗，完全是兩回事！更何況，這裡並非鬼島。

迷　娃　是嗎？輻射物質影響的基因變形，和你們的生化研究，當真
　　　　是兩回事嗎？

Dr. W　就說嘛！妳的想像力夠科幻，對於現實的觀察卻待進一步多
　　　　重驗證。「大和蜆」原本有雙大大的翅膀及大大的眼睛；輻
　　　　射汙染後，翅膀沒了，眼睛瞎了……這叫：基因變形。

（舞台上出現美麗正常飛蝶的形象靜照。）

Dr. W　我們的工作則是要把蝴蝶大大的翅膀與眼睛給重新找回
　　　　來……

迷　娃　是嘛……（換話題），我是寫科幻小說的，沒太多寫作新聞
　　　　的經驗耶！為什麼找我……？

Dr. W　第一，年輕人嘛！絕對需要工作機會；第二，妳舅舅的故
　　　　事，不由妳來寫，誰寫呢？

（以撿來的那只蒙塵的鏡頭，朝觀眾專注像拍照，舞台上便出現另一張變形後的海岸與六輕煙囪的巨照。迷娃刻意將鏡頭朝向剛剛的方位……警覺的神色……）

迷　娃　　你是知道的……博士，我小叔還住在這封鎖區裡……在這
　　　　　「風之塔」的下風處。他還在種西瓜嗎？

Dr. W　　當然囉！我們給他孟山都最新發明的基改種子，保證他種出
　　　　　又圓又大的西瓜來！

迷　娃　　這裡已經有十幾年，種的西瓜只有開花不結果，（閩南語）
　　　　　就是人家講ㄟ「肖叢」。

Dr. W　　現在不必擔心這個，我們已經成功解決了這個問題了……

迷　娃　　是嗎？那為什麼還封鎖這個區域呢？

Dr. W　　妳有感覺到了嗎？

（舞台上出現一具顯然走得很緩慢的時鐘影像。）

迷　娃　　感覺到什麼？

Dr. W　　從妳進來這裡……直到現在，妳眼前的景象變得愈來愈慢
　　　　　了！妳聽到的、聞到的、嗅到的，也將變得愈來愈慢……時
　　　　　間在這裡正漸漸變慢中……

迷　娃　　少來了！你是要說：你將時間給變慢了嗎？！這是你要為
　　　　　「風盛谷」寫的科幻小說嗎！我可以考慮參你一腳。如果，
　　　　　你告訴我封鎖這地區的理由的話。

Dr. W　　生化實驗，是本企業的最大專長，封鎖是為了實現村民對
　　　　　「風盛谷」的願景；我將在這裡創造時間的奇蹟！

迷　娃　　時間奇蹟！看來你比我更有想像力！

Dr. W　　不是想像，是真實的！我父親遺留下來的文件中，數度提起
　　　　　他將利用時間沙漏在這裡創造出時間的奇蹟！

（突聞劇烈的爆炸聲響……Dr. W急著趕回去處理……迷娃也隨後跟上要去採訪。）

迷　娃　　什麼聲音，應該就是爆炸聲……沒錯吧！

Dr. W　　「風之塔」例行的鍋爐反應而已……我回去看看……

迷　娃　　別呼攏我……我得跟你去採訪……

（舞台另一端是封鎖區的鐵絲網，扁擔像家將一樣進場，手裡揮著一把扁擔。迷娃遇扁擔舅……留了下來……）

迷　娃　　阿舅！

扁　擔　　歐！是妳喔！怎麼會回來這沒有人的家鄉……

迷　娃　　（閩南語）歐！有頭路……回來做採訪啦……

（扁擔突而在一陣打擺子中倒臥地上，迷娃蹲著，有些慌張看著……）

迷　娃　　你怎麼了！怎麼了！

扁　擔　　沒啦！最近村裡在拜溪王，我有時感覺自己好像跟著起乩，有時又覺得很渴。身體裡像是中了毒似的……

迷　娃　　你是不是受到什麼汙染而患了怪病……我看過的重金屬汙染人體資料顯示，重金屬汙染是沉默的殺手，一開始潛伏在身體裡，而後轉成癌症……但，也有非常少數案例，因為神經末梢被汞侵犯的原因，身體會有打擺子的激烈反應……

扁　擔　　妳在說什麼？什麼殺手！說給人家驚的嗎？博士不是都有給我吃藥打針……應該不會吧！

迷　娃　　我扶你去樹下！

扁　擔　　沒事啦！我休息一下，就好了！

（此時，突而又有劇烈的爆炸聲傳來。）

迷　娃　　怎麼回事？是工廠的鍋爐運轉出問題嗎？

扁　擔　　誰知道……每一次爆炸後，我們這出海口的上空都紅通通的，像是炸彈在港口轟炸一樣……

迷　娃　　你好一點了嗎！我要去看看……到底怎麼回事！

扁　擔　　好吧！妳去吧！

（看著紅通通的天空，想起戰爭，他又打起擺子……在一堆衣物裡亂翻找，竟找到一件軍服，穿上……混亂中，他像似詛咒著什麼。）

扁　擔　　其實，在阮這個庄頭，很多人都往生了。但是他們都會回到

我的身體裡來，這樣他們的靈魂又都找到了一種活下去的妄想。

（穿著軍裝……他將在場的觀眾，都當作村中離去的村民，和大家說起故事來……）

扁　擔　　（普通話）大家好！我是「平安」……扁擔的叔公，現在來暫時住在他的身體裡……。（閩南語）阮大家村民歐！恁有人還記得我嗎……（朝一位觀眾）喂！你就是海口才仔ㄟ後生嘛！對否……我被徵去大陸當兵時，你爸爸才出生咧……。

　　　　　（閩南語）你問我，我為什麼穿這身軍裝……。（普通話）報告！七十師 139 旅台籍國軍，1946 年冬天從基隆整軍出海，三天三夜後抵達徐蚌會戰的戰場。會說國語、通訊、砲兵、廚房兼補給……（吶喊）殺……子彈快速地穿過我的胸口，血不停地流下，就像小時我貪玩被河裡的鰻魚咬到的傷口一樣，止不住的血流出，我倒在一層又一層已仆倒的人身上，聽到他們說：「自己人不打自己人啊！」就聽了這句話，我決定一定要回家呀！

　　　　　（普通話）家鄉就在眼前了，南風一陣陣吹過來，空氣中有酸臭味，在涉水經過村莊前這條乾旱的「母親之河」時，遇上一位又一位和我一樣，揹著自己沉重的靈魂，卻妄想再回來這塊土地看看的鄉親，（閩南語）尹攏問我說：「故鄉在哪裡！故鄉就在我們腳底下了嗎？」（普通話）肺癌、肝癌、胃癌、口腔癌、大腸癌……子宮癌、乳癌……（閩南語）伊攏排成一列隊形，像是軍隊裡的士兵，伊講：「阮攏是同路人啦；阮要繼續行，要找到回家鄉的路……」伊還問我：「扁擔勒！扁擔勒！」我講：「恁找扁擔要做什麼？」伊一口氣都作伙說：「阮要住在他身體裡呀！伊ㄟ身體勒！伊ㄟ身體在哪裡！」

（身體打擺子般像是中毒……卻一口氣撐著……）

（閩南語）我講：「扁擔的身軀就在村子裡最後那塊……那塊……田地裡……等恁呀！」

（一口氣撐完，扁擔脫去軍裝，像要迎接村民進到他身體，卻緩緩不支而倒地……）

我在這裡，我是扁擔啦！我的身體在這等你們啊！

（燈漸暗）

穿插 NO. 1

（舞台地面先出現濁水溪＋煙囪的影像。而後，燈光漸亮，音樂聲＋村民心跳聲；與此同時，演員以自己的身份登台，準備告白。）

A（馨儀）　靜態告白：前往麥寮，直面六輕開去，那根根煙囪真是呼嘯的怪物，398 隻滅絕的獸，拯救的英雄在哪裡呢？吹南風時，會有隻大黑龍由遠方撲來，帶著酸臭滅絕。我卻是帶著羞愧地慶幸，好險現在不是吹南風。

B（識安）　靜態告白：走在村子裡，望著一整排頹圮的紅磚三合院，據說都是因為癌症死亡無人為繼的老宅，而沿著這整排令人哀嘆的老房子走上河堤，遠方隱約可見的煙囪持續不斷運作著；心底恨不得把工廠所有的高層都抓來，強灌他們煙囪的臭氣，逼著他們赤腳走過整座村落的每一寸土地，用心體會空氣中瀰漫的無盡悲戚。

C（阿明）　靜態告白：踏進台西村，看見的大都是老人與小孩，年輕人都住在大都市或都市邊緣，可是台西村卻比邊緣更邊緣，他們的生活離都市價值太遠，所以都市的目光從來就不會放在這行將就木的農村，是誰害了這祖居母親之河濁水溪畔一代過一代純樸的村民，老人指著對岸矗立著 398 根排放著濃烈酸臭味的煙囪。

D（李薇） 靜態告白：一望無垠的木麻黃防風林，井然有序地排列著，繁茂的綠葉高度及胸，好不容易才得以殘存樹梢的禿枝，暴露在海風中，看起來稀稀疏疏地搖曳，刺骨的海風從禿枝縫間襲來，忽——忽——不時呼嘯而去，小鳥似乎與風兒嬉戲，全身承受的強風，飛起卻不斷後退。

（燈暗。數張空汙的影像映現四周。）

（燈亮時……）

（見證人許立儀牽著里美的手，而月紅提一桶濁水溪的土走向舞台中央，將土倒在舞台上，將土給抹平……站立……說話後……離去。）

月　紅　15歲離開家鄉到五分埔車衣做女工，但我一直站在家鄉的土地上。我擔心這樣的空氣給孩子帶來的威脅。

立　儀　我不離開，但是這樣的空氣給孩子帶來的是立即的威脅，就算有一天，我不得已帶著孩子離開，我們將永遠站在家鄉黑色的土地上。

（燈暗）

第二章：時間沙漏

（燈漸亮，濁現身，但她頭上戴著一頂工業區遺留下來的防毒面具。）

濁　　　女媧忽然醒來了。伊似乎是從夢中驚醒的，然而已經記不清做了什麼夢；只是很懊惱，覺得有什麼不足，又覺得有什麼太多了。煽動的和風，暖暖的將伊的氣力吹得瀰漫在宇宙裡。伊揉一揉自己的眼睛。就看見了你，在他巨大的影子下，拉我進去一起編織一個裝滿謊言和騙局的網……

（Dr. W現身，卻彷彿是濁腦中的聲音與她對話著。）

Dr. W　這不是謊言，是時間的奇蹟！時間呀，在我們風盛谷裡漸漸變慢了！這可是他遺留下來的文件裡所提到的奇蹟預言，我們再也不用害怕死亡。

濁　　　　我總是夢見自己的血管裡滿溢著潰堤的血水！那血是黑色
　　　　　的濁流，逆著村莊堤防外的河道，往上游……像夏日的洪流
　　　　　般，不知要奔向哪裡……下一刻，洪水溢出了堤岸，張開黑
　　　　　色的血盆大口，吞沒了村莊前那一整排的老厝……啊！一根
　　　　　樑柱在堤岸上飄過來、盪過去……活像一具浮屍一般，張著
　　　　　無言的嘴巴。像要和我說些什麼……永遠無法猜測的什麼！

Dr. W　　這都只是夢！妳吃了藥，昏沉了過去……但是，妳不都又
　　　　　醒過來了！……雖然扁擔和幾位村民最近又接連發作了好多
　　　　　次！就最新的血液醫學報告顯示，我給你們服用的藥物，愈
　　　　　來愈抵擋不了新變型的病毒了……但只要有了那神祕的「時
　　　　　間沙漏」，將風之塔上空那個破了洞的一角給補起來，讓時
　　　　　間變慢……我們便能活在一個完全封閉的實驗區裡，與外界
　　　　　隔絕……像一處科學新世代的桃花源，每一個人都能活得更
　　　　　久，不怕死亡的到來……難道妳不關心他們嗎？

濁　　　　是這樣嗎？都是罪……現在回過頭來吞噬……吞噬……文
　　　　　件，你說的文件在哪裡？

（Dr. W 沒有回應，背過身去，濁一人獨白……子宮裡是滿滿的汞和
鎘……甚至因病發幻想自己兒子 Dr. W 在她子宮裡。這時，Dr. W 會再
從後面現身，看著濁……）

濁　　　　我又看見自己身體裡的血管，在那逆沖的河道上，滾滾濁流
　　　　　朝著我的子宮奔流而來。我夢見你圓滾滾像一顆小西瓜般，
　　　　　在我肚子裡的水床上滾動……滾動。外頭就是我們一起夢想
　　　　　的旋轉木馬……轉呀！轉呀！突然間，我的身體一陣子的抽
　　　　　動、痙攣……我看見你扭曲的身體在我的身體裡不斷擴大、
　　　　　擴大、擴大……我的肚子裡全部都是 PM 2.5 突變而成的汞
　　　　　和鎘……你歪曲的臉、突露的眼珠和扭得像樹根的手，像是
　　　　　一本被泡在實驗用的玻璃瓶裡的童話書，你要向我說什麼說
　　　　　不出的童話故事……而那黑影就站在那玻璃瓶子外的實驗桌

旁，他慌張地笑著……笑著……說不出一句話來……恐怖
呀！多麼恐怖的一場夢呀！

（扁擔活像一具遊魂現身。）

扁　擔　　（大聲）渴啊！是妳歐……博士咧？他說要給我新品種的基
　　　　　改種子，怎麼不見人影？

濁　　　　還在海埔的那塊下陷的土地上種西瓜啊，不是鹽化狀態愈來
　　　　　愈嚴重了嗎？

扁　擔　　無洌驚啦！博士說：基改的種子不怕鹽份啦！再怎麼說，那
　　　　　都是祖先留下來的土地呀！

濁　　　　你還好吧！活像一具遊魂似的，在這裡盪來盪去的……

扁　擔　　我想是身體裡的重金屬在吞噬我吧！渴呀！

濁　　　　你還撐得住嗎？

扁　擔　　我還可以！用我阿公的靈魂在身體裡抵抗著。但是……我
　　　　　自己的靈魂好像都要從我身體裡被抽光了……阿公……阿公
　　　　　……（頭暈跌坐）渴呀……這乾旱的大地！博士給的這些西
　　　　　瓜種子是可以開花結果沒錯，但怎麼樣也沒有我們年輕時候
　　　　　種的好吃，而且不到一兩年，就又要買更新的種子，那些蟲
　　　　　子夭壽厲害，人要是有這麼厲害就好了。

濁　　　　好幾晚我都看見了這裡又像以前一樣，到處都是滿滿的西瓜
　　　　　田，每個人拖著好幾輛貨車載著西瓜在大馬路上叫賣，老街
　　　　　上滿滿的人，附近好幾個庄頭的人都特地跑來買。

扁　擔　　作夢還以為是真的。但是，我們需要母親之河的水，才種得
　　　　　出從前的那種西瓜來！

（迷娃從地道裡爬出。）

迷　娃　　這從實驗室延伸過來的地道一頭通往攔河堰……另一頭……

濁　　　　另一頭……通往未知的神話……「時間沙漏」。

迷　娃　　你是指 Dr. W 說的「時間沙漏」……。可以將「風盛谷」時
　　　　　間給靜止下來！

濁		它另有神奇的作用……

濁　　　它另有神奇的作用……

扁　擔　　什麼樣神奇的作用？

濁　　　我們被風給封鎖在一個密閉的玻璃屋裡，外頭的人都指指點
　　　　點我們是這世界最後的難民；溪床上在乾渴中起乩的溪王，
　　　　他手捧著一個像沙漏般的啟示錄……他說：「將沙漏放在神
　　　　祕的大樹下，一切都將改變……。」

迷　娃　　怎樣的改變……

濁　　　我不知道，我要去找溪王……我要去問他……

（濁說著，隨之鑽進地洞裡……朝地洞另一端前去……這時，歌手曾伯
豪吟唱：〈南風起〉恆春調。迷娃與扁擔轉過身去，看著遠方的煙囪，
待第二段後，轉身回來看影像。）

　　　　　南風起　　　詞曲 / 曾伯豪
　　　　　南風一起白雲煙　飛來庄頭臭舖蘚
　　　　　害得西瓜全悾顛　若要休息魚不願

　　　　　環境汙染難回頭　等待報應時辰到
　　　　　莫怪運命駛還頭　當初看伊歸庄嚎

　　　　　美麗島嶼是阮家　小小土地同社頭
　　　　　黑氣假白雲落喉　人人病痛纘嚨喉

　　　　　南風起～～～～雲變天～～～～～～

扁　擔　　都以前的事情了！他們都離開了！

迷　娃　　家鄉的問題恐怕還沒結束！你要不要跟我一起回城市裡住？
　　　　幹嘛非得在這封鎖區裡種西瓜啊。

扁　擔　　雖然我也不想種這些什麼基改西瓜。但是，作食人嘛！祖先

就在這裡種西瓜了，怎麼能說放棄就放棄……妳可能沒印象了，以前這裡還到處都是西瓜田，妳不記得了喔？妳小時候都是我給妳帶大的……

迷　娃　　（閩南語）我知啦！

（扁擔邊說，邊去舞台斜坡下捧一顆大西瓜出來給迷娃。）

扁　擔　　記得有一次趴在西瓜上，結果西瓜一滾妳就跌倒了，哭著一直用手打西瓜，結果打到整隻手都紅通通，大家在旁邊笑成一團。

迷　娃　　我怎麼一點印象都沒有……

（迷娃回到童年時候的歡笑時光，幾乎忘我地玩著大西瓜。這時，活像遊魂般的扁擔在迷娃身後瞧著童年時的女孩……。燈暗）

穿插 NO. 2

（舞台地面再出現濁水溪＋煙囪的影像，這一次方向卻是倒過來的。而後，燈光漸亮，音樂聲＋村民心跳聲；與此同時，演員以自己的身份登台，準備告白。）

（燈漸亮，音樂聲出：村民心跳聲）

A（馨儀）動態告白：其實他們是最無所求最認命的一群人了，多少人一生就在這，漁收農耕，靠天地人情吃飯，卻遭到此劫。越辛勤耕種的，越是受害，因為長年待在戶外。是誰說辛勤才有福報？他們的福在哪？詹教授說，妳還是帶著女兒走吧。許震唐說，原想退休後回來耕種，現在再也回不來了。許桑說，這裡終將死滅。

B（識安）動態告白：財團與農民，地方政治派系與黑道勢力，只是想圖個生存，卻終究必須把自己丟進人與人之間混亂的泥沼；只見孩子津津有味閱讀著異國風情，許個健康的未來走向遠方吧！

C （阿明） 動態告白：一口氣，多難啊！！悶啊！！咳啊！！都快忘
記，年輕時那一口新鮮的氣了，那放眼就能望見的中央山脈
的輪廓，那雙手探入濁水溪口就能滿手鰻苗的榮景，更愁的
是數鰻苗的歌聲也愈來愈短甚至已然噤聲，一口氣，多難
啊！！

D （李薇） 動態告白：「暴風雨來襲時，滾滾湧過來的海水，使草木
與堤防一起崩壞，由於海水猛烈，即使草木的根已深入土
中，還是起不了作用，接二連三地流走，因此，我們在夜半
時，做成人梯，以身體去擋住海水。」面對無止盡的經濟發
展謊言，我們只能用我們的肉身面對面的來抵擋。

（燈暗）

第三章：南風

（風起，六輕運轉聲出……燈漸亮，扁擔在舞台上種田，一旁是他的一
支扁擔……）

扁　擔　　　（一個人孤孤單單的插秧，往空蕩蕩的四處找人影，突然
間，一隻腳愈陷愈深到泥土裡）欽欽……！怎麼會是這樣？
我的腳愈來愈深陷進這泥土裡去了！啊！啊！差些就要給這
土給吃掉了！你們快來救我呀！快來呀！你們是都跑到哪裡
去了！留我一個人下來，（拿一把土在手上）陪著這些把我
的一生都快給吞掉的泥土。（將泥土塗在臉上，跳起車鼓
來）來呀！快回來呀！回來陪我一起跳車鼓舞啦！（好像在
跳他身旁不見蹤影的老農友的舞步……）對啦！就是這樣
呀！我們都很久沒在一起種作（閩南語：耕田）了！以前，
阮在田裡跳車鼓，就是和土地在談戀愛；現在，土地被我們
遺棄，阮攏變作土地的冤仇人啦……

（Dr. W 看著扁擔跳車鼓，一會，進場。）

Dr. W	扁擔伯，很有精神啊。
扁　擔	土地看到人沒精神也是會難過的。
Dr. W	沒有人比你還喜歡這裡了。
扁　擔	你不也還是留著？這裡的祖先神明可是都看著你長大。
Dr. W	是嗎，現在的情況不會讓你覺得被他們拋棄了？
扁　擔	他們一直都在，我感受得到他們的歉意、知道他們在等待。
Dr. W	等待什麼？
扁　擔	等待我。
Dr. W	你不怕死？
扁　擔	真正的回家沒有什麼好害怕的。你怕死？
Dr. W	不怕，我只怕根本沒有誰在等我，就只是閉上眼，進入永遠的黑暗。再也見不到任何人。
扁　擔	免驚！趴在土地，聽土地要跟你說的話……就是因為你站著太高才聽不見。

（Dr. W 趴著聽土地的聲音，錄音播放迷娃的聲音；Dr. W 以對白回覆。）

迷　娃	驗血報告是怎麼回事！
Dr. W	我在解決問題……
迷　娃	這些驗血報告指證歷歷，難怪你要封鎖這裡！
Dr. W	我做的一切都是為了這裡，作物被持續突變的病菌所害，我要找到治療血液病變的血清，給我時間！
迷　娃	我要把我知道的這些都公諸於世！
Dr. W	我已經請相關部門把這整個村莊的網路訊號都隔絕，當時間愈來愈緩慢，我們就都可以活在沒有死亡的時空裡了。
迷　娃	沒有死亡的時空！那樣……我們還算人嗎？我們還活著嗎？土地早已經沒法呼吸了！我不想活在沒有時間的實驗區裡……你說的等活……就是等死！
Dr. W	想想妳阿舅……妳不想和他多待久一點嗎！

迷　娃　　（施工聲）外面那是什麼聲音？

Dr. W　　我們要徹底封鎖這裡……

迷　娃　　瘋了！你真的瘋了！

（迷娃從遠處大喊扁擔，Dr. W 跟扁擔道謝告辭，迷娃上場。）

迷　娃　　這裡要封鎖了，快點離開。

扁　擔　　來田裡陪我跳舞啦！免煩惱啦！我會想辦法把妳送出去的。

迷　娃　　什麼時候了！還跳舞……走了啦！

扁　擔　　（彷彿看見往生的順仔）順仔！你這樣跳不行啦！卡萩條
　　　　　（閩南語：神氣些之意）咧！

迷　娃　　沒時間了！快啦！

扁　擔　　不行啦！我要跟祖先葬在同一塊地上。

迷　娃　　你講這什麼話……

扁　擔　　不管怎樣，妳要離開這裡，我們家不是基因改造的歐！

迷　娃　　什麼基因改造？

扁　擔　　妳不知道基因改造的種子就只能種一次，沒有生殖能力。有
　　　　　沒有男朋友？帶回來給阿舅看一下。

迷　娃　　什麼跟什麼啊，都這個節骨眼了還開玩笑。

扁　擔　　我不出去了！……順仔、空仔和阿財啦……做伙來跳車鼓
　　　　　舞。

（扁擔自顧自的跳車鼓，在舞台後側；迷娃無奈地蹲在一旁；濁從左舞
台地道口出。）

濁　　　　過去河流從許許多多大小不一的石頭縫間，不停地淌流，
　　　　　暴烈的洪水將石礫泥沙一起沖刷下來，留下了黑色豐沃的土
　　　　　泥，現在水泥鋪蓋了整個河道，沒有呼吸浸潤的空間，灰色
　　　　　單調的水泥溝渠將水全帶進日夜不停工的工廠，我腳下的土
　　　　　地，乾渴地龜裂，沙塵飛揚，泥偶沒有水份怎麼樣也捏塑不
　　　　　起來。

濁　　　　（對迷娃說）有水嗎？

（迷娃拿出自己的水壺遞給她。）

濁　　　　溪王說找到「時間沙漏」可以讓這「風盛谷」毀滅而後重
　　　　　生……

迷　娃　　也可以將時間停止……

濁　　　　就在這裡度過餘生嗎？還是，應該要去追尋重生的機會？這
　　　　　條通道沿這坡地往上，原本是「風之塔」爲埋地下管線所挖
　　　　　的地道……它可以通往溪王那棵樹。

扁　擔　　啊！妳說的就是南方城市發生氣爆時，我們一起佔領的地
　　　　　道，我和順仔、阿財還在那裡討論抗爭的行動！好！做伙來
　　　　　跳車鼓來去找呀！

（扁擔將泥土塗在臉上，狀似也瘋狂地跳著極樂的車鼓，濁跟上，也跳
了起來。）

扁　擔　　跳舞啦！在自己的土地上跳著舞……去找「時間沙漏」吧！

濁　　　　跳吧！你是注定要留在這裡，看見毀滅後的家鄉如何再生
　　　　　的……

（迷娃也跟著跳了起來，迷娃、扁擔隨後進到地道；留下濁在舞台上做
「犧牲之舞」。唸歌手曾伯豪彈奏月琴。）

（曾伯豪唱：）

　　　A
　　　在都會最爲熟悉的捷運站出口
　　　人來人往，卻沒有一張臉孔
　　　專注於另一張臉孔，因爲陌生
　　　你一定會這樣說，是的，
　　　就是在這樣的陌生中
　　　我們走進 PM 2.5 的天空下
　　　你一定會問：「什麼？」
　　　我說「PM 2.5」

A2

別怪我語氣顯得冷漠或有些不在乎
這都是向穿梭過街的人群學的
如此，你一定會繼續追問：「什麼？PM 2.5」
這時，我神祕地戴上一只 N95 口罩
空氣中落下無聲無息的塵霾
就有很多臉孔回過頭來看我
表情一致，像是都在說：「沒用啦！」

A3

所以接下來必須趕在呼吸的下一秒前
趕在陌生的面龐，還沒轉回頭去之前
掌握最快最快的語言與節奏
最快最快的說：一根頭髮的 28 分之 1
肉眼難辨的懸浮微粒……還有，還有
直接進入血管，穿透肺部氣泡
隨著血液循環暴走全身
瀰散天空，入侵泥土，汙染河川

B

所以，你已回到家了嗎？
所以，你還在回家的路上嗎？
所以，你還在呼吸嗎？
所以，你還在想 PM 2.5 是什麼嗎？
它正一步步靠近你
像隱形的殺手，一步步靠近你

如此，跟隨水鄉的足跡

　　　　來到母親之河的出海口
　　　　PM 2.5 只像浮在天空的一片片雲
　　　　勾繪出各種各樣的魔幻畫面
　　　　從魔獸般的 398 支煙囪噴出
　　　　而後，無聲無息的降落下來
　　　　逆流在我們的血管中

（扁擔與迷娃二人抵達「時間沙漏」所在的大樹下，找到了時間沙漏。透過燈光設計，「時間凹槽」首次出現在舞台中間，三人位在時間凹槽旁。）

扁　擔　　（起乩，變成溪王）這裡是女媧留在「風盛谷」的子宮，把時間沙漏放進裡面的凹槽，幾百年累積的地下水就會流出來，想要改變就得付出代價……

濁　　　　女媧子宮裡流出生生不息的水……

迷　娃　　這樣河水就會暴漲，這麼多水一口氣流到下游……風之塔的攔河堰一定承受不住，我們就可以中止風之塔的運轉！

（Dr. W 上，扁擔變回原來樣子。）

Dr. W　　幸虧我有警覺，不然我的計畫差一點就要被毀了。摧毀總是會有種快感，這點我知道，但少了風之玉的生產，我還有什麼籌碼跟政府談判，保護這個村莊。

迷　娃　　說得這麼好聽，保護？怎麼個保護法？等待你漫長的實驗有了成果嗎？

Dr. W　　所以把時間沙漏交給我吧！迷娃，妳也看過驗血報告，難道妳不想要妳舅舅活在沒有時間威脅的世界嗎？

迷　娃　　……

Dr. W　　再說當局和財團勾結，為了掩埋這裡的醜聞，避免輿論引起人民的抗爭，網路上已經找不到任何與「風盛谷」相關的關鍵字。

迷　娃　　怎麼會……這裡將要成為一個世人所遺忘的村落了嗎……

扁　擔　　這裡已經早就被遺忘，大家都離開了，我和這塊土地也都被
　　　　　重金屬汙染了，再這樣活下去也沒什麼意義，我想要土地回
　　　　　到以前的樣子，就照溪王指示的。

濁　　　　讓大水摧毀風之塔，整座村莊淹起大水，就像百年前這條
　　　　　河氾濫成災，當局猝不及防，我們就趁這一片混亂逃出封鎖
　　　　　線。

Dr. W　　等等……我們逃不出上游河堰潰堤的大洪水……就算逃得出
　　　　　去，扁擔伯和受重金屬汙染的我們，也只有等死一途……永
　　　　　遠活著，不是更好的路嗎？

迷　娃　　我們都逃不出去……讓時間暫停吧！不要急著做選擇，繼續
　　　　　活著就有可能……

（燈暗。DR. W 站在未開的汙泥池蓋上方……。燈漸亮……）

Dr. W　　沃爾德‧金悄悄脫離了隊伍，獨自朝著鏡頭中迷霧的方向走
　　　　　去。迷霧像是催眠曲，夾雜著母親的歌聲。回過神來時，發
　　　　　現自己站在一望無際的海岸邊，四周是漆黑荒蕪的廢墟。然
　　　　　後，看見了自己，或者說是一位穿著純白實驗衣的男人。恍
　　　　　惚中好似看見，一隻大和蜆由海岸間飛出，一個男人身上曝
　　　　　露出流動著的血管。男人的血不是紅的，閃爍著各種金屬色
　　　　　澤。慢慢的男人開始扭曲，卻仍笑著。周圍的迷霧其實是一
　　　　　縷縷酸臭的亡魂，在酸腐中自己也開始扭曲……

（燈暗，汙泥池打開……）

（音樂、數鰻魚的影像進。四人在舞台後方的汙泥池裡跳鰻魚舞，並倒
吊在像似海風中的漁網上，且誦詩：〈生存〉。）

　　　　　睜開眼，看見一起蹲著的身體
　　　　　在鐵絲網前，準備站起身來
　　　　　霧霾，降落在家鄉每一寸土地上

來吧！來聽聽我們的心跳聲
錯亂的節拍，是根在田土裡爆裂的聲音
是鰻魚的靈魂，在劇烈的掙扎
是斷了氣的西瓜，在尋找呼吸的方向

來吧！來聽聽我們的心跳聲
是一具肉體在底層放胆的歌聲
凝聚著、孕育著多少希望
在黑色的汙泥裡

紅色警戒、紅色警戒……拉緊我們相連的臂膀
不在他鄉，就在我們斷了氣的家鄉
我們呼吸！我們呼吸！呼吸就是一種反抗

起身時，雙腳踩進黑色的汙泥裡
黑色，是母親之河的顏色
黑色，是日曬留下的顏色
汙泥，是勞動生存的疤痕
汙泥，是抵抗汙染的印記

（透過燈光設計，「時間凹槽」再次出現在舞台中間。）

迷　娃　　（拿到沙漏）機會只有一次，我們該如何選擇？是抱著時間
　　　　　的希望妥協，還是相信毀滅後的新生？我該相信什麼？扁擔
　　　　　和濁相信溪王，但溪王是否只是幻想？博士相信科學文件，
　　　　　但那真的是真實嗎？會不會去相信只是不用自己下決定的藉
　　　　　口？如果沙漏不會帶來洪水，也不會帶來時間的奇蹟，那我
　　　　　們該……

（燈暗）

（見證者里美牽媽媽立儀的手，再拿出一袋濁水溪的土，倒在台上……演員與里美在台上玩泥沙……舞台影像出現立儀和月紅參與反空汙抗爭場合的演說紀錄……演說聲音……漸放漸大，立儀和月紅也跟著在現場說出她們講演的話。）

（燈暗。燈漸亮時……曾伯豪伴奏出場，戴開成在台上講「落語」：PM 2.5 落語。）

（在月琴伴奏及唸唱下，化身做溪王的落語人戴開成端坐舞台中間。唸歌手曾伯豪在舞台的另一側。）

溪　王　就在人來人往的捷運車站，沒有一張臉孔願意多看另外一張臉孔。不是因為陌生，而是因為熱情被煙霧給遮掩了，而我們就在這煙霧之中，走入另一處 PM 2.5 的天空下……。我是來自濁水溪出海口的溪王……大家好！

（在捷運到站的音樂聲中……【以下，路人部分，由伯豪來扮演】）

阿　坤　阿達，你怎麼在這裡？

阿　達　阿坤！好久不見了吽！欸？你手上拿的……

阿　坤　喔，我昨天收到我爸的驗血報告，然後晚上就夢到溪王……啊你……

阿　達　是啊，我也收到我媽的驗血報告。

阿　坤　所以你也夢到了？

阿　達　嗯，就我們兩個人嗎？啊溪王不知道來了沒……（回頭嚇一跳）唉唷！嚇死人喔！你在後面怎麼也不說一聲！

溪　王　嘿嘿，我早就在這兒等你們啦，還以為你們離開家鄉太久，已經看不到我了，嘿嘿嘿……東西都帶來了吧？……好，好。

阿　坤　啊你找我們來做什麼？

溪　王　我們今天啊，要幫台北的人們驗驗血。

阿　達　哈？幫天龍國的人驗血？人家給我們驗嗎？

溪　王　會的，會的，我們邊走邊說，快去買票呀！

阿　達		嘿嘿，三十年了都沒坐過捷運……哇啊！啊你怎麼都會操作啊？
阿　坤		上面都有寫好不好，你是在……拿著拿著！
阿　達		喔，謝謝……啊這個我會，在這裡嗶！一下嘛對不對，欸！？他怎麼沒買票就已經在裡面了？
溪　王		（笑而不答）走啦，車來了，上車吧。
阿　達		欸？啊！我們爲什麼也要給高雄港都人驗血咧？
溪　王		因爲 PM 2.5 啊～
阿　達		啊？什麼東西？
阿　坤		噴，PM 2.5 啦……
阿　達		什麼 PM 2.5 ？？
阿　坤		（神祕地戴上 N95 口罩）嗯！
阿　達		我問你什麼是 PM 2.5，你是在戴什麼口罩啦！……唉唷！還跟我打啞謎喔。欸，不過說到口罩，這捷運上戴口罩的人還眞多耶，哇啊！快要跟滑手機的一樣多了。我來問問看……先生先生，請問一下，你爲什麼要戴口罩？
乘　客		我感冒……
阿　達		喔喔，對對，最近各種流感都很嚴重，保重保重！……小弟弟小弟弟，請問你爲什麼要戴口罩？
乘　客		我氣管過敏……
阿　達		唉唷！這麼小就氣管過敏喔，保重保重……小姐小姐，請問……
溪　王		喂喂喂，不要到處問了，說不定人家有什麼不方便說的咧。其實戴口罩啊就是因爲 PM 2.5，空氣有毒嘛，總得戴著口罩的。而且這 PM 2.5，跟你們父母的驗血報告也有關係。
阿　坤		是喔！？我還以爲都是因爲疫情……
溪　王		唉！除了疫情之外……快來驗血啦！來，給我給我，我先來幫你們看看父母的驗血報告……喔，我認識他們，農民，與

　　　　　　土地共生，終生勞苦，流年不利，空氣汙染，土地壞死，身
　　　　　　體生活隨之頹圮……嗯，看出來啦！

阿　達　　看出什麼？

溪　王　　他們都是典型的被人吃的血型！

阿　坤　　哈？我只知道有 O 型 A 型 B 型 AB 型，怎麼會有什麼叫做
　　　　　　被人吃的血型？

溪　王　　嘿嘿，你說的那種分法實在太一般啦，頂多拿來猜猜人的性
　　　　　　格，又能如何？其實啊，人的血型不過就是被人吃的跟吃人
　　　　　　的，還有一種既吃人又被人吃的。等等下車之後啊，你們也
　　　　　　去幫來往的人驗驗血，測測血型吧。

（下一站 PM 2.5【四種語言：國語 / 閩南語 / 客語 / 英語】，門開，三
人下車，車外酸臭難耐。月琴聲狂奏。）

阿　達　　哇啊！咳咳！這空氣是怎麼回事！？

阿　坤　　對呀，怎麼……咳！怎麼這麼臭啊，咳咳……

溪　王　　快去幫他們驗血吧。

阿　達　　你好，我幫你驗一下血好不好，欸？別走啊……

溪　王　　有了……

路　人　　什麼！？我的血液重金屬超標，我又沒有讓你驗過血？

溪　王　　嘿嘿，早就驗過啦，來來來，我看看……嗯……，上班族，
　　　　　　雙薪戶，兩孩子，買不起房，嗯……太忙碌，曝露在惡劣空
　　　　　　氣中……

路　人　　什麼！！？

溪　王　　你這也是典型被人吃的血型。

路　人　　被人吃？我又沒犯錯，被誰吃啊？吃人是犯法的啊！

溪　王　　嘿嘿嘿，當然有人吃得了你啦，你被貪官汙吏吃，被財團奸
　　　　　　商吃，被公司老闆吃，被房貸車貸吃，回家還要被老婆……
　　　　　　喔！嘿嘿……這就不提了。嗯？有意思，看來你同時也具備
　　　　　　吃人的血型。

路　人	什麼？我一個小市民，怎麼可能吃別人？你說我吃誰？
溪　王	那可說不定喔，這年頭的社會結構，你不知不覺就能吃死許多人喔……嘿嘿。哎呀？而且你這血液裡還含有不少的 PM 2.5 喔。
路　人	怎麼可能，我從港區來的耶，哪裡來的 PM 2.5？
溪　王	嘿嘿嘿，PM 2.5 無所不在，你住在哪裡都跑不掉的。……來來來，感興趣了嗎？你們各位的驗血報告都在我這兒呢！別擠別擠！排隊，守秩序！不是說嗎？台灣最美的風景就是人！！你們兩個幫忙指揮一下……排隊！一個一個來！！……
溪　王	嘿～呀，忙了一整天了啊？辛苦你們兩位啦，要不要跟我去……（手勢）嘿嘿喝一杯啊？嗯？不去？累啦？好好，那趕快回去休息吧。嘿嘿……
阿　坤	不知道那傢伙到家了沒……（撥手機）……阿達，你到家了沒？
阿　達	還沒，我還在回家的路上。
阿　坤	啊你還在呼吸嗎？
阿　達	我還在想 PM 2.5 的事……
阿　坤	不要想了啦！再想下去就會被毒死，快回家了啦！

南風起　　詞曲 / 曾伯豪

南風一起白雲煙　飛來庄頭臭餔蘚
害得西瓜全悾顛　若要休息魚不願

環境汙染難回頭　等待報應時辰到
莫怪運命駛還頭　當初看伊歸庄嚎

美麗島嶼是阮家　小小土地同社頭

黑氣假白雲落喉　人人病痛纏嚨喉

南風起～～～～雲變天～～～～～

溪　王　　（對觀眾）你們大家都回到家了嗎？收到驗血報告了嗎？嘿
　　　　　嘿……

劇終

演出資訊

導演：鍾喬

導演助理：劉皇麟

編劇：鍾喬、王識安及全體演員

演員：李薇、朱正明、王識安、黃馨儀

影像創作：許震唐、鐘聖雄

聲音創作：曾伯豪

舞台監督：林雅筑

執行製作：謝華容

舞台設計：高琇慧

舞台製作：柯德峰、許宗仁、段惠民

燈光設計與執行：朱家聖

音樂設計與執行：李慈湄

原創音樂提供：林生祥、李宜滄

服裝設計與製作：陳香伶

文宣設計：蘇品銓

拍照／攝影記錄：黃鴻儒

劇團行政：易倩如

女媧變身（2015）攝影：許震唐

戲中壁 X

背景提示：轉型正義中的白色恐怖，在美學與議題的介入上，一
　　　　　般性地欠缺冷戰／戒嚴體制下，對於當年地下黨人的
　　　　　敘事；特別是客家工農階級，解放革命的特殊意涵。
創作提示：X 是《戲中壁》這齣戲的作者。他在劇作中，逢上劇
　　　　　中人從腳色跳出來挑戰他的書寫與觀點。他將如何面
　　　　　對？這是一部根據事實改編的劇本；有據實，亦有虛
　　　　　構的部分。
場景提示：一種介於歷史與當下交錯的時空。
人　　　物：阿賢、宋導、惠子三位劇中人；X，寫這劇本的劇作
　　　　　家。

序場之前

（惠子在讀《壁》的劇本。阿賢的魂舉黑傘回來，手裡握著先前那卷素
描畫紙；要惠子燒了《壁》的劇本，以免帶來殺身之禍。）

阿　　賢　　　（普通話）燒了吧！（客語）為了你的安全……
惠　　子　　　（客語）「做不得，燒了……就全部沒了！」
（燈暗）

序場：重逢
時空：當下VS 1990年代初期

（當下，X打坐，空氣中輕微傳來類似瑜珈靜心的樂音，努力冷靜地面
對自己。並有 OS 聲音從空氣中傳出……）

OS　　　　　（X一段普通話錄音）我是一隻蟲嗎？一隻掉落在黑暗深
　　　　　　坑、在隧道裡迷失方向的蟲嗎？

（X 在桌上取來一支錄音筆；將錄音筆拿在手上。）

　　　　為了寫劇本，蒐集的種種記憶……說穿了就是一場醒不過來
　　　　的夢……（醒醒臉，轉為客語）醫生說：和阿公的事情，不
　　　　一定有確切的關聯……沒關聯才怪……都幾十年了，阿公到
　　　　底怎麼了……做孩子時，每擺回苗栗老家「掛紙」，阿爸總
　　　　係講：拜完祖墳，要再拜東邊朝北……。崖問：「拜什麼
　　　　諾？」每擺他緊張兮兮地叨唸著：「小孩子不懂事，別問太
　　　　多。知某……知某……作不得同別人講歐……」
　　　　二十年前了……阿爸第一擺同崖講起：「阿公流亡山區時，
　　　　跌落到魚藤坪的山溝裡……同行ㄟ那位，聽崖爸講：就係
　　　　二二八時當有名ㄟ做戲人……他，為著關心阿婆，還冒險夜
　　　　行回墳頭，將阿公留下的一些藏在骨灰甕裡的家書，託人暗
　　　　中帶回家裡給阿婆……」「你阿婆不識字……但……她好像
　　　　看得懂信裡寫的……就坐在那張你阿公編的藤椅上……當
　　　　久……後來……到廚房的大灶裡燒火煮飯時……將阿公ㄟ信
　　　　也燒了……伊半滴眼淚都沒掉……」阿爸講。

（他轉坐在書桌邊緣，取出筆記本，像在素描筆下的人物……）

（從觀眾席左方進來一個身形稍顯佝僂的男人是宋導，提著一只舊皮
箱，放下來，像遠行歸來，左右顧盼。這時，年歲也已稍長的惠子，靜
默凝鍊的眼神，從另一側進來，和他相遇後，顯示久別重逢的喜悅。）

（X 打字。投影出現劇本舞台指示：1990 年初期，歷經四十年之久
的兩岸隔離，他們終於相見。然而，一切像是一場殘酷時間裡的夢一
般……）

惠　子　　（朝宋導，閩南語）後來……你去了哪裡？

宋　導　　（閩南語）大逮捕前，我就從基隆港出海了……先到日本，
　　　　　再到上海……

惠　子　　（客語）在自己的土地上流亡……

宋　導　　（閩南語）最後，還是回到泉州的家鄉，繼續我在故鄉的廣

　　　　　　　播生涯……

惠　　子　（普通話）辛苦了！

宋　　導　（普通話）妳也一樣！

惠　　子　（普通話）我看看……你都沒什麼變耶！

宋　　導　（普通話）什麼……都老了……還說沒什麼變……

惠　　子　（普通話）都好吧！在泉州老家……（客語）聽講，剛回去
　　　　　　那時，在電台講的《蓬萊仙島》故事係某……？

宋　　導　（閩南語）對呀！（顯得落寞）妳怎麼知……？

惠　　子　（閩南語）聽講的……（鼓舞對方，客語）眞懷念你講古的
　　　　　　神采……來……講一段來聽吧！

宋　　導　（閩南語）好嗎？甘好……眞久沒講了……

惠　　子　（閩南語）好啦！講落去呀！

宋　　導　（閩南語。先是有些尷尬的）要不，就來聽我講一段《蓬
　　　　　　萊仙島》。（講古起來）那時陣，一名叫做蘇劍秋ㄟ司機，
　　　　　　本來是漁村出身ㄟ討海郎，變身司機以後，將整台車ㄟ貪官
　　　　　　與汙吏全部駛進蘇花公路的斷崖下……。（愈來愈順溜）阮
　　　　　　各位鄉親兄弟姊妹，若是講到這個勇敢ㄟ司機，（突而語氣
　　　　　　轉爲有些落寞與孤獨）有一首詩是這樣唸的：唱出英雄無惜
　　　　　　命／司機烈士是劍秋／本是漁民討海子／天下流傳伊ㄟ名。
　　　　　　（欲泣）

惠　　子　（普通話）怎麼嘞！（客語）你應當歡歡喜喜才對呀！又講
　　　　　　古囉！轉去年輕時候了！

宋　　導　（普通話）對呀！人講年少輕狂，眞是辛苦卻美好的歲
　　　　　　月……（閩南語）現在咧……人轉來了……卻連個舞台也不
　　　　　　見蹤影，也沒人相找啊！沒人相識呀！

（X打字。投影出現劇本舞台指示：蹲下身。宋導從皮箱中取出1946
年演出《壁》時的舊劇照，投影出現版畫風格的舊照片……）

宋　　導　（閩南語）記得嗎？

惠　子　　（客語）當然啊！沒可能不記得的……

（X在場，盯著電腦像在寫劇本，不必有舞台指示的投影；宋導背過身去良久。惠子審慎地從舊餅乾盒取出《壁》的劇本，提及時隔四十年，她終於讓《壁》出土……）

惠　子　　（普通話）怎麼了！

宋　導　　（閩南語。輕啜，裝沒事）沒啦！思念阿賢啦！

惠　子　　（普通話。冷靜）了解……我就是學不會忘記……看！我手
　　　　　　上拿的是什麼……！？

宋　導　　（閩南語）哇！太可貴了。藏了四十年，我以為妳燒了……

惠　子　　（客語）做不得……

惠　子　　（普通話）有人要重新編導「聖峰演劇」演出《壁》的故
　　　　　　事，搬上舞台……

宋　導　　（閩南語）正經！這樣我們的舞台又回來找阮啊！

惠　子　　（客語）還記得我們三人在排練場裡演《壁》，替阿賢完成
　　　　　　劇本最後一幕的事嗎？

宋　導　　（閩南語）就算化作骨灰，我也不會放水流……可惜……
　　　　　　（沉默）

惠　子　　（客語）怎麼？

宋　導　　（閩南語）不知阿賢現在有在聽我們講：《壁》要重新上舞
　　　　　　台的代誌嗎？！

惠　子　　（普通話）歐，我想起來了。書房裡還留有當年我藏起來的
　　　　　　阿賢的手稿，壓在櫃檯腳，你來幫我找出來……

（惠子與宋導出場。X停止寫作。陷入困境。阿賢不在，當下成為繼續書寫的困境……隔頃，空氣中似乎傳來熟悉的聲音……）

OS　　　　（阿賢的錄音）你可以讓我上場的……

（X去甩動藥罐子，聽聽聲音是否從藥罐裡傳出來的……但，安靜無聲。他站起身來，在空間中找尋聲音的來源……徒然。）

OS　　　　（阿賢的錄音）你的劇本裡少不了我的……不是嗎？

（X帶著不安，回到電腦桌旁，找資料；翻來找去，終而翻到那張判決
書。阿賢的影像撐著一只黑傘，站在舞台後方中間的門口。他有些驚
嚇……【以下除註明外，都用普通話】）（阿賢以影像方式現身……影
像閃爍交錯著聲音也閃爍。）

X　　　　這是夢嗎？

阿　賢　　（影像）不……這是很正常的事……你會漸漸習慣的。

X　　　　習慣……我為什麼要習慣這種困擾？（猛搖頭，想喚醒自
　　　　　己）……你純粹是我的幻覺吧！

阿　賢　　（影像）歐！不是幻覺；就在你面前，不是嗎？（刻意想放
　　　　　鬆對方）

X　　　　你……是我劇本裡的人物……怎麼出現在我眼前……你……
　　　　　找我有什麼事嗎？我正在忙……

阿　賢　　沒事……真的沒事……只不過關心你……

X　　　　關心……什麼？

阿　賢　　（影像）你手上那張……

X　　　　（攤開判決書）歐……你的判決書……你應該早看過了吧！

（阿賢現身並走進場。）

阿　賢　　你阿公原本也一定會出現在判決書中的……而且，也是二條
　　　　　一。

X　　　　二條一，唯一死刑……你怎麼……知道我阿公的事……？

阿　賢　　因為……你阿公入了地下黨……他又是那種（客語）硬頸ㄟ
　　　　　客家人……（普通話）決不會供出別人的……只有走上刑場
　　　　　一途了……

X　　　　他失蹤的傳聞……成了家族的一則謎……從我小時候……直
　　　　　到現在……

阿　賢　　這樣也好……

X　　　　怎麼說……？也好……

阿　賢　　這段歷史直到今天都是一則……謎……

X　　　　歐……

阿　賢　　對呀！這你應該最清楚了……我的身份也是一則謎……不是嗎？我是說：在你的劇本裡……

X　　　　不！我愈寫愈清楚了……

阿　賢　　是嗎？這再說吧！你也愈來愈清楚你阿公的身世了嗎？

X　　　　嗯……（點頭，顯得焦慮）但……屍骨都不存了……

阿　賢　　他……不都活在你心裡嗎……（欲走）

X　　　　（痛苦地）我問你……爲什麼，我們兩人筆下的主要人物……最後都是死亡的呢？

阿　賢　　（沉默）……問得好……我也是你創造的腳色呀！這得問你自己呀！（離去）

（X 追過去。阿賢消失門內。找不到人；X 回到窗玻璃旁。徘徊。）

X　　　　（喃喃自語）死亡……然後呢？這才是……我……的……問題。

（宋導專心讀著手上的幾些舊手稿；阿賢從暗影中走了出來，朝向宋導。惠子進場。）

阿　賢　　（閩南語）那時，就我所知，你在廣播電台做廣播劇，藝名叫藍波里……。

宋　導　　（閩南語）你……

惠　子　　（客語）你……係……

阿　賢　　（客語）係呀……崖轉來ㄟ。

宋　導　　（閩南語）久別了（朝向阿賢，突而啜泣痛哭）阿賢，我對不起你……放你一人在台灣受苦……

阿　賢　　（閩南語）你現在還是見到我了呀！阮還是會相遇的……

（惠子靠過身去。招呼，要讓三人回到當初一起拍劇照的模樣。）

惠　子　　（客語）你轉來ㄟ。來，來拍張作戲ㄟ相片，回想當年！

宋　導　　（閩南語）當年 Anachisto 無政府主義者ㄟ風采，是嗎！

阿　賢　　（閩南語）你們後來辛苦了！

宋　導　　（閩南語）大家都辛苦，這是我們共同的覺悟，對某？

惠　子　　（客語）（替阿賢整理服裝）係啊！還記得你那時最常說的
　　　　　　一句話嗎？（日語）奮鬥的血是紅的……（將手上的劇本交
　　　　　　給阿賢）

阿　賢　　《壁》……

（閃光後……燈漸暗。再亮時。宋導蹲在打開的舊皮箱上。手上拎著一
些舊照和泛黃的剪報。惠子、阿賢靠近。）

宋　導　　（普通話）妳上回向我要的資料……我都帶來了。（翻照
　　　　　　片，閩南語）這是我和阿賢合照……還有一些演劇ㄟ相片，
　　　　　　攏總繳乎妳保管，勿通丟了，就可惜囉！

惠　子　　（客語）阮台灣戰後ㄟ戲劇史要改寫囉……

宋　導　　（閩南語）這裡有一些廣播劇的腳本，我準備有時間再錄音
　　　　　　來發表……先交給妳去影印……

阿　賢　　（閩南語）這卡舊皮箱，跟著你做戲幾十年了，真是無價之
　　　　　　寶啊！

（惠子刻意做了《壁》中老母親的一個形象，邀兩位共同來參與她的提
議。）

惠　子　　（閩南語）來……擱來呀！

阿　賢　　（閩南語）什麼？擱來什麼……

惠　子　　（客語）你不記得了……那一擺，我們在排練場裡……

阿　賢　　（客語）歐……怎會不記得呢？（閩南語）妳演許乞食的老
　　　　　　母親，演得真好……還有你（朝宋導），演貪財ㄟ陳金利真
　　　　　　是一等ㄟ，無話講……

宋　導　　（閩南語）你咧……

阿　賢　　（閩南語）我……哈哈！演得歹……演得歹……歹謝啦！
　　　　　　（日語）真不好意思……

（舞台區燈漸暗；演員帶著腳色離場。）

（過場——現場山寮樂隊與黃瑋傑；幻燈影像：以版畫作為創作背景的

舊照與舊報紙剪影……演員換裝、卸妝……）

天光日　新歌詞

1946 年台灣光復才剛一年　在街頭巷尾　就堵到一堵壁　有錢
的人囤積米糧

不知隔壁乞食一家　為活下去爭一口氣　差點就要頭撞這壁

暗蒲頭時就等著　好男好女來戲棚　好山好水做好戲

1947 年二二八那年風聲正緊時　來把《壁》這戲搬上中山堂
就係恁呢

演分後生來看戲　就係恁呢　唱分老嫩大細大家共下來看清楚
呢

就共下來　好男好女來戲棚　好山好水做好戲

哀哉歐　好男好女喔　就是各位啊

第一場：《壁》的現身
時間：當下 VS《壁》演出前夕

（燈漸亮時，宋導已先在場上，手上拿著《壁》的劇本。X 在暗幽角落
一堆資料中，找尋相關《壁》演出的舊報紙與訊息。他開始在電腦前寫
作。）

（宋導唸《壁》一劇中角色陳金利的一段台詞……）

陳金利　　把東西買進來，把它囤積起來，鈔票自然會再生了鈔票。
　　　　　　我們的本錢就和活動力旺ㄟ女性ㄟ……卵巢……一樣……卵
　　　　　　巢……這暗怎唸咧！

（阿賢教惠子唱〈台灣光復歌〉。惠子唱不準；阿賢普通話不標準，刻

意學捲舌聲如何發音……兩人的歌聲在戲謔中，有一種歡欣和喜悅。歌聲（兩人相互）：「張燈結彩──喜洋洋，勝利──歌兒大家唱／唱遍城市和──村莊，台灣光復──不能忘／不能忘──常思量──不能忘──常思量」。宋導聞聲，刻意站一旁不動聲色。）

惠　子	（日語）怎樣……
阿　賢	（閩南語）嗯……音真準，毋甘嫌……
宋　導	（鼓掌。閩南語）擱演落去，就要演「恩愛夫妻囉」……哈哈……
阿　賢	（閩南語）喂……你何時藏在這？也沒先招一下……
宋　導	（閩南語）排練不必先練台詞嗎？
阿　賢	（閩南語）是吼！不愧是導演兼專業訓練過ㄟ無非（名）──宋……哈哈！來……來練最後這場看嗲哩！

（布置排練現場：阿賢先在舞台中間虛空中切出一面虛壁。惠子去擺一把矮凳在場上。投影出現《壁》公演的舊報紙。）

阿　賢	（閩南語）這堵是壁，在阮困苦ㄟ人生中，一堵看不著的壁！了解吼！
宋　導	（閩南語）可以……
惠　子	（客語）做得……
宋　導	要──如何開始？！
惠　子	（客語）我記得上擺係宋導演開始耶！
宋　導	（閩南語）沒啦沒啦！Keiko 妳先來啊！
惠　子	（閩南語）沒啦……你先啦！
阿　賢	做一場戲，推來推去！做ㄟ出什麼大代誌……來！當然是主角先來……我先來。

（X 抬起頭來，表示訝異。阿賢直接出場靠近一堵壁，扮演《壁》裡的許乞食。）

X	（普通話）等等……我的劇本寫的是宋導先登場……阿賢，你怎麼自作主張……演起《壁》來了……

（場上，沒人回應他的驚訝……他坐在電腦桌旁，熄了燈，X 區燈漸暗。）

阿　賢　　（閩南語）許乞食啊！許乞食！（模擬現場）現在聽到隔壁
　　　　　浮嘩喧囂的聲音，憤慨站起，走進當中的《壁》……。

（阿賢像劇作家般在虛擬的壁上寫字；宋導戴帽子出場，轉個身變作壓迫者〔不必表明軍警或特務身份〕，靠過身來，將一個個字用虛擬的動作給掃落滿地，阿賢去撿他的字。撿到壓迫者的腳跟，兩人對視，壓迫者突而掐住阿賢脖子，一步一步將他窒息在地上。）

阿　賢　　（先以阿賢的腳色，模擬劇中一段，閩南語）壁呀！壁，
　　　　　在你這層壁那邊，是堆積著和房子一樣高的米的奸商……。
　　　　　也是你這一層壁的這一邊，是一個呼不到白飯的勞工，還有
　　　　　呢？就是餓得站不起來ㄟ老母。只有這層壁的隔閡，情形是
　　　　　這樣不同。今天在《壁》這齣戲的末尾，阮戲中的主角，要
　　　　　對自己的命運，做出一些什麼回應咧……

（阿賢變身為許乞食，面對虛擬的壁；宋導站上 CUBE 講古說唱。惠子變身做老母親，走向矮凳。）

宋　導　　（以宋導身份說唱）
　　　　　一堵壁隔開兩面
　　　　　有錢無錢佇兩邊
　　　　　一邊有錢吃山珍
　　　　　一邊無錢若蔭身

　　　　　一切因為一堵壁
　　　　　壁來壁去無處避
　　　　　其實總是一條命
　　　　　壁來壁去安怎拆

（以下，運用演員身體的表現，扮演《壁》戲中的最後一段。其中，阿

賢扮的許乞食去拿一只碗並添稀飯，惠子扮老母親，宋導扮陳金利變裝
至舞台另一側；許乞食給母親喝下一碗稀飯；母親發現不對勁，漸彎腰
屈膝倒地。整個過程，表現得比日常的速度慢。許乞食在一旁凝視母親
死亡的殘酷，跪地掩面，但壓抑著自身瀕臨崩潰的情緒。）

許乞食　　（閩南語）阿母，來吃飯啊！

許　母　　（閩南語）我的肚子──肚子──（倒地）

許乞食　　（閩南語）（抱起母）原諒我吧！媽！除了這樣以外，再沒
　　　　　　有其他比較好的辦法了。

（母氣絕，許乞食站著恍惚了些許時刻。最後，把飯端起來，自己吃
下。當這時，陳金利的房子也明亮，奏著華爾滋的音樂，他婆娑獨舞，
刻意滑稽而庸俗。其間還夾雜著猜拳的動作。舞台形成了兩個世界的對
比。）

許乞食　　（閩南語）（聽到隔壁浮幻喧囂的聲音，憤然站起）壁呀！
　　　　　　壁，為什麼這層壁不能打破呢？避呀！壁。

（悲喊許乞食倒地。宋導從陳金利的扮演中，回復自己的腳色。阿賢與
惠子也是。宋導以導演的身份，提問編劇阿賢……）

宋　導　　（閩南語）（朝阿賢）老兄弟……我講一句你編劇ㄟ問題，
　　　　　　不駛（能）生氣歐！

阿　賢　　（閩南語）三八兄弟啊！什麼代誌……你怎樣這麼見外呢？
　　　　　　你是導演，當然有你的見解啊！

宋　導　　（閩南語）這樣歐……我要講ㄟ是：你這部作品ㄟ結局，太
　　　　　　悲觀啊啦！

惠　子　　（客語）崖也有這樣的感覺……

阿　賢　　（閩南語）怎樣講呢？來……講來我聽看脈（聽聽看）……

宋　導　　（閩南語）俗語有一句講──五隻蘭蘭（病）馬，嘛有一步
　　　　　　踢。《壁》這齣戲，在我看，在結局時，應多一些表現這個
　　　　　　主題。

阿　賢　　（閩南語）有意思喔！

惠　子　（客語）這句俗語係什麼意思？

宋　導　（閩南語）就是不要看輕窮苦病弱的人。像破病馬，也有後腳筋，可以一步踢你到三公尺外……

阿　賢　（閩南語）（急著辯解）誤解誤解……絕對ㄟ誤解……我沒看輕窮苦人啊！

惠　子　（普通話）對呀，這齣戲表現的是窮苦人的抗爭……

宋　導　（閩南語）這攏總沒錯……我舉一百隻手喊讚……我要講的是結局……

惠　子　（客語）怎樣講……

宋　導　（閩南語）（講古般的腔調）結局要像那隻破病馬，也有後腳筋，將貪官汙吏和貪財不義之人踢到太平洋裡去餵鯊魚……

惠　子　（客語）這我就絕對贊成了……

阿　賢　（閩南語）（急著辯解）許乞食是被現實逼到牆角……才自殺的……阮要反應的是現址時ㄟ社會現實啊……

（燈光音效轉化。三位 pause 在暗影中。而後，以下有雜訊的錄音 OS 傳出聲音相互交錯……像是在吵雜的人群間爭論。三位腳色，聚身在一起，以風格化身體，非寫實地帶著脅迫感靠近 X，像是脅迫地詢問他。）

阿賢 OS　（閩南語）如果能夠的話，我想讓勞工大眾觀賞我們的戲劇。

宋導 OS　（閩南語）劇場免費開放，以勉勵他們的辛勞。畢竟，他們沒有餘錢來買一張十三圓的預售票。

阿賢 OS　（閩南語）可是，這只不過是殘酷現實中的一個夢想罷了！

惠子 OS　（客語）人，趁打爽（可惜）ㄟ，就是人沒夢想……

宋導 OS　（閩南語）是啦！天下最打爽ㄟ代誌，就是人沒夢想；但是，夢想不能向人伸手；要否，寧可沒有！

阿賢 OS　（閩南語）啊！四界攏是「壁」，去哪尋夢想。你有看到

　　　　某！四界攏是隱形ㄟ壁！

（這時，空氣中，彷彿有非常些微的工地噪音……X卻強力掩耳，像是劇烈的噪音響在耳際一般。）

（舞台區，燈轉暗。演員自己出場。X區孤燈。留X一人，陷入苦思。）

（音樂區，燈漸亮……山寮樂隊演奏一段……）

（燈漸暗……燈暗）

第二場：《壁》VS「戲中壁」
時間：當下VS《壁》演出後

（X在台上打一則舞台指示；而後燈漸自X剪影上暗去：惠子坐在妝鏡前，阿賢在她身後；宋導坐在CUBE讀《人民導報》。右上舞台有一只矮凳。）

（X打字。投影出現劇本舞台指示：1946年，國共內戰不止，《壁》在中山堂首演後三天；在劇團後台。）

惠　子　　（客語）昨天，畢老師怎般說的：（普通話）戰爭——又把
　　　　　　世界毀滅過了一次。是嗎？

阿　賢　　（閩南語）我相信……毀滅後將重生，在阮ㄟ（日語）演劇
　　　　　　裡……

宋　導　　（閩南語敘事，走向觀眾）Keiko昨天去醫院幫阿賢拿藥回
　　　　　　來時，剛到市場口的轉角，就聽見有人在一支電線桿下議論
　　　　　　紛紛的說：「跳了！我聽說船剛出了基隆港，穿著軍服，一
　　　　　　個個就往海裡跳了……」

惠　子　　（客語）雨……落不停歐！（閩南語）你聽見了歐……

阿　賢　　（閩南語）雨聲嗎……滴滴答答得不停……

惠　子　　（客語）不是。我是講那火車聲……（凝聽）

（宋導打破兩人的凝視，和他們對話。這場景都處於現實的情境中。）

宋　導　　（閩南語）全車攏是要送到碼頭的軍人……戰爭啊……打不
　　　　　完的仗，軍隊說：學國語，不上戰場的；現在呢？還是送到
　　　　　大陸去打仗。

阿　賢　　（閩南語）（對惠子）國共內戰，時局混亂，我心內對劇團
　　　　　的發展也很煩惱！

惠　子　　（客語）昨天，宋導的提議，（閩南語）你怎麼想呢？

阿　賢　　（閩南語）歐！劇團都停一段時間了！要好好想想怎麼復
　　　　　出，（日語）才能緊緊抓住現下民眾激動不安的內心！

惠　子　　（客語）莫想按多，要照顧你的身體呀！

宋　導　　（閩南語）對啦！對啦！肺結核很難治的……記得嗎？日本
　　　　　投降前，美軍轟炸本島，我們先疏散去鄉下，後來才回到台
　　　　　北來，那時，妳曾說：跟著阿賢從疏散的鄉下回台北，趕到
　　　　　車站，跑著跑著……

惠　子　　（客語）胸口像著了火般焚燒起來。

宋　導　　（閩南語）那時……伊心就想……

惠　子　　（客語）假使你把有細菌的血都輸給我，就由我來替代你受
　　　　　這個罪……

（隱隱然的空襲聲……由遠而近。阿賢坐椅子上想事情；惠子用阿賢扔
在地上的稿紙，專心摺紙飛機。）

阿　賢　　（閩南語）哈！哈！哪有那麼殘忍的愛呀！我給你講，這
　　　　　個世界經過一場戰爭，我的身體也歷經了一場戰爭；X 光片
　　　　　上，我的肺，像一顆光影下分叉的玉樹。

宋　導　　（閩南語）歐！真是辛苦的日子！對啦！還記得嗎？我們回
　　　　　台北那天，去找 Sato 桑。

阿　賢　　對啊！他和阮講了一下午的殖民地解放的事情！

宋　導　　沒想到，隔天……（日語）Sato 桑就被強制遣送回國了。

惠　子　　（日語）回到日本，在自己的家鄉，度過流放的人生。

阿　賢　　一個馬克思主義者……

宋　導　　（閩南語）還記得嗎？日本時代末期，阮在大稻埕演出《阿
　　　　　里山》這齣戲。《興南日報》評論說：「雙葉會演出，帶來
　　　　　很大的感動」。

阿　賢　　（閩南語）歐！真好啊。那時，阮的演劇，就好像和日本政
　　　　　府在玩捉迷藏……

宋　導　　（刻意裝作一隻大黑熊的模樣。閩南語）哈！哈！我就是動
　　　　　物園被轟炸後，日本特高派我出來抓劇團嫌疑犯的黑熊……

阿　賢　　（閩南語）我是 Anarchist 的黑猩猩，扒光了你這抓耙仔的皮
　　　　　……

阿　賢　　（閩南語）真是一段難忘的日子。沒日沒夜一起生活在劇場
　　　　　裡……，討論劇本，搶時間排練，趁空檔在浴室、廁所練唱
　　　　　歌和台詞……

宋　導　　（日文）安那其似的戲劇人生！

阿　賢　　我熱愛這樣的形容！Keiko，妳記得林桑從東京筑地小劇場
　　　　　帶回給阮的那張露西亞 "Russia" 劇作家安東契科夫的海報
　　　　　嗎？

（惠子拿皺皺的紙飛機，緩緩飛過自己眼前。而後，飛機的轟隆聲似乎
漸大。將手上的紙飛機射出去……）

惠　子　　（日文）《三人姊妹》那齣戲的海報嗎？（站起，看窗外）
　　　　　（日文）我們的痛苦是為了什麼？要能知道就好了！

（惠子靠近阿賢身旁，望著阿賢。想似要他回答她的提問。）

惠　子　　（客語）雨落不停啊。

阿　賢　　是啦！

宋　導　　（閩南語）喂喂喂！你兩位啊！還記得阮在大稻埕排練《閹
　　　　　雞》那齣戲ㄟ時陣，讓日本特高驚得皮皮ㄘㄨㄚˋ……

（場上，歌手先唱一小段〈丟丟銅仔〉。宋導去拿矮凳靠近觀眾席，穿
插一段講古。）

宋　導　　（閩南語）若是講到〈丟丟銅仔〉。是阮在日本統治ㄟ末
　　　　　期，在「厚生演劇社」演出張文環ㄟ《閹雞》時，冒著日
　　　　　本警察ㄟ禁令，在舞台上吐一口氣，給唱出來的宜蘭小調
　　　　　啦……日本警察講：「不許唱就不唱」（日語／閩南語複
　　　　　述），有什麼大不了！總有一天，我們必定會開懷恣意的
　　　　　唱！。阮若是一直記得演劇在那當時，是一粒不死的麥子，
　　　　　落到阮關心ㄟ土地上……。

（現場樂隊與歌手唱〈丟丟銅仔〉。惠子像在自己練習一些「海燕舞」
的舞步。以下宋導 VS 阿賢皆為閩南語；惠子穿插普通話及客語。）

阿　賢　　你的廣播劇都有在繼續進行吧！

宋　導　　有啊！你何時要給我說好的、絕對好料的廣播劇本哩！
　　　　　（比出刀鋒狀）要卡利一些……但是，按怎切入去，才是重
　　　　　點……

阿　賢　　不愧是廣播劇，全島最出名，最出頭天的無非宋……哈哈！

宋　導　　（學廣播劇）廖添丁，這時陣——伊——還在想——如何將
　　　　　這一包包的軍糧，偷天換日送到河岸旁給那些失了頭路、餓
　　　　　肚子的乞丐幫的勞動兄弟啊！

阿　賢　　這齣有合我的胃口！

宋　導　　那當然的歐！講起來，要找到像你我一樣思想、行動都相同
　　　　　的編劇和導演，還真是少見呀！哈哈……三天前《壁》的首
　　　　　演，人山人海；中山堂裡裡外外攏是來看戲的觀眾。

惠　子　　（客語）聽說……（普通話）謝雪紅也在風雨中排隊進
　　　　　場……你們都在準備下場繼續的演出了吧！

阿　賢　　首演是算成功啦……我給妳講……近幾日，修改《壁》ㄟ劇
　　　　　本，時常「碰壁」呀！（咳……接續咳）

惠　子　　（閩南語）「碰壁」了……嗯！（普通話）你怎麼都不邀我
　　　　　去看你們排戲了！

阿　賢　　歐……風聲緊……妳待家裡較好……。跳得怎樣了……

惠 子	（客語）不想說……不想對你說……

惠　子　　（客語）不想說……不想對你說……

宋　導　　是「海燕」嗎？上回，詩人和舞者夫妻來劇團拜訪過後……
　　　　　妳就一直在練習的舞！妳跳舞……總嘛是要有人朗誦詩啊！
　　　　　阿賢，你來朗誦吧！

阿　賢　　好啊！好啊！

惠　子　　（客語）他（指阿賢）只關心自己寫的劇本，不會朗誦詩
　　　　　啦！來，（指宋導）你來……你來讀詩。

宋　導　　歐！（遲疑半晌）甘好……

阿　賢　　（裝大方）好啊！好啊！你唸……比我卡有感情啦！

宋　導　　哈哈哈！（消遣阿賢）你吼……好！只有這擺我替你唸……
（普通話：假如我是一隻海燕／永遠也不會害怕／也不會憂愁／我愛在
狂風雨中翱翔／剪破一個巨浪又一個巨浪。但我的進行曲／世間也沒有
那樣昂揚。風靜了／浪平了／我在晴朗的高空／細細的玩賞／形形色色
的大地。假如我是一隻海燕。）（詩作者：雷石榆）
（惠子兀自走到場後邊去。在場上玩她披在肩上的披肩，而後將披肩拋
上天，才順勢漸漸舞動起來。她和著披肩跳了一段她自編的「海燕舞」
朝觀眾席跳去，在控台後隱身。）

阿　賢　　ㄟㄟ Keiko，去哪裡？（出神的。普通話）剪破一個又一個
　　　　　大浪的海燕……

宋　導　　（打斷阿賢的出神）啊……你呢？

阿　賢　　我……什麼？

宋　導　　替我修改的廣播劇本呀！

阿　賢　　歐！你沒講……差點忘記了！
（阿賢從口袋取出一張稿紙給宋導，空氣中傳來「土地公漫遊」的廣播
劇內容。形成兩人比賽講古的情境。以下皆是閩南語。）

阿　賢　　要如何開始？
（兩人在排練場比講古。錄音作為宋導說話的背景。）

宋　導　　各位聽眾朋友啊，講添丁、說添丁、添丁是說不盡啊！說到

這個廖添丁……這是日本時代的事情啦！現在光復以後，我們就要來講「土地公遊台灣」！

光復到擔有時日

世事流轉覺察失

社會實在真現實

唯一不變是變質

土地阿

你若掛心世間人

你就應該來幫忙

化作人形來下降

探查世情判輕重

阿　賢　　土地公親自聽到貪官奸商在講，「台灣光復，真是人間好光景。」（作打算盤狀）「恁大家知，這錢怎樣來的嗎？一斤二十元錢的米，搶買八百斤，囤積起來，三個月後放進市場，白花花的銀票就落在阮的米缸裡了！」

（阿賢望遠方，顯得失神。宋導去靠近他，用摺扇打一下，想醒醒對方。）

宋　導　　（閩南語）喂！你在失神什麼？

阿　賢　　（閩南語）我感覺到一場風暴就要來了！

宋　導　　（閩南語）是啊！恐將連同屋瓦、家裡的一切，還有人和頭殼都總給吹到無蹤無影！

惠　子　　（匆匆從觀眾席進場，慌張。手上拿一份報紙。閩南語）害呀啦！害呀啦！

宋　導　　（閩南語）捨咪……

宋　導　　（閩南語）怎樣……

（惠子將手上報紙交給他們）

宋　導　　（閩南語）（匆匆讀報）禁演。

阿　賢　　（閩南語）果然，這擺《壁》真正碰壁囉！

（X在電腦桌。）

（X打字。投影出現劇本舞台指示，一張版畫：黃榮燦的《恐怖的檢查》。）

（燈暗）

第三場：逃亡與失語
時間：當下 VS 1950年代

（惠子已在妝鏡前，凝視自己變得有些陌生起來的容顏。不斷搓自己身體（類似夜晚的腳步聲，不斷襲來），她在逃躲，而後⋯⋯終至，顯得沉默而頹圮的身體。在一面立鏡前，停下。）

惠　子　　他們來過了⋯⋯又來搜查了嗎？

（惠子脫鞋，輕輕踏上一席榻榻米。她以虛擬的動作擦榻榻米。這同時，她發現屋裡漏雨滴，她虛擬以雙手接漏雨滴。）（X的側影在窗邊徘徊，漸而⋯⋯消失在燈暗中。）（現場即興演奏，不安氣息。）

（惠子一人在場上，她去收桌上的舊書、報章、照片和一個手寫的劇本，並取出一只包袱。將裡面的一張照片和一個劇本，放進包袱中⋯⋯）

惠　子　　那天⋯⋯趁著天有些冷，我把門窗都緊閉起來⋯⋯

（現場音樂 fade out）

（而後，裝扮成賣筆商人的阿賢，提著一個手提式皮箱進來。惠子開始撕舊書上的一張張紙，以及照片，放進火灶打算引火燃燒。兩人在風聲鶴唳下輕聲細語，深怕外人聽到。惠子欲搶阿賢手上的皮箱⋯⋯【兩人，沙啞聲】）

阿　賢　　若是有人問起，就說我出門賣筆⋯⋯不必擔心⋯⋯

惠　子　　怎麼可能不擔心⋯⋯讀書會時的文件？在（指皮箱）⋯⋯

阿　賢	什麼？
惠　子	還問什麼？你在讀書會上發表的那篇文稿啊！
阿　賢	那不能燒……
惠　子	不能燒……？
阿　賢	要留做報告……。畢老師出事了！
惠　子	畢老師……她……
阿　賢	嗯……她被捕了。（將皮箱安靜地歸還對方）

（惠子過去……將皮箱放在阿賢面前……。阿賢緊緊抱住惠子……）

阿　賢	相信……我……和我們……（惠子摀住阿賢的嘴）

（先是有雨聲，而後有像腳步聲的聲響。阿賢從後門匆匆逃離家中，獨留惠子一人，收地上的一只包袱，快速藏進觀眾席的一個座椅下面。緊急的敲門聲……。空氣中，全然靜止……惠子去妝鏡前扯亂頭髮與面容（裝瘋）……回過身來……「碰」的踢門巨響聲。惠子抵拒場上的聲音。最後，穿插一段「海燕瘋之舞」。）

特　務	（現場麥克風聲音）人呢……他人呢！我們來帶人啦！不說……不說……連妳一起帶走……
惠　子	（客語）神經……麻啥嘿神經……你才是神經……
特　務	（現場麥克風聲音）說吧！我們都知道了！你們的畢老師已經被捕了……下禮拜，去馬場町幫她收屍吧！我們還從她的房間搜出發報器……一些和妳先生的書信，藏在她房間的私密處……妳不想多知道一些……他們……關係嗎……？
惠　子	（客語）神經……麻啥嘿神經……你才是神經……
特　務	（現場麥克風聲音）好……等著……我們會再來的……直到逮到他為止……

（巨大的關門聲。惠子獨留於榻榻米上，坐著。倒了一杯米酒，一飲而盡。燈光在榻榻米上，惠子摺疊一件阿賢的汗衫，拿著……坐在榻榻米上，留下剪影。）

（另一方，現場即興演奏，流亡的氣息。）

宋　導　　（閩南語）你流亡到大安溪畔，遇上那農民時，是怎麼說
　　　　　的，還記得嗎？

阿　賢　　（閩南語）一棵樹，在山上，就只是一棵樹……被砍下後，
　　　　　經過木工的勞作，就成了家具，這就是勞動的價值，這樣講
　　　　　的……

宋　導　　（閩南語）聽說還替他們處理三七五減租的代誌！

阿　賢　　（閩南語）是啊！告地主，討公平，雨若下完就見天光了！

宋　導　　（閩南語）後來呢？

阿　賢　　（閩南語）他就收留我住他家後山，一個避空襲的山洞
　　　　　啊！

（遠方隱約傳來客家山歌的聲音，夾雜在風吹草動中。）

宋　導　　（閩南語）什麼聲音！

阿　賢　　腳步聲啊！客家農民的腳步聲啊！……

（現場樂隊與歌手唱〈這裡就是羅陀斯〉。）

（阿賢與宋導從現場各拾取手電筒一支，互相照射，空間照射，並照射
觀眾。他們既是逃亡者，也是追蹤者，在空間中移動。最後，阿賢將手
電筒給宋導，道別離開。）

　　　　　　　（歌詞〈這裡就是羅陀斯〉）
　　　　　　集結的臉孔，穿越記憶屏幕
　　　　　　從這個山頭朝向那個山頭
　　　　　　像野草般聚集，朝繁華的地面
　　　　　　發出地下人最後的吶喊
　　　　　　來吧！你必須從這裡出發
　　　　　　因為，這裡就是羅陀斯
　　　　　　因為，這裡就有玫瑰花
　　　　　　所以，這裡就是羅陀斯，在這裡跳吧
　　　　　　所以，這裡就有玫瑰花，在這裡舞吧

（X從窗邊出來，沿著平台往電腦桌移動；頭頂著一藥罐，雙手伸出做平衡狀。光照射下來。像在走平衡索一般，在空間中移動，邊獨白。雖在邊線移動，卻多少暗示他隨時都可以進入他劇本世界的空間中。）

（場上左右舞台有兩把背向觀眾席的椅子。坐著阿賢與宋導。他們像是在這空間裡的兩個腳色；卻不介入惠子與X的對話。他們會在過程中，移動椅子並坐下，全然處於無聲無息狀態。像是在聆聽；卻又像只是路過。X和惠子全然不必理會他們的存在。因爲，他們也是影子。）

X　　　　（普通話）（空間移動，平衡腳步）一個沉默的空間，一個像是光都退盡的書房裡，我聽見他們的腳步聲。對……不一樣的腳步聲，像是心跳聲，分別從空間的不同方位，朝著我心底的時間隧道走來……愈來愈近，愈來愈靠近……而後，便是遠遠的一陣很不尋常的風聲，島嶼不尋常的一陣北風的呼嘯，完全淹沒了……消失而去……

（燈光轉換。X在電腦桌前。惠子先是以雜訊的聲音出現空氣中。X抬起頭來，有些被嚇了一跳。【以下，兩人以普通話對話，除了幾句加長的客語之外】）

惠　子　　（聲音）（沉默……隔頃）他們即將步上流亡、囚禁、刑殺的命運，對吧！

X　　　　（對著聲音）對呀……就我閱讀到的報導，是這樣說的……

惠　子　　（聲音）（客語）那我呢？

X　　　　妳將驚惶而痛苦一生……？

（惠子，以有雜訊的影像現身；阿賢與宋導在椅子上轉過身來。）

惠子　　　（影像）（客語）就這樣嗎？

X　　　　（些許不安）妳還做了極爲關鍵的一件事，是保留了《壁》的劇本。

惠子　　　（影像）：《壁》是一個問號。

X　　　　（客語）一個問號？

（惠子現身。）

惠　子　　我……也是迷霧中的一個問號。

Ｘ　　　　（客語）怎麼說？

惠　子　　他們監視、在巷口站崗，找莫名其妙的理由來查戶口；還
　　　　　編造書信，說是阿賢已經投誠了。寫給我的家書，要我把
　　　　　《壁》的劇本交給他們；因為阿賢在牢房裡要看；我只有一
　　　　　句話頂回他們：看到人再說，其他免談……

Ｘ　　　　妳很少向人透露這些……

惠　子　　受難家屬要學會沉默，免得惹禍上身，這你應該也很熟悉
　　　　　吧！我問你……在你的筆下，我只能用裝瘋來逃過一劫嗎？

Ｘ　　　　這是唯一可以……讓妳不受到騷擾、侵犯……甚至也被定罪
　　　　　或槍決的途徑。

惠　子　　但是，他們仍然殺了我，用一種無聲無息的方式，一滴血都
　　　　　沒流，一天牢都沒坐，只是，我被囚禁在沉默之中，埋葬在
　　　　　消失的歷史裡。就像你阿公一樣……

Ｘ　　　　（客語）我常夢見沒有臉孔的阿公……沉埋到地底，消失在
　　　　　黑暗中……

（阿賢與宋導無聲無息移動椅子，並坐下。）

惠　子　　消失在黑暗中，像影子一樣，影響著我們的未來。

Ｘ　　　　這是所有受難者家屬共同的傷痛！

惠　子　　但是，你卻以我的裝瘋，來療癒你的傷痛！

Ｘ　　　　沒……不是這樣……妳誤解了！

（惠子背過身去，只留暗影。從地上撿起Ｘ從電腦裡 print 出來的劇
本。Ｘ透過打電腦讓自己給冷靜下來。）

惠　子　　（翻閱劇本）看看你怎麼在第三章的舞台指示裡形容我
　　　　　的……（一口氣，標點也要唸出）「要把一位賢慧、聰穎
　　　　　又有些才華的受過日本教育的女子……愛烏及屋……（key
　　　　　point）就是仰慕劇作家先生……進而冒著生命危險也要保護
　　　　　《壁》這劇本的精神……給表現出來（key point），最為有

效，也能達成一種療癒效果的表現方式，就是裝瘋。」你就
打算這樣描述我的……

（阿賢與宋導無聲無息從椅子上站起身，凝視現場，而後坐下。）

X　　　（有些惱火，搶回對方手上的本子）這有什麼問題嗎？難道
　　　　不是這樣嗎？

惠　子　是這樣，沒錯！更重要的是：作為腳色的我的抉擇。我是人
　　　　妻；但我也是惠子。我是活在迷霧一般的記憶裡，是許多問
　　　　號中的一個問號……

X　　　問號……？妳是說：我們只能在記憶的迷霧中，被時間之流
　　　　推著往前走嗎？

惠　子　倒過來說吧！是問號推著時間之流往前走……

X　　　問號，是記憶的未來嗎？那我寫下《戲中壁》，又是為了什
　　　　麼呢？

惠　子　你應該先問，對你來說，《壁》是一個未來的問號嗎？

X　　　壁——（深思）是一種切割、隔離，區別出空間、性別；然
　　　　後區別了階級！

惠　子　那——壁，現在倒下了嗎？

X　　　沒有……只是變得更無聲無息了！

惠　子　看看……我們眼前浮現多大的一個問號……

（阿賢與宋導往下舞台無聲無息移動椅子，並坐下，凝視觀眾。）

X　　　是啊！看不見的問號……多麼壓倒性的一個問號……

惠　子　還記得你在劇本裡，怎麼描述畢老師教我學國語時，談到魯
　　　　迅的〈影的告別〉的那段嗎？

X　　　當然記得。就這句：「我獨自遠行，不但沒有你，並且再沒
　　　　有別的影在黑暗裡。」為什麼問？

惠　子　我想……應該倒過來，由我問你：為什麼，要我說這句台詞
　　　　吧？

X　　　因為……我們都是影子……而我覺得妳期待像魯迅在這句詩

中所言：不希望別人也成了影；成了一生都要隱藏自己身份
的受難者家屬。

（阿賢與宋導起身交換坐在彼此的椅子上，轉身背向觀眾。）

惠　子　這是歷史留給受難者家屬的未來，最大的問號。不是嗎？和
　　　　你告別前，我想說個故事，可以嗎？

Ｘ　　　歐，故事，請說。

惠　子　「蓬萊島解放陣線」的鄒族地下黨人湯守仁 1954 年被槍
　　　　決；那年夏天開學了，他兒子在教室裡；老師說匪諜的兒子
　　　　放學後要直接回家，不能在山上亂跑；兒子以為匪諜也是蝴
　　　　蝶的一種，老師不喜歡這種蝴蝶在山上亂飛；後來，這隻
　　　　叫匪諜的蝴蝶，一輩子都沒離開他……直到他老了，化作靈
　　　　魂，也從未離開他……這故事，你一定也聽過吧。

（惠子從進來的中間那道門離去；Ｘ轉身望向觀眾。）

（Ｘ沉思的微笑）

（燈暗）

第四場：囚禁與槍決與對質
時間：當下VS 1950年代

（電腦桌下，幾張劇本稿紙散置，象徵新的篇章將展開。也有撒滿地的
藥丸、空酒杯。像是剛剛Ｘ還在現場的樣子。）

（阿賢坐在打出像似鐵欄杆的牢房燈光的方形上，他緩緩起身用身體寫
字，他寫給惠子的信件的錄音出，寫到「暗影」時，漸收。又回去坐
下。背對觀眾。這時，惠子端一盆水進來，錄音繼續中……她放下水
盆，她先是想洗臉，讓自己醒來，而後，透過浸髮、甩髮……想洗滌自
己救贖的靈魂。）

（阿賢朗讀【錄音】：1. 以下的朗讀與歌聲及音樂可以重疊。2. 在以上

的動作中被陸續完成。）

阿　賢　　（錄音）看到妳的相片，我頓時在心裡痛苦，竟瘦到這樣！額上顯多的皺紋，凸出的兩頰，加深的眼窩，在這印象裡，我深深體會到這五年妳生活之一切暗影。「堅強吧」，妳聽見我這叫聲嗎？不要忘記這句話！包含著我的一切希望和生命之火的這句話。

　　　　　這裡的時光，像是靜止的一盤棋，在無聲無息中，我有時在無端的疲累來襲時，便躺下去睡著了！我常想，在亡命山區時，任北風怎樣吹，妳的愛就像純棉般把我的身包暖著⋯⋯

（樂隊與歌手唱〈命水〉的一段【歌詞稍作修改】）

　　　　　就行去
　　　　　沿這條大安溪
　　　　　沿該條大河底圳
　　　　　沿該大片　田地
　　　　　沿該作田人　腳步
　　　　　沿該臭酸　味緒

　　　　　亡命的時辰　時常來這大安溪
　　　　　夜行　在農家借宿　走藏於這荒草肚
　　　　　燒炭火苗　領夜路　點點露水
　　　　　係祖先開始佇這生活　命水

（阿賢朗讀）

　　　　　今早夜濛濛剛天光時分，我又夢見了你！我夢見我們一起前往每一戶農家，睡在他們硬硬的床板上，醒來時，迎接我們的是打亮的天光。

　　　　　　　　　　　　　　　　　　賢手書 12 月 30 日夜深

（宋導出場。阿賢去坐下，閉上眼，用手在空中下棋。宋導隔空轉一個
和阿賢不一樣的方向，也坐下。閉上眼，他也懸空下棋……【以下這
段，應是普通話夾雜閩南語】）

（配樂：鐵鍊拖地＋撞擊的回響聲）

阿　賢　　（普通話）真是一個殘酷的春天呀！我們的那盤棋呢？

宋　導　　（普通話）哪一盤棋……？

阿　賢　　（普通話）哈哈……我臨上刑場前，坐單人牢房，夜裡牆內
　　　　　安靜得連影子都不願吭一聲……我躺下睡著了，便夢見你在
　　　　　牢牆外和我下棋，我說：「炮過河……抓車……」最後一著
　　　　　棋……

宋　導　　（閩南語）「殘局……」換我了！（對視，前方是空氣）

阿　賢　　（閩南語）（對視，前方是空氣）換你……

宋　導　　（閩南語）轉一個彎，我就要你的命了！將軍……哈哈。

（隔項）

宋　導　　（閩南語）你怎麼啦……？

阿　賢　　（閩南語）什麼怎麼啦……

宋　導　　（普通話）就臨上刑場前，有一回，和郭老下無人棋……你
　　　　　怎麼說的……

阿　賢　　（普通話）我怎麼說呢……？

宋　導　　（閩南語）（換個姿勢成老郭閩南語）阿賢……你有什麼要
　　　　　交代的嗎？

阿　賢　　（閩南語）只須和我ㄟ家後說，幫我收屍後，抬著我的棺材
　　　　　繞家鄉的街道……無聲抗議！

宋　導　　（閩南語）我會說……也會勸這行不通，會給你們一家帶來
　　　　　災難！

阿　賢　　（閩南語）（沉默）歐……是啊！伊跟我這一生，也夠辛苦
　　　　　的了……思念……很深。

宋　導　　（閩南語）我知道……那我問你……你現在恨他們要殺你

　　　　　　　　嗎？

阿　　賢　　（閩南語）恨，當然恨……但，我更愛《壁》這劇本裡的許
　　　　　　　　乞食和他一家人，為著他們……我可以……死而無悔。

宋　　導　　（閩南語）一件事問你！為何槍決前的每一天，你都還靜得
　　　　　　　　下心來讀書！

阿　　賢　　（普通話）「朝聞道，夕死可也」，你沒聽說嗎？（微笑）

宋　　導　　（普通話）道是什麼……

阿　　賢　　（沉默）

宋　　導　　（閩南語）你可以跟我走的……從海上逃出去……我問過你
　　　　　　　　……你為什麼……？

阿　　賢　　（沉默）

（遠遠地……〈國際歌〉的聲音……阿賢緩緩站起……凝視四周，良
久……。惠子到火盆一側燒信件。宋導再次成為敘事者，說起最後一封
信的事情。宋導朗讀間，阿賢癱在一張椅子上，表現他被刑求過後，扭
曲而無法張開的手與手掌，所帶動的緩慢掙扎的身體，離不開椅子。惠
子發現彷彿阿賢就在自己身旁，手拿一封信，顫抖著。兩人很近，其實
距離很遠。）

宋　　導　　（閩南語）一九五四春夏間
　　　　　　　　阿賢提筆手中等
　　　　　　　　寫批檢采真簡單
　　　　　　　　不過阿賢落筆真正難
　　　　　　　　批中是按呢講

阿　　賢　　（閩南語）請妳以後毋通擱送物件來，咱心靈的交流才是證
　　　　　　　　明存在，會當將送物件的精神放下來，我希望文字交流擱卡
　　　　　　　　精彩。落尾，向望妳讀兩本冊，《火燒罟寮》、《胎糕食番
　　　　　　　　鴨》。

宋　　導　　（閩南語）編號十一是最後
　　　　　　　　寄出了後阿賢人就走

批中意思按怎湊

兩本冊名怎看透

宋　導　　（說書的口吻）《火燒罟寮》無希望……。《胎糕食番鴨》
　　　　　慘死了。火燒罟寮按怎讀，罟寮是放罟仔的所在，罟仔是漁
　　　　　網，漁網的閩南語尬希望同款。所以，火燒罟寮意思就是無
　　　　　希望。煞來啥物是癩食番鴨？癩其患初起，麻木不仁，發紅
　　　　　斑，久則破爛皮膚，番鴨補陰引氣入體，若是癩食番鴨，就
　　　　　是引風入體害身軀。

風入身軀滅心火

死亡之神就來揣

（這時有霧，瀰漫空氣中。阿賢說完時，兀自離去；惠子和宋導只是目
睹他的離去。阿賢回首，望見惠子……。而後，惠子像是在霧中尋找腳
跡。）

（現場即興演奏，遠遠的悲傷。轉敘事）

惠　子　　（普通話）我收到獄中來信，像是最後的訣別，要我去買
　　　　　兩本書，在街坊遍尋不著之後，從鄰居學漢學的長者口中得
　　　　　知：兩本書名各有引申的深意，是閩南話的歇後語，竟然是
　　　　　死亡的比喻詞。

宋　導　　一個革命劇作家，結束了他尙未燃燒殆盡的青春與理想。這
　　　　　是血腥殺戮的時空中，遺失的一則記載。

（轉爲現場。惠子去找阿賢，霧中。一切沉寂。）

惠　子　　這裡……曾經是養馬的地方呀！我們一起來看過大帳篷的馬
　　　　　戲呀！那一年，剛認識時，同樣是一個春天……！

宋　導　　殘酷呀！眞是殘酷的春天。（離開）

（有一聲很遠很遠的槍響……。惠子跪坐在一個包袱前，打開，拾起劇
本默讀，無聲。阿賢舉黑傘進來。）（最終的告別。【普通話＋閩南語
＋客語】）

惠　子　　（普通話）謝謝你來！

阿　賢	（普通話）夫妻呀！這麼見外……也謝謝妳來收我冰冷的屍體。恐怖呀！一具又一具疊在泥濘沙塵上的屍體！胸口沾著血……
惠　子	（客語）你冷吧！只穿一件汗衫……
阿　賢	（閩南語）妳給我寄來的呀！
惠　子	（普通話）是呀！你將我織給你的那件毛線衣，送給難友了！
阿　賢	（普通話）對不起歐！老郭教鹿窟案的少年識字……讀報……他活下來了！需要毛線衣取暖！
惠　子	（客語）崖知呀……你寄來的信，怎麼說的……（普通話）「受難的淚是酸的……」。
阿　賢	（閩南語）奮鬥的血是紅的……（收傘）

（回顧著槍決地場景。遠遠的槍聲中……有〈國際歌〉的背景音樂……阿賢手撐一把紅傘登場，惠子遠望……拉遠時空……）

| 阿　賢 | （吶喊著）「北風啊！你盡情地吹吧！地下人憤怒地看著繁華的街燈！」 |

（現場音樂 fade out）

第五場：對質選擇——X 與阿賢
時間：當下時空

（X 將自己封閉在書房裡……側影在窗邊，身旁有一瓶 Whisky ……倒一口，喝下一杯……場景中，一片暗黑。阿賢走進來，冷靜的坐下。【以下這段皆是普通話，除了特別標明閩南語或客語部分之外】舞台前方，兩把背對觀眾席的椅子，坐著惠子與宋導。）

X	有事嗎？來一杯嗎……？
阿　賢	好呀！陪你來一杯……

（X跟蹌地爬起……阿賢見狀，扶他坐下……自己去倒一杯酒。）

X　　　　所以呢？話題是……

阿　賢　　你知道的……你最關心的：我們怎麼判筆下人物死亡的事呀！

X　　　　就知道……你會來！你很好奇，我怎麼想你的死亡的，對吧！都寫在劇本裡了……不是嗎……你都看到也演過了……

阿　賢　　你痛苦嗎？

X　　　　問得好……死的人，不問自己痛不痛苦，卻問起寫他腳色死的作者，痛不痛苦……。（客語）那我先問你，你判你筆下人物——（閩南語）許乞食死亡時，你痛不痛苦……？

阿　賢　　（閩南語）我解釋過了……我是說：我的腳色解釋過了……

X　　　　沒有……你只說了一半……說……那是你反應當年現實的唯一一種方案……

阿　賢　　這有錯嗎？

X　　　　錯是沒錯……我想問你的是：主角死了，又如何呢？社會改變了嗎？

阿　賢　　哈哈！你想挑戰我……我看你是真的陷在面對你書寫我的死亡，你是很痛苦的。

X　　　　死都死了……這不是問題……重要的是：劇本人物的死亡，帶來什麼現實的改變嗎？

阿　賢　　這問題難不倒我……其實，我相信你一定也深思過；只不過仍卡在痛苦的漩渦中……。至於，許乞食的死是一種選擇。這是戲劇能為現實做的。這個問題，與其問戲劇不如去問現實……

X　　　　像你參加革命……選擇自己的死亡嗎？

（惠子與宋導站起。移動椅子到舞台中間兩側，面對舞台，坐下。）

阿　賢　　你懂的！他們原本要和阿賢交換條件，留他一命……但，他選擇了死亡；因為，他相信死亡，會讓黑暗的洞穴亮出一盞

燈⋯⋯。

X　　　　（懊羞）別假惺惺地說他⋯⋯他⋯⋯他就是你⋯⋯告訴我，
　　　　你死後，亮起的的那盞燈是什麼⋯⋯（醉了⋯⋯顯得躁動不
　　　　安⋯⋯激動，大聲說話）看看這窗外吧！烏漆嘛黑⋯⋯誰記
　　　　得你了⋯⋯又有誰記得──死在你筆下的（閩南語）許乞食
　　　　了！

（阿賢上二樓書房，在桌上翻找東西⋯⋯）

阿　賢　　那就打開窗戶，讓日光透進來⋯⋯

X　　　　你到我書房幹嘛！下來⋯⋯（焦慮）快下來⋯⋯

阿　賢　　冷靜點⋯⋯想寫作面對這紛亂的世界⋯⋯最好學著冷靜點
　　　　⋯⋯

X　　　　ㄟ！ㄟ！ㄟ！你在幹嘛！亂翻我的東西⋯⋯

阿　賢　　不是你的東西⋯⋯是我的判決書⋯⋯

X　　　　你不是說，你都會背了嗎？

阿　賢　　對！法庭上聽過一回⋯⋯隔三天的清晨，就送我上刑場了
　　　　⋯⋯永遠記得⋯⋯最前面那段話⋯⋯

（翻找出判決書⋯⋯招手要 X 靠近，投影也出現判決書。）

阿　賢　　來！你來唸了最前面這段話給我聽吧！

X　　　　（刻意無情緒，平白的唸）被告簡國賢等叛亂犯皆台籍人
　　　　⋯⋯

阿　賢　　繼續⋯⋯

X　　　　（飲一大口酒，裝作法官模樣）參加匪黨叛亂組織⋯⋯集會
　　　　研究⋯⋯並在桃竹苗山區煽動農民參加革命⋯⋯好了⋯⋯

阿　賢　　繼續⋯⋯

X　　　　（醉酒誇張模樣，無法抗拒激動）建立群眾關係⋯⋯研讀
　　　　匪徒馬克思主義讀書材料，在桃竹苗山區串聯⋯⋯陰謀連結
　　　　匪徒組織與農民，推翻政府，應予處以極刑⋯⋯發布死刑罪
　　　　責，以昭示社會大眾⋯⋯（激切而泣）夠了⋯⋯可以了吧！

阿　賢　　你覺得我是叛亂犯嗎？

X　　　　當時是……

阿　賢　　當時……我知道是啊！我是問：那現在呢？

（惠子與宋導冷靜地站起；又坐下。）

X　　　　現在……賠償了……不是嗎？

阿　賢　　賠償……而我仍是叛亂犯……被判死刑……罪有應得……是
　　　　　嗎？用錢換得了我的清白嗎？

X　　　　不然……你希望如何才能還你的清白……

阿　賢　　人死後，更清楚生前的清白是什麼……

X　　　　是什麼……？

阿　賢　　道歉，公開向歷史道歉。我選擇死，就在等有一天，他們
　　　　　要為槍決我而向我的選擇道歉，還給我是中共地下黨人的清
　　　　　白。

阿　賢　　（喃喃自語）我的魂……

X　　　　什麼？你說什麼……

阿　賢　　（別過頭去）我說……我的魂魄，在兩岸之間延伸著我染血
　　　　　的身軀。

（惠子與宋導搬椅子離場。）（X在書庫漸從醉裡翻醒……去翻找出一
張他畫的鉛筆素描，阿賢靠過去書庫。那是惠子抱著阿賢的屍身，在浴
缸清洗胸口的鉛筆素描。投影也出現這張鉛筆素描。突而，轉為異常的
冷靜。）

X　　　　他們還不了你清白，我來還你清白……

阿　賢　　什麼……

X　　　　有一次……我又夢見你被押往馬場町的情景……從夢境中醒
　　　　　來，一身冷汗，隨手拿起鉛筆在筆記本上，這場景……就出
　　　　　現了！

阿　賢　　這素描……

X　　　　你躺著，肉體死去……伊是你母親，立著……扶住了你的靈

　　　　　　　魂；讓我聯想起，你說的：死亡的那盞燈……

阿　賢　　　如果，一粒麥子不死……

X　　　　　（客語）送你……（捲起素描手稿，遞給阿賢）這是一份禮
　　　　　　　物……

阿　賢　　　（閩南語）歐！感謝……我可以回送你什麼？

X　　　　　（客語）你已經送給我一盞燈了！就是你寫的劇本：
　　　　　　　《壁》。

（X在書庫取一瓶 Whisky……）

阿　賢　　　（閩南語）真希望今天 Keiko 也……來。

X　　　　　（客語）一定ㄟ……伊一定會看到……

（X又倒了滿滿一杯酒；阿賢打算離去，又回頭；將X手上的酒杯拿
過來自己手上。）

阿　賢　　　還繼續喝嗎？有一句話說，革命者和頹廢者，聖徒和魔障
　　　　　　　……就像孿生兒……你相信嗎？

（X無言。阿賢將酒杯還給對方……對方一口喝盡手上那杯酒。）

X　　　　　如果燈突然被熄滅了……我相信有這樣的可能性……

（燈暗。舞台地面投影六張犁亂葬崗的影像。燈漸亮。場景回到 1980
年代末期。惠子手提一只燈籠，蹲在門口，凝視舞台。阿賢以魂的身姿
出現。X在書堆中，幾響鐘聲斷續響起。宋導提著皮箱，走向前來，遇
見X。）

X　　　　　（客語）是什麼聲音？

宋　導　　　（閩南語）鐘聲啊！墳地裡傳來的鐘聲……

X　　　　　（客語）墳地裡哪來的鐘聲……？係教堂裡面傳出來的嗎？

惠　子　　　（客語）哪來的教堂？

阿　賢　　　（閩南語）這是一個被荒廢的墓仔埔……沒有教堂。

X　　　　　（普通話）（醉姿）等等，這些根本沒出現在我的劇本裡，
　　　　　　　怎麼會憑空出現這樣的場景呢？

惠　子　　　（普通話）這是你和我們，走在歷史與虛構之間，共同創作

　　　　　　出的場景啊！

X　　　　　（普通話）（對演員們）你們在日本統治末期，開始了戲劇
　　　　　　的合作……

宋　導　　（閩南語）嗯，鐘聲響起時，就是阮一陣革命的戲劇人去墳
　　　　　　場會面的時候……

惠　子　　（客語）聽說……就係在夜深人靜時……

（惠子去拉舞台上一只鐘……鐘聲匡噹徹響……空中飄下滿地的落葉。
腳色踩在落葉中行走。）

阿　賢　　（閩南語）對！墳地飄來陣陣濃霧，就像我們身處的地下ㄟ
　　　　　　社會……

宋　導　　（閩南語）對呀！也剛好避開日本特高的眼線呀！

X　　　　　（客語）（醉姿）（翻閱桌上影印資料）你們也因此揹起了
　　　　　　無政府主義者的旗子……

宋　導　　（閩南語）應該說，身體裡藏著那面與全世界的無產階級共
　　　　　　生死的旗子吧……

阿　賢　　（閩南語）（調侃地）吼……你不敢揹歐……無膽。

宋　導　　（閩南語）換作你……你敢嗎？

（惠子在墳堆間，動著身體，做細微的掙扎舞動。）

阿　賢　　（閩南語）（自嘲地）哈！哈！揹上身，找死歐……不被特
　　　　　　高送去牢籠餓死才怪哩！

X　　　　　（閩南語）（恍然大悟）原來如此，我想起了讀過的史料，
　　　　　　宋導那時常和張維賢先生，在墳場裡探討演劇與時局。

宋　導　　（閩南語）（環顧）嗯，在墳地裡，從勞動者的勞動，增加
　　　　　　知識階級的行動和主張啊！（詢問惠子）Keiko 這在日語怎
　　　　　　樣講！

（在這裡，X又回到本劇開始時，在電腦前寫劇本的狀態。投影，出現
劇本舞台指示。）

（X打字。投影出現劇本舞台指示：惠子的舞姿，像是一場儀式性的祭

舞即將開始的暖身。）

惠　子　　（日語）（邊舞蹈）你們在日本筑地小劇場學習時，日本導
演不是說「使身體各部能自由使用後，再說道理」。

宋　導　　（閩南語）對啦！先輩那時是這樣說的！

阿　賢　　（閩南語）哈哈！不愧是先仔！「先說戲劇表現的身體，再
來討論思想問題……」。

宋　導　　（閩南語）當年稱作「達克羅士音樂節奏教學法」（Dalcro-
ze Eurhythmics）演員的律動訓練……想起來，阮ㄟ劇團比現
在還先進咧……對某……

阿　賢　　（閩南語）所以，我說啊！是那墳地裡的鐘聲，敲醒了島嶼
的歷史……

（X打字。投影出現劇本舞台指示：惠子沿著墳地投影舞蹈……宋導在
找尋地上的什麼……）

（X像是在電腦前寫作一個場景……阿賢陷入沉思中……隔頃，似乎互
相有所察覺……但要在很不刻意中發現。）

阿　賢　　（閩南語）你在找什麼？

宋　導　　（閩南語）在……找……（欲言卻止）

阿　賢　　（閩南語）找我被槍決後的墓碑，是嗎？（宋導無語。抬
頭望向對方）我ㄟ屍骨……差一點就被送到亂葬崗了，因為
Keiko幫我收屍，才免於在竹叢下餵蚊子……渺渺茫茫……
哈哈。（失神）

宋　導　　（閩南語）喂！老兄弟，看你怎麼茫茫渺渺，在想什麼？

阿　賢　　（閩南語）（調侃地）想你呀！想你這個老兄弟呀！阮是師
公啊聖杯，未豪曉哩！對某！

宋　導　　（閩南語）想我捨咪……

阿　賢　　（閩南語）想你孤單一人，在基隆碼頭，坐上船……汽笛聲
響時！（日語）孤單啊！

宋　導　　（日語）孤魂，Anachisto ㄟ孤魂啊……！

（一陣霧氣飄向前來。）

阿　賢　　（閩南語）Keiko Keiko……我看不見前方的路，記得阮共同
　　　　　　行過ㄟ那條記憶中ㄟ山路末……

惠　子　　（客語）是啊！就那條山路上，我們行呀行，行在歷史的大
　　　　　　霧中……

阿　賢　　（閩南語）這霧，就親像現實中愈來愈高……愈來愈隱形ㄟ
　　　　　　《壁》了！

宋　導　　（閩南語）（戲謔地）老兄弟，真悲觀歐！你真悲觀歐！

阿　賢　　（閩南語）哈哈！只不過是想要看清當下的現實罷了！

（X 離開電腦前。像是被這場景給吸引了；將投影在地上的六張犁墳
地，視作開場時，他擺在地上的迷魂陣，顛著步子行走移動。像是陷入
無邊的焦慮中。）

阿　賢　　（閩南語）我們演完了，該下場了……走吧！

宋　導　　（閩南語）要走不走，我們做得了決定嗎？

阿　賢　　（閩南語）要不我和 Keiko 先來去呢！

宋　導　　（閩南語）總是要看他（指 X）怎樣看待這段茫霧中的歷
　　　　　　史。

惠　子　　（客語）先來去……

（三人離去。宋導在舞台角落回頭。其他二者離去。一陣迷霧。）

X　　　　問你一件事。有人主張說：要將加害者統統公諸於世，才能
　　　　　還給受害者清白。你同意嗎？

宋　導　　報復通常親痛仇快，也給當局增添釐清歷史清白的政治光
　　　　　彩；重點是，加害者只是加害體制的一只棋子；那盞燈，要
　　　　　照亮的是加害體制的陰暗面與共謀……這才是重點，不是
　　　　　嗎？

（宋導離去。）

X　　　　那盞燈在哪裡呢？在這層層的迷霧中嗎？

（宋導以影像和雜音出現在場上。）

宋　導　　（閩南語講古）免煩惱啦！三國的孔明點七星燈結果失敗，
　　　　　那是古早用的油燈，要是在今天有 LED，那是省電又妥
　　　　　當。哈哈哈。講起來，啥咪油燈電燈探射燈，你若是在茫霧
　　　　　裡面行，照著腳邊不要跌倒就偷笑了，還想知道方向？什麼
　　　　　時代攏共款，若有人講拿什麼燈給你照什麼路，你就要小心
　　　　　啊。心頭有火心頭定，（瞥一眼阿賢）一個人，若是真心為
　　　　　著自己的理想付出性命，火頭相續，也許也會有一天，化作
　　　　　一片光明吧。哈哈。哈哈。

X　　　　（客語山歌調吟唱）上山看到藤纏樹，下山看到樹纏藤，藤
　　　　　生樹死纏到死，樹生藤死死也纏。

（燈漸暗。樂隊緩緩奏起〈北風呀！你盡情地吹吧〉的前奏。）
（歌唱：樂隊與歌手黃瑋傑＋演員）

　　　　　北風呀！你盡情的吹吧
　　　　　北風呀！你盡情的吹吧
　　　　　那些亡命的腳蹤，踏著泥濘
　　　　　在穿越芒草間隙的瞬間
　　　　　有陽光逆著視線，照射過來
　　　　　像在拉開一道通往未來的道路

　　　　　北風呀！你盡情的吹吧
　　　　　燒炭工人的臉龐亮著眼
　　　　　黑色的眼球，皺紋深烙的臉
　　　　　都是夜空上，辨識方向的星辰
　　　　　我們且共同追尋著前去

　　　　　北風呀！你盡情的吹吧　吹吧　吹吧
　　　　　在這位，在該位，在河底，在山尖
　　　　　在客家的夥房，在露水滴下之處

在躲藏的山洞裡，我們亡命
我們且攤開那面旗
在農民、在工人勞動的土地上

然而，滴著血的灰暗路上
槍聲滾動著催命的吉普車聲
推我們進時空荒蕪的地窖
等待豪雨的清晨，靴聲中
拉開的法西斯刑場

啊！我隨著自己的魂
從子夜的牢房來到仆身的沙堆
眼前的路，是回家的路嗎？
我想開口這樣問時，路已消失
消失在車水馬龍的十字路口
頭前的路，係不係轉屋的路

北風呀！你盡情的吹吧 吹吧 吹吧
北風呀！你盡情的吹吧 吹吧 吹吧

終場：不能燒
時間：共同的當下

片段 1：

（風襲音效中。阿賢揹一只包包，望向惠子的背影，靠近。惠子回頭，望見阿賢。低聲而驚恐地喃喃……而後才以客語問：「你轉來了……轉來了……」）

阿　賢　　我在找妳……

惠　子　　我不就在這裡嗎？

（現場即興演奏，愛戀的感覺，兩人相邀跳舞。）

阿　賢　　我在找妳年輕時候，我們在公館附近的那家醫院相遇……
　　　　　記得吧！（故意調侃）好好的女孩，不嫁人，卻搶著要當護
　　　　　士。

惠　子　　（嬌嗔）真壞……學 Sato 桑的話……。你在醫院住下來了
　　　　　……！

阿　賢　　對呀！還不都爲了妳！

惠　子　　爲了我……真的嗎？恐怕是爲了你那心中的「安那 anna
　　　　　……」，「安那 an-na ──其 ki」吧！

阿　賢　　Anarchy……貧民的醫院、免費的學校、人人可以入住的
　　　　　安養院、在陽光下歡樂的兒童、由社會共同來扶養……那
　　　　　時……

惠　子　　你竟然在劇場裡……這樣子想這個殘酷的世界……

阿　賢　　嗯……不也是妳當護士的理想嗎？

（燈暗）

片段 2：

（惠子回到最前面燒劇本狀態，阿賢 cube 後取一把黑傘撐；撐傘站其
一旁。）

阿　賢　　（普通話）燒了吧！（客語）爲了妳的安全……

惠　子　　（客語）「做不得，燒了……就全部沒了！」我愛的不單單
　　　　　係你……也有這戲本留下來相關《壁》的問號……

（阿賢在後放回黑傘。）

（燈暗）

片段 3：

（X 站起身來，走進場上，去拿桌上的一台老相機，幫他們三人合照，

留下一張當下的照片，舞台上漸轉為當年的兩張照片：劇照與婚照。阿賢攤開手上那捲素描給惠子看……）

阿　賢　　（閩南語）來！我給妳看一張素描……

惠　子　　（客語）送給我……也送給來生的你……

（燈漸暗。全暗）

片段 4：

（最後，有一場儀式如下：暗黑中，惠子坐著，手上有一支紅色的紙花；燈漸亮，她緩緩起身時，阿賢從中間門緩緩無聲走動進場，來到惠子的位置，站著；惠子繞著阿賢移動；這時，宋導提皮箱從右觀眾席進來，在場邊蹲下撿拾枯葉，背影或側影，並未轉身向觀眾；X 在他的位子上掀開電腦，沉思。）

（燈暗）

劇終

演出資訊

台北場
演出時間：2021 年 9 月 10 日（五）晚場 7：30
2021 年 9 月 11 日（六）午場 2：30
演出地點：台北華山文創園區－烏梅劇院，共二場

台中場
演出時間：2021 年 9 月 18 日（六）午場 2：30
2021 年 9 月 19 日（日）午場 2：30
演出地點：台中國家歌劇院－小劇場，共二場

演職人員：
演出團隊：差事劇團
計畫主持人：鍾喬
團長：李哲宇
製作人：林欣怡
執行製作：林春輝
導演：鍾喬
編劇：鍾喬
導演助理：劉怡蓁
演員：馮文星、李明哲、梁馨文、謝宗宜
現場音樂：黃瑋傑與山寮樂隊
舞台監督：蘇懷恩
排練助理：劉怡蓁
宣傳統籌執行：洪叡誠

執行製作暨票務：鄭仔君

舞監助理：蕭宇晴

舞台技術指導（TD）：胡懷丰

燈光設計：張詩笛

燈光執行：張綺芯

燈光技術協力：徐靖淳、廖家渝、李昀軒、黃培語、
　　　　　　　　王子郢、呂依璇

舞台設計暨舞台影像設計：林育全

現場音樂演唱：黃瑋傑與山寮樂隊

音樂設計：李慈湄

音效設計（PA）：曾啓芃

音響搭設執行：劉文奇

服裝設計暨管理：徐英祥

梳妝化妝執行：趙紫廷

文宣設計：綻然設計

演出攝影：陳俊樺、客家電視台

演出拍照：林育全

閩南語講古作詞：曾伯豪

閩南語協力：陳守玉

前台助理：黃顯淨、關晨引

行政協力：易倩如

戲中壁 X（2021）攝影：林育全

戲中壁 X（2021）攝影：林育全

到南方去
──切·格瓦拉死亡紀事

背景提示：透過一家二手書店老闆的記憶，將切‧格瓦拉最後歲
　　　　　　月——玻利維亞革命日誌，開展敘事劇場的鋪陳。
創作提示：詩與日誌以及攝影，格瓦拉他的革命歲月中，面對已
　　　　　　知必然到來的死亡；是救贖嗎？或者，在犧牲中找尋
　　　　　　變革的契機？
空間提示：具備時間記憶的場域。
人　　物：阿莫　一家二手舊書店的老闆，也是說故事的人。
　　　　　　流水　一個參加小劇場演出的舞者。
　　　　　　倒立　一個參加小劇場演出的演員。

序章：關於切的一只綠色背包（預知死亡初探）

（場上，僅有一只綠色的背包；燈光隱蔽處，阿莫坐在他的舊書店前的
小凳上；流水與倒立從暗處現身，凝視著這只綠色背包。空氣中傳來古
巴領導卡斯楚朗讀切的告別信的聲音。中文翻譯投影，如下：【錄音中
譯】參加革命不是勝利就是捐軀（如果這是一場真正的革命），許多同
志甚至在勝利之前就陣亡了……世界其他地方召喚我貢獻力量。你必須
擔負領導古巴的重責大任，但我可以做你所不能做的工作，因此，我們
分別的時刻到了。）

流　水　　怎麼開始？
倒　立　　關於什麼？
流　水　　（看看觀眾）當然是關於我們如何將一位革命者的最後歲
　　　　　　月……引介給觀眾的事啊！
倒　立　　很難……
流　水　　這種話說出來最容易，但不合適在這個時刻裡……
倒　立　　怎麼說呢？

流　水	你知道的……被你引介的人，是革命者，相信他不會接受你說的「很難……」這兩個字！
倒　立	所以很難啊！
流　水	你和我玩文字遊戲嗎？我可沒空歐……至少，這個時刻，不合適。
倒　立	妳還不懂嗎？
流　水	……（瞧對方）
倒　立	從半年前，開始閱讀切‧格瓦拉的資料以來，我就覺得當下——生活在當下世界，我說世界，不僅僅是本島上歐……很難相信他這個人的……我該如何說呢？嗯……應該說，選擇……或者拗口一點說……（苦思狀）
流　水	你是要說：抉擇嗎？
倒　立	對！抉擇比選擇更能傳達決定性的方位……或者說，革命的種種……我一時也說不清……（回頭，望著阿莫）
流　水	是啊！這舊書店的場景是你一手打造的；切就藏在你的舊書堆的煙塵中，你來說應該可以比我們清楚許多……

（阿莫瞧著眼前的兩人，又看看堆滿架子的舊書報；若有所思……）

阿　莫	我有在聽……很有意思的開始，不是嗎？
倒　立	你要說為什麼有意思呀！
阿　莫	有意思的地方在於：抉擇兩個字，這是格瓦拉最深刻的行動和思想方位……
流　水	（翻閱一本舊書）你要說的是：1966 年，沒錯吧！他告別古巴……
倒　立	看看！這上面寫的，就剛剛我們在開場時聽到的……那聲音好像在網路上聽過……
阿　莫	那段話，就是卡斯楚當年留下的錄音……是切給他的一封告別信。

（流水專注地凝神於擺在地面上的那只綠色背包；沉思。）

流　水	告訴我，你們閱讀的資料裡，切在這只神祕的綠色背包中，藏有什麼寶貴的東西？
阿　莫	寶貴的就那幾樣，差一點都被拿去當死亡證物或被分贓了………
流　水	（從背包取出一樣樣物件）相機、膠捲、一只手錶……
倒　立	我閱讀的資料說是：一本是日誌，就是現在我們熟知的玻利維亞日記；另一本，讓莫老闆來說……
阿　莫	四位重要詩人的 69 首詩；密密麻麻的字跡抄寫在一本筆記本上，用以減輕背包的重量。

（倒立從背包中再取出兩本筆記；將一本交給阿莫，另一本流水搶著翻閱。）

倒　立	（挨過流水身旁看日記）我記得，他日記中的一則；歐！對了，在這裡……這一段，他說：飢餓、疾病、死亡、背叛……我的閱讀裡，這是 1967 年 8 月，距離他受傷被捕，與死亡面對面，只有短短幾個月時間……
流　水	（翻閱日記，閱讀）「我們已經陷入絕境，疾病摧毀一些同志的健康，迫使我們化整為零，大大削弱我們的戰鬥力。農民力量一直沒能調動起來。」
倒　立	總覺得這是一場注定艱困的戰鬥……
阿　莫	我察覺格瓦拉也做這樣想……他不只一次提及：他可能死於這場游擊戰爭。
流　水	這是最耐人尋味的地方……死亡似乎暗示了他什麼……
倒　立	其實，是在生與死之間，與同行的戰鬥者做了最後的抉擇……
阿　莫	最初的選擇，演變到後來成了一種抉擇；這些也都曾以詩歌的暗喻，出現在他抄寫的諸多詩行中……
流　水	他，怎麼說？
阿　莫	你們聽：他引用聶魯達的詩〈道別〉說：

在妳的深處，跪著，

一個悲傷的小孩，如我一般，望著我們

切在決定到玻利維亞打這場游擊戰爭之前，留了一捲他朗讀
聶魯達二十首情詩的錄音帶給他太太。

倒　立　　這是其中的一首嗎？

流　水　　悲傷的小孩，跪著……。意味深遠。

　　　　　像似在對永遠的離別表達愧歉！

阿　莫　　我想也是，因爲，詩中有另外兩行是這樣寫的：

　　　　　我要離開了。我悲傷：而我總是悲傷。

　　　　　我來自你的雙臂。

（以下的片段，是倒立取出綠背包中的相機。他看著，舉起來對焦；鏡
頭朝向遠方，按下快門。將相機擺在地上，阿莫前去拾起，也對焦，按
下快門。牆上出現格瓦拉的幾張照片，照片像似預告：告別與追尋的事
件即將展開。）

（流水與倒立在告別與追尋的脈絡下，開展他們的身體即興。）

（在一個定點三人都背過身去。身影交錯間，產生一些質疑的對話。）

流　水　　說眞的，這樣的開始很遜……

倒　立　　什麼？既然覺得很遜，爲什麼要這樣開始呢？

老　莫　　這是我們今晚的工作，不是嗎？將一個革命者的最後歲月在
　　　　　舞台上表現出來。

流　水　　這沒錯；問題就在如何表現出來……

倒　立　　歐！有意思……怎麼說呢？

流　水　　我們只是在照本宣科，按閱讀到的，依自己的判斷如實呈
　　　　　現。

（阿莫在收拾場上的道具，細細斟酌每一樣拿在手中的物件。他整理
時，取出手錶一只；地上留有筆記兩本和相機一部。）

阿　莫　　手錶，代表時間的證物；日記，是證物流動的每日狀態；手
　　　　　抄詩，是戰鬥，是焦慮也是慰藉；相機，是影像的紀錄。這

　　　　　　　全都是客觀的判斷，怎麼說是自己的判斷呢？

流　水　　又如何？這些證物只更加證明革命的失敗！

倒　立　　這太現實了吧！成敗論英雄嗎？問題是，英雄重要嗎？

阿　莫　　嗯！命中要害了。不至於一開始就難以繼續下去吧！

倒　立　　哈哈！難說……看來是這樣的。

阿　莫　　革命，得回到革命的大前提來看，不是嗎？

流　水　　是嗎？怎麼說呢？

阿　莫　　我關心的是當下與個人，如何與革命的共同發生關聯……

流　水　　這就對了！只有當下，手錶才會成為具體的證物。

倒　立　　什麼是當下的當時呢？

（沉默）

（流水將留有塵埃的筆記本放在手掌心，一拍，塵埃飄浮。）

流　水　　也許，我本來想的是對的……

倒　立　　關於什麼？

流　水　　我們根本不應該來……因為，當下距離格瓦拉的當時太遙遠
　　　　　了！

阿　莫　　但……你們都來了！這裡是當下，也是當時……

倒　立　　是嗎？

（沉默）

（三人用自己的態度形成的姿勢，圍坐在那只綠色的背包旁。燈，暗弱
下去。）

第一章：阿莫書店的相遇——從未抵達，從未放棄

（一盞黯弱的燈下，阿莫在一張椅上打盹，舊紙堆圍繞著他的影子……
兩人走進來，口舌爭論中，情緒有些起伏。）

流　水　　革命者失敗的滋味是什麼？

倒　立　　我想……就是——混沌——吧！怎麼問這個呢？

流　水　　因為……無比重要；我們的身體裡需要這個元素。否則，只是白來一場，做做戲而已……

倒　立　　這當然不難理解，演員功課嘛！而且，要有作為演員的真實感。

流　水　　是嗎！這有些抽象，有些距離，太個人了！

倒　立　　也不妨當作一種身體的挑戰？

流　水　　如何開始？

倒　立　　接近真實的混沌，是我們現在要練習的，我想。

流　水　　可以多少理解你的意思……問題是：怎麼讓混沌在身體裡落實下來……

倒　立　　（沉思）我想到的是，昨晚，妳手上的塵埃……

（兩人在手掌上找尋沒有的塵埃，吹向虛空中。隨即，在舊書堆間尋找塵埃，吹著塵埃。）

倒　立　　我想，混沌中的塵埃是輕的，像是回頭追不回的理想與熱情。

流　水　　追不回，應該是重的吧。

倒　立　　或許，什麼重量都沒有；身體只是浮著……想飄向那個時刻。

流　水　　我們繼續這樣下去，可能是危險的。

倒　立　　怎麼說？

流　水　　因為，這種耽溺的身體，如何去對比那場無悔的革命呢？

倒　立　　無悔嗎？

流　水　　就是無悔，才讓人感到死亡不可承受之輕……

倒　立　　那麼，身體裡如何藏著無悔呢？，如何才能走向那個當時呢？

（老莫喃喃自語。流水在書店裡，翻閱一本封面有塵埃的玻利維亞日記。）

老　莫　　格瓦拉的方位……無悔……。有意思，有些意思……

倒　立　　老闆，你沒睡著……。告訴我，那場革命是不是一開始便注
　　　　　　定要失敗的。

老　莫　　這樣說，不會有進展的……失敗，原本就是游擊戰爭中，必
　　　　　　須去承擔的現實……

倒　立　　游擊戰爭……打到哪，算到哪的意思嗎？

老　莫　　必須如此。

倒　立　　未免太天真了！

老　莫　　天真……？沒這麼容易解釋吧！

倒　立　　那怎麼解釋呢！你又不是沒閱讀過玻利維亞日記。一開始，
　　　　　　游擊戰爭就和當地的革命力量鬧翻了；接下來，日記的中後
　　　　　　段都透露，農民不是處於中間，就是靠向政府軍當密探……

（流水手持日記。）

流　水　　你說的都寫在這本玻利維亞日記裡。真是無悔！

倒　立　　無悔？怎麼說呢？這革命之旅，開始不久便步入艱辛的叢林
　　　　　　困境裡，鬥志時起時落，充滿不穩定；又失去對外聯絡……
　　　　　　格瓦拉氣喘病不止。

流　水　　所以說是無悔；但，也會讓人覺得一意孤行，根本沒關照到
　　　　　　後面跟隨者的生與死；而且他還審訊了農民，農民是水，他
　　　　　　們這些革命者是魚，魚有水，才能繼續戰鬥下去，不是嗎？

老　莫　　（乾咳）從未抵達，從未放棄……

流　水　　你是說：一直在路上的意思？

倒　立　　這……是革命的價值嗎？

（阿莫背向觀眾。他刻意不讓觀眾看見他的正面身影。他藉此詢問兩位
立在他舊書店門口的流水和倒立。舊書堆的角落有一部老舊型的電視
機，螢幕上放映著《綠色小組 520 農運》的紀錄影片。）

倒　立　　老闆，（指電視機的影像）你都看這什麼時代的影片呀！

流　水　　嗯！這是哪裡呀！抗爭滿激烈的……咦，這是台北街頭呀，
　　　　　　看起來，在凱道公園路附近嘛！

（阿莫拿綠色小組 VHS 錄影帶封殼給流水。）

流　水　520 農運抗爭……反對美國農產品進口……

倒　立　（湊過來唸封殼的文字介紹）反對帝國主義入侵……老美滾蛋……還我農民尊嚴。

倒　立　這是什麼年代的……好像很久以前的……老闆，你都看這個古代的影片呀！

阿　莫　（冷冷地）什麼古代……就 1980 年代末期，三十年前的街頭抗爭……

流　水　520 當時農民抗爭……。我好像在圖書館看過當年的報導。這是解嚴前最激烈的街頭運動……

（阿莫去切調影像；回過身來，和兩位面對面，顯得若有所思。）

阿　莫　還習慣吧！我這裡……

倒　立　你是說，在你的舊書店排練呀！還滿挑戰的……

流　水　這是怎麼發生的，我至今還搞不清楚……不是說，排練場在夜市裡的 18 巷 2 號嗎？

阿　莫　對呀！夜市 18 巷 2 號，就是我這書店呀！

流　水　但，我們收到的通知是排練場呀。（朝倒立）再問問，問導演這是怎麼回事……

阿　莫　就是這裡沒錯……而且你們閱讀材料，都準備半年了，不是嗎？

倒　立　我看……導演是要我們來你這舊書店，體驗藏在記憶裡的時間……我不抗拒這樣的環境劇場練習。

流　水　藏在記憶裡的時間，這句話和劇本裡的詩意很謀合，（調侃）什麼時候，你也寫起詩來了……

倒　立　但是，多了一個腳色……

流　水　哪有？……什麼腳色？

倒　立　就他呀！（指莫老闆的側影）

流　水　沒有呀！他，就是劇本裡我們從未見過面的講古的腳色呀！

倒　立　　歐……就猜嘛；原來如此……難怪，他對劇情這麼熟悉……
　　　　　　好吧！接下來呢？怎麼安排。

（阿莫沉默。在書堆裡找出三張夾在書裡的照片；投影三張照片在書店
的書堆間。）

（阿莫在書堆裡，背著觀眾看著牆上的三張投影：其一，典型的格瓦拉
軍裝肖像；其二，格瓦拉躺在石板床上的耶穌形象；其三，巴西超級模
特兒——賽爾——穿印有格瓦拉泳裝褲的屁股背面。流水與倒立在他的
後頭，或站或立，有些不知所措。）

阿　莫　　說說吧，哪一張最傳神；不要帶既有的刻板印象……就憑直
　　　　　　覺……

流　水　　可以自由發言不受道德批判歐！

倒　立　　說好了，就我們三個人嘛！

流　水　　少來了，觀眾都在場啊！

（以下對話，可以運用三人分別在不同空間，以排列組合的肢體形象，
進行相互之間針鋒相對的對話關係。）

倒　立　　這就有些難了……但，我選最引發爭議的模特兒泳裝褲那張
　　　　　　……

阿　莫　　理由是……？

倒　立　　不必理由，因為它會引發當下網路的各種議論，馬上在手機
　　　　　　上查這個屁股上的帥哥是誰……

流　水　　真的嗎？格瓦拉沒人記得了嗎？

倒　立　　可以到西門町做街訪，我相信和紐約、倫敦、巴黎、米蘭同
　　　　　　步……不知的比例超高。和世界同步吧！能說不嗎？

阿　莫　　我想，看到照片會有些熟悉，至於他和革命什麼的，沒多少
　　　　　　人知道吧！

流　水　　至少，知道古巴吧……

倒　立　　蘭姆酒和雪茄，購物平台上都有……

阿　莫　　好吧！那輪到妳了，女性怎麼看帥哥登場呢？

流　水	書店老闆想出試題考人嗎！那我先問你，你呢？
阿　莫	我？當然是躺在石板上哪張呀！
流　水	好吧！我不想和你走同一條夜路回家；我選穿軍裝的帥哥肖像那張……
阿　莫	就知道嘛！妳說：走夜路？怎麼說？躺在石板上這張，現在在光天化日下流傳最廣呀！
倒　立	我哪不知道呀！就是在夜暗中浮現神性的意味……所以曾經在富士比價值連城！
流　水	怎麼扯到富士比來了……
倒　立	曾經，這張照片上了富士比拍賣平台，後來被切的妻子給擋了下來……就我知道是這樣。
阿　莫	（刻意自嘲）賦予一件歷史文物，在暗黑的死亡中，顯現神性的無上光環；這不是可以媲美賈伯斯在第一代 i phone 發表會上的演說嗎？
倒　立	哈哈！休想藉此套我們的話了……賈伯斯說了什麼？
阿　莫	你這麼好奇啊！
倒　立	對你這收藏了滿屋子革命書籍的舊書店老闆……好奇呀。
阿　莫	我只不過是一個躲在擁擠夜市裡，後街還不時傳來餿水味的二手書老闆。
流　水	所以，這電腦革命家說了什麼？讓你這麼著迷？
阿　莫	他說：「活著就為了改變世界，難道還有其他原因嗎？」
倒　立	你怎麼會相信這些狗屁東西呀！
流　水	格瓦拉搞的是革命，為了解放窮人；賈伯斯的 i phone 是富士康血汗工廠的上游……
阿　莫	所以，剝削人的和解放人的，都說要改變世界，這世界不發瘋才奇怪？
倒　立	知道就好，這世界呀！就是將見得了市面的事情，依性質區分，都被表演化……

流　水	也別太虛無的亂砍進歷史了。格瓦拉面對死亡的革命，很難用表演來一語帶過……
阿　莫	重要的是，妳打算怎麼對待一個事件或說一個物件的再度復活……
流　水	那你打算怎麼開始？
阿　莫	就當它沒有在網路世界中發生，問題是，它仍以另一種革命在地球的另一端發生……
倒　立	地球另一端，太遙遠了……
流　水	也許，恰好是一種當下對當年的追尋……。你說仍然在發生，在哪裡發生？
阿　莫	那一年，在豪雨中，墨西哥查巴達的女性原住民戰士，連夜潰敗，飢腸轆轆走在敵人設下的種種陷阱的荒徑中，幾乎無路可歸。蒙面司令馬科斯在叢林裡，詢問了安東尼奧老人，查巴達解放陣線將何去何從？就此宣告失敗嗎？老人說了一個日神與月神輪迴涉渡宇宙，日夜得以循環共生的神話故事。像是在說：從未抵達，從未放棄……

（流水與倒立開展相關日月相隨的身體動作。）

第二章：詩歌的祕密——聶魯達輓歌（革命者的內心世界）

（透過阿莫訴說一個相關格瓦拉的故事，將革命者內心預知死亡與對於女兒、妻子或父母之愛，相互交疊，表現革命者內心世界中，預知死亡與愛的內心交錯。河水與倒立可以透過接觸即興發展一個主題的身體互動：愛與死亡的預知。）

（第一段：倒立在閱讀格瓦拉的一本傳記；興沖沖地引一段話，引發了流水的討論；而後，阿莫像在聊天中，對流水與倒立說一段相關格瓦拉

與詩人聶魯達的事蹟。）

倒　立　　來！來！這段話很值得好好探究。（朝著流水）切在決定去
　　　　　玻利維亞發動革命前，寫給他父母的一段話，妳看看是什麼
　　　　　意思？（將手上的書交給流水）

流　水　　（讀著）「親愛的爸媽，我的腳跟再一次挨到唐吉軻德的瘦
　　　　　馬的肋骨上，我挽著盾牌，再一次踏上征途。」

倒　立　　爲什麼格瓦拉將自己比喻爲唐吉軻德呢？他們是有些相同；
　　　　　但，本質不一樣。

流　水　　你的想法，我可以理解；可是，我覺得切有自嘲的意思。

倒　立　　自嘲……怎麼說呢？

流　水　　就是說，他雖然認爲自己沒有唐吉軻德那麼天眞；可是憑著
　　　　　游擊隊和帝國支持的軍隊作戰，就像人挑戰風車一樣，雖以
　　　　　卵擊石，卻不惜面對死神的召喚。

倒　立　　所以，妳是說，他知道死亡在召喚他；是嗎？

流　水　　我有這樣的直覺……

阿　莫　　其實，這可以從他抄寫的詩篇中，尋找到一些蛛絲馬跡。

倒　立　　有啓發……想聽聽。

阿　莫　　詩抄中的一首，是智利詩人帕布羅・聶魯達的〈輓歌〉，其
　　　　　中一段這樣寫著：
　　　　　忍受煎熬並埋葬自己，彷彿
　　　　　失去光彩枯根之死
　　　　　在這冷酷無情的暗夜
　　　　　我將深入大地

流　水　　再朗讀一次，我覺得直覺應該在身體裡發生……

（流水隨著詩歌啓動身體。）

阿　莫　　好啊！我可以慢一點唸……
　　　　　忍受煎熬並埋葬自己，彷彿
　　　　　失去光彩枯根之死

在這冷酷無情的暗夜
我將深入大地

（第二段：延續上面的情境，阿莫訴說切和聶魯達詩作的淵源，牽引著相關「愛與死亡的預知」的接觸即興肢體。）

阿　莫　其實在他抄寫聶魯達的詩中，既有黑暗的死亡，也有星辰般對愛的深切嚮往。切‧格瓦拉 24 歲那年，和他在墨西哥結識的學生領袖談論文學與政治；切說：「我已讀遍了聶魯達的詩篇。」學生領袖挑戰他能默唸哪一首聶魯達的詩呢？切毫不思索地朗讀起：
　　　　　「今夜我可以寫下最悲傷的詩句。寫，例如……我的愛不能保留又何妨／暗夜已繁星點點」。

（流水和倒立先只是站立；而後，開始作兩人相互矛盾的姿體動作。一人是革命，另一人則是詩；就像一人是槍口，另一人則是花瓣。不斷相互矛盾。）

倒　立　很多事情，像似天生注定矛盾的。

流　水　怎麼說呢？

倒　立　妳不覺得嗎？革命與詩就是最好的例子。兩者注定是矛盾的……

流　水　所以說，我們在嘗試說一個充滿矛盾的故事。

阿　莫　革命是槍；詩歌是玫瑰。自己的槍口，插著一朵花瓣。就像河水枯了，魚都死了；如何面對繼續的戰鬥？格瓦拉，一個革命者，一個四處放火的詩人；一個出了門、無法回家，因為失去了道路，所以，找到新的道路，在叢林中找尋革命腳蹤的人。你要稱他是誰？英雄？革命者？黯夜中的刷過遠方的流星，水上的浮舟，或者，只是泥濘中的一只腳印，踏過一段激進的歲月。

倒　立　是矛盾的傳奇吧！火紅著熱度的槍口，對準著恨；將沒有止

盡的愛，藏進詩歌的口袋中。

流　水　痛苦！暴躁！失去耐心，掙扎中，靠在樹幹上，閱讀手抄詩篇的革命者。未知，就在前面等待。

阿　莫　他想在未知中創造歷史；創造與他共浮沉的、被剝奪的人的歷史。

第三章：關於玻利維亞日記的種種

（以下的段落，阿莫會在不一樣情境下，或朗讀、或喃喃自語或在一種冥想中。空氣中，會有他自己的聲音，在他周遭響起；而後，會有錄音的聲音，在陣陣歷史的雜音中，從空氣中傳來……顯得斷斷續續……聲音，像是不斷被雜訊干擾……河水與倒立兩人，探索的身體，從暗黑中現身；並依每一則摘錄日記的情境，發展身體的情境。其間，穿插演員的朗讀，聲音和身體的情緒是相互推動的狀態；有時，是演員朗讀；有時，重疊錄音；有時，和錄音覆誦。）

（阿莫在煙塵中整理書堆，他拾起壓在書堆底層的一本磨破了封面的精裝書，他喃喃自語。）

阿　莫　是吧！就是這個：「到南方去」的記事本吧！字跡密密麻麻……一個革命者告別古巴，告別卡斯楚，告別親愛的家人，留下書信，讓世界上的人都禁不住好奇地找尋他……愛他的……恨他的……想殺他滅口的……崇拜他……或者在充滿困惑中追尋他的人們……

第一則　　（阿莫的各式聲音）

1966 年 11 月 7 日

今天，一個新的歷史時期將開始……

1967 年 1 月

我們前往第一條小溪流附近，準備開挖第二個山洞……十一點左右，我

們來到小溪邊，開闢了一條小路，並用枯枝雜草偽裝起來……小溪中間有一段斷流了，隨後，溪水又一路向前，沿著兩岸堅硬的岩石陡坡流過……

（動作：食物已經非常有限了。）

流　水　　他們在山洞裡繪製地圖。

倒　立　　無線電收報系統受潮生鏽了。他們身上往往黏著蒼蠅的蛹……有些噁心……

流　水　　格瓦拉說他數落戰士所犯下的錯；對方情緒變得波動；他應該找對方談談。

第二則　　（阿莫的各式聲音）

1967 年 2 月

來到一個六個小孩的農民家裡，他熱情的招待，還提供了很多信息；第二次交談時，透露了我們是游擊隊員，他隨即宰殺了四頭豬……我們就在他家暫住下來。

接著……在格蘭德河畔，初嘗死亡的苦澀滋味，而且死得很窩囊。

今晚我們最後一份口糧是豆子。

倒　立　　你知道嗎？那個宰了豬，請格瓦拉和游擊隊的農民叫羅哈斯。

流　水　　他……最後出賣了格瓦拉，在游擊隊過河的時候……他在樹叢裡，躲在政府軍的機槍旁邊……

倒　立　　風和雨，急驟的溪流，酷陽下，無法攀越的懸崖峭壁。

流　水　　一切像是無從回頭的一條路。

（阿莫在舞台上那只象徵切留下來的綠色背包裡，取出一只相機。他要幫倒立和流水拍一張照。兩人莫名所以……）

阿　莫　　還記得吧。格瓦拉親切地抱著羅哈斯的孩子一起留影；沒想，是農民羅哈斯差遣了這兩個孩子，去軍隊裡向上校通風報信。

（螢幕上，投影切抱著兩小孩的照片。）

第三則　　（阿莫的各式聲音）

1967 年 4 月

羅蘭多負傷了。在輸血將的過程中就停止了呼吸。子彈貫穿他的骨頭，撕裂神經與血管。我們失去最優秀的一名戰士，他是游擊隊的樑柱。

格瓦拉想起他背包裡藏的筆記本中，他抄錄的詩行。聶魯達：獻給〈波利瓦爾之歌〉中的幾行……

倒　立	你這勇敢指揮官小小的身軀
流　水	已化作錚錚鐵骨
倒　立	在浩瀚的時空中
流　水	得到永生

第四則　　（阿莫的各式聲音）

1967 年 8 月

老馬今天死了，現在只剩下一隻能馱運東西的馬。我的氣喘不見好轉，藥卻快要吃完了。明天我要做出決定，是否要派出一批人回基地去拿我的氣喘藥。

從來到這裡算起，游擊武裝隊成立已經整整九個月了。最早來的六個人當中，一人失蹤，兩人犧牲，兩人受傷；我則被氣喘折磨，不知何時能痊癒。

流　水	難以理解。
倒　立	什麼事？
流　水	部下說要回基地替格瓦拉拿藥，他堅持不准，還發了脾氣。
倒　立	絕望困頓中，他語氣有些激動地說著：「我不可能讓我的受苦，要別人去替我冒險。」
流　水	一趟旅程朝叢林中艱苦前行。
倒　立	小母馬氣喘吁吁。格瓦拉竟然在一氣之下，用小刀朝馬臉上

劃去……留下一道傷痕。

（沉默。相互無言中似有獨白在心中。）

阿　莫　　格瓦拉抄錄的詩中，用細膩的字跡，幾行詩這麼寫下：
　　　　　　有人受傷倒地
　　　　　　也有人失去生命
　　　　　　只剩下少數人
　　　　　　數量比雙手手指還多一點
　　　　　　帶著希望和疲憊
　　　　　　朝著光榮前進

第五則　　（阿莫的各式聲音）

1967 年 10 月

沒有發現一點水。傍晚時分，我們又上路了，由於缺水，大家渾身不帶
勁。

智利一家電台報導一則被查禁的消息：一千八百個政府軍正在附近圍剿
我們。

1967 年 10 月 7 日

（交錯斜打的字幕，在牆上閃過）今天是游擊隊建立十一個月的紀念
日，一上午輕鬆悠閒，如同享受田園生活般，沒有出現什麼麻煩事。一
位老太太趕著山羊進入我們駐紮的山谷。為我們指出幾條小徑……

阿　莫　　拜訪他的家裡後知道，他兩個女兒：一個臥病不起；另一個
　　　　　　發育不良……
　　　　　　月亮在夜空中緩緩穿行，十七人趁著夜色出發；行軍勞累，
　　　　　　山谷跋涉，留下不少痕跡……

流　水　　這是最後的日記。

倒　立　　寫在一個風暴來臨的寧靜前夕。

流　水　　他像是預感著什麼……

倒　立　　又像是想以輕鬆來帶過心中的不安預感。

（阿莫錄音的聲音，在陣陣歷史的雜音中，從空氣中傳來……顯得斷斷續續……聲音，像是不斷被雜訊干擾……阿莫閱讀玻利維亞日記。）

阿　莫　　（朗讀狀）游擊戰的一場拚搏，最終在一個山谷地發生，政府軍從山坡上列隊，撲擊過來……格瓦拉腳部受傷……。朝著持槍的頂住他的士兵，他只是聲音微弱的說：「我就是格瓦拉。」聲調顯得堅定。

第四章：救贖——預知死亡的捐軀

（投影映現「玻利維亞日記」裡格瓦拉的親筆字跡；一些上一場阿莫殘餘的聲音，仍在空氣間迴盪；阿莫在書堆間移動的側影。流水與倒立坐在書店前的椅子上，和阿莫搭訕似地，最終他們在討論如何完成這齣戲碼。）

流　水　　所以呢？我們誤入這個時空，來排練的就是這齣戲嗎？

倒　立　　至少和我們從導演手中拿到的劇本不遠吧？

流　水　　好啊！他呢？

倒　立　　誰呢？

流　水　　導演啊？

倒　立　　他說了，我們先排練，他會來看我們的進度……

阿　莫　　（神祕的）哈哈！也許他被隔離在另一個時空裡，很難和你們見面了！

倒　立　　網路呢？你的網路可以幫我們聯絡上他……

阿　莫　　網路？什麼網路……電視嗎？錄影機嗎？我的電腦都是二手貨，修的修，壞的壞……不管用了。

流　水　　真是災難一場

倒　立　　真是……

阿　莫　　繼續吧！

倒　立　　什麼？

阿　莫	我們的排練呀！
流　水	看來也沒有其他的選擇……
倒　立	（問阿莫）從哪裡開始？
阿　莫	我從缺頁的一本舊書中，找到一首詩！抄在切的筆記裡有一首詩；里昂・菲力浦的詩作。

（阿莫在背包裡翻找詩抄的筆記本，而後取出來閱讀。）

> 時光流轉……
> 唐吉軻德的馬也已精疲力盡
> 年復一年陰暗且殘酷的冒險
> 步步踏在崎嶇蜿蜒的山路

倒　立	我還是覺得用唐吉軻德比喻格瓦拉，有很大的部分一點都不恰當。
流　水	眞的嗎？怎麼說……
倒　立	唐吉軻德是天眞而無可救藥的夢幻騎士，格瓦拉不是……
流　水	眞的嗎？我覺得崇尚自由抵抗壓迫，這無可置疑……但，過度理想主義，卻將他引入這場叢林游擊戰中。
阿　莫	（插話）這理想帶有浪漫的性質，革命因此成爲無可回首的唯一道途，卻也一點都不夢幻。
流　水	但是，那麼有限的戰士，有限的彈藥，有限的糧食，有限的奧援……而且……通訊設備全因老舊而生鏽故障，怎麼打這場戰呢？
阿　莫	他曾經感到茫然，感到挫折……他最親信的戰士都這麼感覺到無望……
流　水	對呀！有一件事，和他的預期落差太大了！
倒　立	是什麼……
流　水	農民……他始終認爲受苦的人，會在壓迫下最終選擇站在反抗的游擊隊這一邊。
阿　莫	他誤判了！這很清楚可以看出……從他的日記和遭遇中看

出。

流　水	羅哈斯，日記裡記載的那位農民，還記得吧！
阿　莫	背叛的農民猶大，是嗎！
倒　立	據說 CIA 答應給他 3000 美金作報酬，後來也沒兌現……
阿　莫	從照片看，格瓦拉將他孩子抱在膝蓋上，滿臉腮鬍，高興中似乎也感到不祥！
倒　立	這怎麼說呢？
流　水	不久之後，游擊隊渡河，政府軍的機槍掃射游擊隊員，全員卯足氣力，全力反擊，卻血流成河……
倒　立	怎麼會連格瓦拉也來不及救援嗎？
阿　莫	游擊戰爭只有這一刻，下一刻都是充滿變數的……這是格瓦拉對戰士們的提示。
流　水	以卵擊石……你會站在卵的一方？或石的一方呢？
倒　立	這問題很難回答；但，你是希望我說游擊隊是卵，卻也非擊石不可，是嗎？
阿　莫	（搶話）可以這樣說……你想問為什麼嗎？我也無法為格瓦拉回答你……
流　水	我猜切會說：「因為這是一場戰爭，戰爭就是必須流血。」
阿　莫	哈！偏偏切說「這是革命，不是戰爭；若你問我，為什麼革命？我的答案是：為了愛。」
倒　立	切真的這麼說過嗎？
阿　莫	對呀！什麼疑問嗎？
流　水	愛……但是為「愛」，卻死了很多人！不論是敵人或同志。這怎麼解釋呢？
阿　莫	當一個社會三分之二以上的礦工，百分之八十的農民都在挨餓時；除了革命，還有其他的選擇嗎？這是當時玻利維亞的狀況。
流　水	這麼說來，格瓦拉注定要在革命的光圈外留下身影了！

倒　立　　光圈外，還有死神的召喚……

流　水　　他在為我們講一段真實的故事吧！

阿　莫　　好啊！（講古）他不曾停留；移動的身體，將他帶到更多
　　　　　陰影的暗處。他在心中留下一些詩行，只是沒有時間讓他書
　　　　　寫下來……對！一個破落的村莊，農民們驚懼的眼神，圍聚
　　　　　在一處門窗緊閉、而有年輕士兵帶槍站崗的土屋裡，格瓦拉
　　　　　就蹲踞在泥地上，因為腳受槍彈，顯得精疲力盡卻仍目光炯
　　　　　炯，看著進進出出的軍官士兵。

倒　立　　後來發生什麼事了？你們（詢問觀眾）想知道嗎？

（倒立在一個角落扮演中槍倒地的格瓦拉；扮演原住民女教師的流水，
進來他被囚禁的教室裡取黑板，黑板上有一行西班牙文。）

格瓦拉　　（問女孩胡莉亞）這行西班牙文是妳寫的嗎？

胡莉亞　　（害羞地說）是。

格瓦拉　　妳這行字裡有重音符號標錯了，「會」字不該標雙重音。

胡莉亞　　歐！謝謝你。你很痛嗎？

格瓦拉　　（手壓著中彈的腿部）是的。

（莉胡亞轉個身姿，朝向觀眾，有一段旁白：他臉色蒼白，心事重重。
但對我，友好且微笑，我們結交了朋友並開始交談。我告訴他：以您的
容貌，您的智慧，我不明白您怎麼會把自己置於這樣的境地。而他回
答：為了我的理想。）

胡莉亞　　你有什麼要向我說的嗎？

格瓦拉　　如果，我離開這裡；如果，他們讓我活下去，我會盡一切努
　　　　　力讓你們有更好的未來。我將翻新這所學校，把它變成一所
　　　　　現代化的學校，擁有一切必要的東西。因為現在這裡，你們
　　　　　什麼都沒有。

胡莉亞　　我可為你做些什麼嗎？

格瓦拉　　妳讓我想起我的女兒，我很久沒見到她們了……

胡莉亞　　你想對你的女兒說什麼嗎？

格瓦拉　　我想起聶魯達在〈絕望之歌〉中的兩行詩，我朗誦給妳聽：
　　　　　在狂瀾中你依然燦爛且歌唱
　　　　　儼然站在船頭的水手

（此時，舞台上出現格瓦拉和家人離別時，抱著女兒的那張照片。還有一封他寫給女兒的書信……。胡莉亞提著小黑板離去。）

（一位穿著軍裝的軍官（老莫扮演）走進來。格瓦拉一眼認出他曾經是古巴革命後的叛徒。）

格瓦拉　　（朝叛軍吐口水）你是古巴人；你這革命的叛徒。

軍　官　　你處死了我叔叔……我恨你。

格瓦拉　　他是叛徒，罪名本應處死。這是革命。

軍　官　　（語帶諷刺）出賣你們的是誰，你知道嗎？就是讓他兒子坐
　　　　　在你膝上和你拍照、給你們玉米的羅哈斯。你恨他嗎？

格瓦拉　　我拒絕回答你的問題。

軍　官　　你不後悔嗎？你不是說要解放農民嗎？結果呢？

（軍官靠過頭去挑釁雙手被緊綁的格瓦拉，格瓦拉一把拉住對方衣領，軍官脫身，惱羞抽槍，倖倖然瞄準格瓦拉。）

格瓦拉　　有種你就一槍斃了我！美帝的走狗，劊子手；告訴你，我不
　　　　　後悔農民出賣我們；因為，我的死，將給農民帶來革命的契
　　　　　機。」

（軍官氣憤離去。片刻間獨留格瓦拉一人。空氣中傳來父親寫給女兒的書信聲音：
「我今天給妳寫這封信，妳卻要很久以後才可以收到。但我希望妳知道我在惦記著妳。我想，妳是永遠可以為妳父親感到驕傲的；就如我為妳感到驕傲一樣。」）

（這同時，有一段流水的舞蹈。）

（軍官又回來了。）

軍　官　　CIA 美國長官要我問你：還有什麼話要說嗎？

格瓦拉　　告訴他，我說，「革命是不朽的……」。

（軍官離去。一片黑暗中。）

格瓦拉　　　（忍著腳上槍傷，勉力起身，高舉一手）Hasta La victoria
　　　　　　Siempre.（字幕：直到永遠的勝利）

（一段有影像的音樂：Hasta La victoria Siempre）

（燈暗。槍聲巨響。）

（一段格瓦拉在古巴建國後的影像。無聲。空氣中傳來三人的對話聲。）

倒　立　　這是一個句號？或者仍然是一個問號？

老　莫　　你是指他的死亡嗎？

流　水　　不會是句號；因為，人們不斷在追究，卻也不斷被一種未知
　　　　　所擊倒！

老　莫　　其實，他對死亡的預想；也使他拿出靈魂的尺，開始去衡量
　　　　　如何改變無法容忍的世界。

（換場）

第五章：橫越美洲大陸的摩托車之旅

（一張小小的書桌上，煙塵飄飛瀰漫。這場戲，開始於阿莫老闆的講古。他似乎在一盞孤燈下，度過幾些漫長地獨自面對自己的時光。與此同時，場上的倒立和流水，開始展開身體的動作。至於講古是普通話或閩南語，其實穿插是一種選擇。

重要的是：講古與動作兩者之間，不要有相互配合的狀況；而是各自在自主的時空中發生，卻又像是有著重疊或交互的關係。當然，彼此既是平行線的可能性，也是存在的關係。）

A. 講古

那時，他還年輕……張開雙手，像是撐開翅膀的飛鳥，他和伙伴登上「大力神」摩托車，揚塵出發，青春的醫學院畢業生，就這樣從家鄉出

發，說是要前往世界的中心，在哪裡？哪裡……是他們世界的中心？羈絆與困頓的引擎經常拋錨，歷經艱辛；世界的中心，竟是已成廢墟的馬雅文明。

廢墟，成為一種追尋的開始；就像貧困為他開啓的里程；這精神，始終貫穿於日後格瓦拉投身革命後的血脈中。

就這樣，他年輕的生命，首次發現了貧困的大陸上，海洋的叮嚀已經遙遠；他在窮人賴以為生的土地上，找尋到飛沙與揚塵帶來的啓示。

A. 動作
之一：舞者與演員的身體摩托車之旅。兩人相載，但會有諸多像是傾倒或停擺或癱瘓狀態……出現。

通常，這些情況的發生，是促成兩人對外在環境，產生進一步好奇的時候。保持僅以身體的表達。

B. 講古
最後，摩托車之旅越過拉丁美洲大陸，來到一所亞馬遜河對岸的痲瘋病院。病院隔著一條河流，河水很急，格瓦拉一躍而進激流的河水中，為了親身貼近痲瘋病人，他渡河，隨時在氣喘併發的危險中。一段時間後，終於決定離開病院，踏上另一趟旅程；那時，他在日記中寫著：「在悠揚的民歌聲中，病人們解開岸邊的繩索，我們搖著木筏，朝河流中心駛去；病人身上映著暮色燈火，猶如我心中的靈魂一般。」

B. 動作
之二：在河水的激流聲中起伏與掙扎的身體。但，不需要具體的游泳或類似溺水的意象或道具的輔助。河流只是一種象徵的存在，表現一個氣喘者在逆境中掙困的狀態，將更為貼切；當然，並不反對有流水的配樂聲作為輔助情境的發生。

終章：革命是不朽的

（阿莫翻閱一本攝影集，從夾頁間，取出一張寫有詩行的紙。）

阿　莫　　這是格瓦拉革命的最後時刻，他的屍體躺在石板床上，卻改
　　　　　變了世界。

（影像漸浮現：格瓦拉躺在石板床上。旁邊是政府軍軍官與美國 CIA
情治人員。）

阿　莫　　我們來到一場儀式面前；一個革命者受難的儀式，透過這張
　　　　　黑白照片表露無遺。

流　水　　對呀！但，一開始，可不是這樣設想的⋯⋯

倒　立　　怎麼說呢？

流　水　　這原本是中情局用來殺雞儆猴的照片；他們想說：可以藉這
　　　　　張照片徹底摧毀切・格瓦拉當年風靡全球的革命英姿。

倒　立　　對呀！狼狽地躺在用來盛牛血的石板上。

阿　莫　　沒想，事情竟然全超乎軍政府與白宮的意料之外；這照片帶
　　　　　來徹底的顛覆效應；讓全世界都翻了眼。

倒　立　　再仔細瞧，當真是如此。

阿　莫　　什麼樣的人，在被槍殺後，當兇手將展示品展示在屠宰板上
　　　　　時，卻在世人面前燃燒了起來。

流　水　　燃燒嗎？你是這樣形容的嗎？

阿　莫　　是啊！當然指的是精神上的燃燒！

阿　莫　　圍繞著這張照片的有三種人。

倒　立　　哪三種人？

流　水　　你說，我很想知道自己是哪一種人？

（投影格瓦拉躺在受難石床上的影像；流水與倒立做凝視死亡的身體動
作，可以是非常意象的緩慢流轉，接近舞踏的「站立的屍體」身體意
象。）

阿　莫　　（講古）第一種人，是世界的弱者與眾生；親眼目睹格瓦

拉的遺體，就像似林布蘭的畫作：《復活的耶穌》一樣，遺
容彷彿再生復活，有了抗爭的精神；第二種人，是圍在屍首
後方的玻利維亞軍人與美國中情局探員，這些劊子手，萬萬
沒有想到，原本他們想透過這張遺照，展示槍殺戰利品的政
治警訊，豈料竟讓亡者再次以耶穌復活的形象，流傳於世人
……

（阿莫沒有繼續他的講古下去；像是刻意轉身而去整理書店裡的塵埃。
倒立卻按耐不住好奇，追問第三種人是誰？沉默中，阿莫顯得心情沉
重……）

阿　莫　　這儀式……涵蓋另一種人的犧牲與死亡，無聲無息或只存一
　　　　　張張留在監獄博物館檔案中的人頭照。像是納粹奧斯維辛監
　　　　　獄中的猶太人，或者紅色高棉「吐斯廉屠殺博物館」中，被
　　　　　無辜屠殺的無以數計的人們；其實，當然也涵蓋在美國發動
　　　　　的代理戰爭中受難的烏克蘭、敘利亞、伊拉克或中東戰事下
　　　　　的人民屍骨……他們都是第三種參加了格瓦拉這場救贖的儀
　　　　　式的人們……

（阿莫從書堆中翻出一張寫有一首詩的白紙；流水與倒立兩人從阿莫手
上接過這張紙，紙上寫著一首詩。兩人沉默站在牆前，不安地顫動身
體，身上投影著一首詩……牢房裡，亮起燈。牢牆上映著詩人孤獨的身
影。詩人頌詩。）

　　　　　　　這裡，只剩一塊石板床
　　　　　　　用來擺置一個革命者的身軀
　　　　　　　然而，他的魂未曾逝去
　　　　　　　因為這是刑場，殘酷的風
　　　　　　　散亂而頓失方位的雲
　　　　　　　以及，多少淌落心中的雨
　　　　　　　恰如血水在泥濘的殺戮中
　　　　　　　沖刷世上貪婪者的罪衍

　　　　　然而，這裡又已不是刑場

　　　　　而是一場救贖的儀式

　　　　　槍殺的人臉孔，在照片中

　　　　　用沉默與無情掩飾內心的恐懼

　　　　　其實，更多是想得意地邀功

　　　　　朝向帝國暴風眼旋繞的殿堂

（舞者和演員有肢體的移動，來表現詩行的內在意涵。）

　　　　　他們終將發現：一切的一切

　　　　　並未如預期所願

　　　　　世界另一邊廣大的範圍中

　　　　　在飢餓、荒涼、戰亂、離散中失所的人們

　　　　　全都圍繞過來，在未來的世紀中

　　　　　參加了一場革命者的彌撒

阿　莫　　（問）今天，你們還要買什麼書嗎？

演　員　　（答）剛剛已經都買完了，我們回得去嗎？……

阿　莫　　（問）哈哈！那要問你們自己想回去嗎？

（在噪音中，牆上浮現以下最後的留言；流水與倒立在空間中移動，象徵玻利維亞山區的游擊行動；阿莫繼續整理雜亂的書報，或者閱讀沉思，他喃喃的說著：）

　　　　　石板床上，宛若耶穌般躺落的身軀，竟然睜開了雙眼。荒涼的地域，流行起一則曾經令世人難忘的傳聞：這個像是耶穌般的革命者，在人們的心中再次地復活了。當然，這復活的預言不是第一次，也曾經以不一樣的方式發生過；倒是這一次，帶有風暴般要將整個世界席捲以致翻垮的意味。

（B影像漸浮現，單獨的格瓦拉躺在石板床上，若耶穌般的殉難者遺體。一行字投影橫過灰牆，映在三位演員身上，他們脫去衣服，從腳色

退身……面對觀眾。）

（投影）　是嗎？是這樣嗎？他半睜開的眼神，像似在問我們：這世界
　　　　　怎麼了！到底怎麼了！

　　　　　　　　　　　　　　　　　　　　　　　　　　　　　　劇終

（本劇曾由導演柯德峰與演員擷取部分內容編成《未知紀事》一劇）

鍾喬劇場創作年表

《逆旅》（1991）劇本與導演	巡迴
《受苦的人沒有名字》（1992）獨腳戲	亞洲巡演／香港
《槍擊紅色青春》（1994）	校園巡迴
《亞洲的吶喊——亞洲聯合匯演》（1995/1998）劇本共同創作	亞洲巡演／台北與新港
《士兵的故事——台菲聯合匯演》（1996）劇本創作	亞洲巡演／台北與新港
《大風吹——亞洲聯合匯演》（1997）劇本共同創作	亞洲巡演／台北與新港
《記憶的月台》帳篷劇（1999）劇本與共同導演	曾赴廣島巡迴演出
《戲台頂的媽媽》（2000）劇本與共同創作	石岡土牛社區活動中心
《海上旅館》（2001）劇本與導演	曾赴廣島巡迴演出
《霧中迷宮》帳篷劇（2002）劇本與導演	參與澳門藝穗節演出
《逐漸暗弱下去的候車室》（2003）劇本與導演	華山三連棟／豐原
石岡媽媽劇團《心中的河流》（2003）劇本與共同創作	豐原文化中心
《潮暗》（2004／2005）帳篷劇劇本與導演	光州亞洲廣場藝術節
《浮沉烏托邦》（2005）劇本與導演	牯嶺街小劇場
＊第6屆台新藝術獎 決選15項入圍作品編劇與製作	巡迴演出
《子夜天使》（2005）劇本與導演	香港國際教育戲劇大會
《敗金歌劇》（2006）劇本與導演	華山三連棟

《闖入，廢墟》（2007）劇本與導演	巡迴演出
《麻辣時代》製作與共同創作（2007）	台北／釜山演出
《影的告別》（2008）劇本與導演	北京及法國亞維儂
《另一件差事》（2009）劇本與導演	牯嶺街小劇場
《江湖在哪裡？》（2010）劇本與導演	帳篷劇場／北京皮村
《台北歌手》（2011）劇本與導演	寶藏巖山城劇場
《看不見的村落》（2012）劇本共同創作	寶藏巖環境劇場
《海洋女神》（2013）劇本共同創作與導演	日本瀨戶內海藝術祭
《天堂酒館》（2013）劇本與導演	寶藏巖山城劇場
《新天堂酒館》（2014）劇本共同創作與導演	松菸劇場
《吾鄉種籽》（2014）劇本共同創作	寶藏巖環境劇場
《回到里山》（2015）劇本共同創作與導演	日本大地藝術祭
《台西村證言劇場》（2015）劇本共同創作與導演	台西村
《女媧變身》（2015）劇本與導演 * 第 14 屆台新藝術獎 決選 15 項入圍作品 編劇與製作	寶藏巖山城戶外劇場
《尋里山》（2016）劇本與導演	巡迴演出
《人間男女》（2016）劇本與導演	客家主題公園劇場
《逆風變身》（2016-2022）戲劇導引	逆風少年劇場行動
《解密。潘朵拉》（2017）劇本與導演	巡迴演出

《范天寒和他的弟兄們》（2018） 劇本共同創作	客家主題公園劇場
* 第 17 屆台新藝術獎　決選 15 項入圍作品 　編劇與製作	
《戲中壁》（2019）	寶藏巖山城戶外劇場
《范天寒和他的弟兄們》（2020） 劇本共同創作	台北水源劇場／台南
《戲中壁 X》（2021） * 入圍台新藝術獎	台北華山烏梅劇場／ 台中國家歌劇院
石岡媽媽劇團《梨花心地》（2021） 演出製作協力 * 入圍台新藝術獎	寶藏巖／石岡梨園環境 劇場
流淌在邊角瞧你的聲音（2022）藝術總監	牯嶺街小劇場二樓
《到南方去》（2022）劇本創作	
《千年之遇》（2022）劇本共同創作	石岡梨園環境劇場

國家圖書館出版品預行編目（CIP）資料

如影而行：鍾喬劇本選輯／鍾喬著 . --
初版 . -- 臺北市：遠流出版事業股份
有限公司 , 2022.10
　　面； 　公分

ISBN 978-957-32-9730-7（平裝）

863.54　　　　　　　　　111013311

如影而行──鍾喬劇本選輯

作者：鍾喬
主編：曾淑正
封面設計：邱銳致
企劃：葉玫玉

發行人：王榮文
出版發行：遠流出版事業股份有限公司
地址：台北市中山北路一段 11 號 13 樓
劃撥帳號：0189456-1
電話：(02) 25710297　傳真：(02) 25710197

著作權顧問：蕭雄淋律師
2022 年 10 月 1 日 初版一刷
售價：新台幣 420 元
缺頁或破損的書，請寄回更換
有著作權‧侵害必究 Printed in Taiwan
ISBN 978-957-32-9730-7（平裝）

YLib.com 遠流博識網　http://www.ylib.com　E-mail: ylib@ylib.com

贊助單位：NCAF 國｜藝｜會　華山1914 Huashan1914‧Creative Park　財團法人台灣文創發展基金會 Taiwan Cultural & Creativity Development Foundation